季羡林·沉思录

季羡林

人间沉思录

季羡林 著

中国财经出版传媒集团
中国财政经济出版社

图书在版编目（CIP）数据

季羡林人间沉思录 / 季羡林著. -- 北京：中国财政经济出版社，2017.10
（季羡林沉思录）
ISBN 978-7-5095-7665-6

Ⅰ. ①季… Ⅱ. ①季… Ⅲ. ①人生哲学-通俗读物 Ⅳ. ①B821-49

中国版本图书馆CIP数据核字(2017)第196477号

出 版 人：黄　琦
项目统筹：党海鹏　王芝文
策 划 人：崔岱远
选 编 者：王佩芬
责任编辑：崔岱远
特约编辑：李　强　李　淼
装帧设计：刘　洋
责任印制：刘志豪
推广总监：张丽萍
责任校对：杨瑞琦

中国财政经济出版社 出版

URL：http://www.cfeph.cn
E-mail：cfeph@cfeph.cn

（版权所有　翻印必究）

社址：北京市海淀区阜成路甲28号　邮政编码：100142
营销中心电话：88190406
北京新华印刷有限公司印刷　各地新华书店经销
710×1000毫米　16开　17.875印张　210 000字
2017年10月第1版　2017年10月北京第1次印刷
定价：39.00元
ISBN 978-7-5095-7665-6
(图书出现印装问题，本社负责调换)
本社质量投诉电话：010-88190744
打击盗版举报热线：010-88190414　　QQ：447268889

目录

人物春秋

西谛先生 ... 3

我和济南 ... 12

——怀鞠思敏先生

他实现了生命的价值 ... 14

——悼念朱光潜先生

悼念曹老 ... 20

我记忆中的老舍先生 ... 25

《王力先生纪念论文集》序 ... 30

为胡适说几句话 ... 37

回忆梁实秋先生 ... 43

悼念沈从文先生 ... 47

回忆雨僧先生	52
忆念胡也频先生	55
我的老师董秋芳先生	60
诗人兼学者的冯至（君培）先生	64
晚节善终 大节不亏	
——悼念冯芝生（友兰）先生	70
记周培源先生	76
也谈叶公超先生二三事	80
我眼中的张中行	85
回忆陈寅恪先生	93
回忆汤用彤先生	105
悼念邓广铭先生	114
记张岱年先生	120
扫傅斯年先生墓	123

社会图景

忆念郑毅生先生 ……… 129
悼念赵朴老 ……… 131
痛悼钟敬文先生 ……… 134
痛悼克家 ……… 138

我们面对的现实 ……… 145
世态炎凉 ……… 150
趋炎附势 ……… 152
《人世文丛》序 ……… 154
漫谈消费 ……… 158
论包装 ……… 164
一个值得担忧的现象
——再论包装 ……… 166

论广告	169
对广告的逆反心理	171
衣着的款式	174
论伪造证件	176
中餐与西餐	180
从哲学的高度来看中餐与西餐	182
起名的学问	184
语言混乱数例	186
给『拆』字亮红灯	188
送礼	190
清官更要兼听	194
医生也要向病人学点什么	196
谈所谓『老龄化社会』	198

标题	页码
西化问题的侧面观	200
一点关于『美』化的杞忧	207
宗教	209
大自然的报复	211
谈礼貌	213
同胞们说话声音放低一点	215
公德（一）	217
公德（二）	219
公德（三）	221
公德（四）	223

家国情怀

- 中国的民族性 —— 227
- 长城与中华民族的民族性 —— 229
- 我们的民族性出了问题 —— 231
- 沧桑阅尽话爱国 —— 233
- 再谈爱国主义 —— 237
- 无敌国外患者国恒亡 —— 239
- 充满了信心,迎接 1955 年 —— 241
- 为我们伟大的节日而欢呼 —— 243
- 又是光辉的胜利的一年
  —— 国庆日的感想 —— 246

血浓于水
——《中国的声音》主编寄语 ………………… 249
中国人民站起来了 ……………………………… 251
颂中华民族故土园 ……………………………… 254
《牛棚杂忆》自序 ……………………………… 256
风雨同舟五十年
——我和民盟的关系 …………………………… 263
千禧感言 ………………………………………… 267
从小康谈起 ……………………………………… 271
一个预言的实现 ………………………………… 273
两个母亲 ………………………………………… 275

人物春秋

季羡林

西谛先生

西谛先生不幸逝世，到现在已经有二十多年了。听到飞机失事的消息时，我正在莫斯科。我仿佛当头挨了一棒，惊愕得说不出话来。我是震惊多于哀悼，惋惜胜过忆念，而且还有点儿惴惴不安。当我登上飞机回国时，同一架飞机中就放着西谛先生等六人的骨灰盒。我百感交集。当时我的心情之错综复杂可想而知。从那以后，在这样漫长的时间内，我不时想到西谛先生。每一想到，都不禁悲从中来。到了今天，震惊、惋惜之情已逝，而哀悼之意弥增。这哀悼，像烈酒，像火焰，燃烧着我的灵魂。

倘若论资排辈的话，西谛先生是我的老师。30年代初期，我在清华大学读西洋文学系。但是从小学起，我对中国文学就有浓厚的兴趣。西谛先生是燕京大学中国文学系的教授，在清华兼课。我曾旁听过他的课。在课堂上，西谛先生是一个渊博的学者，掌握大量的资料，讲起课来，口若悬河泻水，滔滔不绝。他那透过高度的近视眼镜从讲台上向下看挤满了教室的学生的神态，至今仍宛然如在目前。

当时的教授一般都有一点儿所谓"教授架子"。在中国话里，"架子"这个词儿同"面子"一样，是难以捉摸、难以形容描绘的，好像非常虚无缥缈，但它又确实存在。有极少数教授自命清高，但精神和物质待遇却非常优厚。在他们心里，在别人眼中，他们好像是高人一等，不食人间烟火，而实则饱餍梁肉，进可以攻，退可以守，其中有人确实也是官运亨通，青云直上，成了令人羡慕的对象。存在决定意识，因此就产生了架子。

这些教授的对立面就是我们学生。我们的经济情况有好有坏，但是不富裕的占大多数，然而也不至于挨饿。我当时就是这样一个学生。处境相同，容易引起类似同病相怜的感情；爱好相同，又容易同声相求。因此，我就有了几个都是爱好文学的伙伴，经常在一起，其中有吴组缃、林庚、李长之等等。虽然我们所在的系不同，但却常常会面，有时在工字厅大厅中，有时在大礼堂里，有时又在荷花池旁"水木清华"的匾下。我们当时差不多都才20岁左右，阅世未深，尚无世故，正是天不怕、地不怕的时候。我们经常高谈阔论，臧否天下人物，特别是古今文学家，直抒胸臆，全无顾忌。幼稚恐怕是难免的，但是没有一点儿框框，却也有可爱之处。我们好像是《世说新语》中的人物，任性纵情，毫不矫饰。我们谈论《红楼梦》，我们谈论《水浒》，我们谈论《儒林外史》，每个人都努力发一些怪论，"语不惊人死不休"。记得茅盾的《子夜》出版时，我们间曾掀起一场颇为热烈的大辩论，我们辩论的声音在工字厅大厅中回荡。但事过之后，谁也不再介意。我们有时候也把自己写的东西，什么诗歌之类，拿给大家看，而且自己夸耀哪句是神来之笔，一点儿也不脸红。现在想来，好像是别人干的事，然而确实是自己干的事，这样的率真只在那时候能有，以后只能追忆珍惜了。

在当时的社会上，封建思想弥漫，论资排辈好像是天经地义。一个青年要想出头，那是非常困难的。如果没有奥援，不走门子，除了极个别的奇才异能之士外，谁也别想往上爬。那

　　清华求学时，季羡林与几个爱好文学的同道好友常常会面，有时在工字厅大厅中，有时在大礼堂里，有时又在荷花池旁"水木清华"的匾下。他们"高谈阔论，臧否天下人物，特别是古今文学家，直抒胸臆，全无顾忌"。图为清华大学九十年校庆时，季羡林重回工字厅在夹竹桃旁留念。

些少数出身于名门贵阀的子弟,他们丝毫也不担心,毕业后爷老子有的是钱,可以送他出洋镀金,回国后优缺美差在等待着他们。而绝大多数的青年经常为所谓"饭碗问题"担忧,我们也曾为"毕业即失业"这一句话吓得发抖。我们的一线希望就寄托在教授身上。在我们眼中,教授简直如神仙中人,高不可攀。教授们自然也是感觉到这一点的,他们之所以有架子,同这种情况是分不开的。我们对这种架子已经习以为常,不以为怪了。

我就是在这样的气氛中认识西谛先生的。

最初我当然对他并不完全了解。但是同他一接触,我就感到他同别的教授不同,简直不像是一个教授。在他身上,看不到半点儿教授架子;他也没有一点儿论资排辈的恶习。他自己好像并不觉得比我们长一辈,他完全是以平等的态度对待我们。他有时就像一个大孩子,不失其赤子之心。他说话非常坦率,有什么想法就说了出来,既不装腔作势,也不以势吓人。他从来不想教训人,任何时候都是亲切和蔼的。当是流行在社会上的那种帮派习气,在他身上也找不到。只要他认为有一技之长的,不管是老年、中年还是青年,他都一视同仁。因此,我们在背后就常常说他是一个宋江式的人物。他当时正同巴金、靳以主编一个大型的文学刊物《文学季刊》,按照惯例是要找些名人来当主编或编委的,这样可以给刊物镀上一层金,增加号召力量。他确实也找了一些名人,但是像我们这样一些无名又年轻之辈,他也决不嫌弃。我们当中有的人当上了主编,有的人当上特别撰稿人。自己的名字都煌煌然印在杂志的封面上,我们难免有些沾沾自喜。西谛先生对青年人的爱护,除了鲁迅先生外,恐怕并世无二。说老实话,我们有时候简直感到难以理解，有点儿受宠若惊了。

在这样的情况下，我们既景仰他学问之渊博，又热爱他为人之亲切平易，于是就很愿意同他接触。只要有机会，我们总去旁听他的课。有时也到他家去拜访他。记得在一个秋天的夜晚，我们几个人步行，从清华园走到燕园。他的家好像就在今天北大东门里面大烟筒下面。现在时过境迁，房子已经拆掉，沧海桑田，面目全非了。但是在当时给我的印象却是异常美好、至今难忘的。房子是旧式平房，外面有走廊，屋子里有地板，我的印象是非常高级的住宅。屋子里排满了书架，都是珍贵的红木做成的，整整齐齐地摆着珍贵的古代典籍，都是人间瑰宝，其中明清小说、戏剧的收藏更在全国首屈一指。屋子的气氛是优雅典丽的，书香飘拂在画栋雕梁之间。我们都狠狠地羡慕了一番。

总之，我们对西谛先生是尊敬的，是喜爱的。我们在背后常常谈到他，特别是他那些同别人不同的地方，我们更是津津乐道。背后议论人当然并不能算是美德，但是我们一点儿恶意都没有，只是觉得好玩而已。比如他的工作方式，我们当时就觉得非常奇怪。他兼职很多，常常奔走于城内城外。当时交通还不像现在这样方便。清华、燕京，宛如一个村镇，进城要长途跋涉。校车是有的，但非常少，有时候要骑驴，有时候坐人力车。西谛先生挟着一个大皮包，总是装满了稿子，鼓鼓囊囊的。他戴着深度的眼镜，跨着大步，风尘仆仆，来往于清华、燕京和北京城之间。我们在背后说笑话，说郑先生走路就像一只大骆驼。可是他一坐上校车，就打开大皮包拿出稿子，写起文章来。

据说他买书的方式也很特别。他爱书如命，认识许多书贾，一向不同书贾讲价钱，只要有好书，他就留下，手边也不一定就有钱偿付书价，他留下以后，什么时候有了钱就还账，没有钱就用别的书来对换。他自己也印了一些珍贵的古籍，比如《插图本中国文学史》《玄览堂丛书》之类。他有时候也用这些书去还书债。书贾愿意拿什么书，就拿什么书。他什么东西都喜欢大，喜欢多，出书也有独特的气派，与众不同。所有这一切我们也都觉得很好玩，很可爱。这更增加我们对他的敬爱。在我们眼中，西谛先生简直像长江大河，汪洋浩瀚；泰山华岳，庄严敦厚。当时的某一些名人同他一比，简直如小水洼、小土丘一般，有点儿微末不足道了。

但是时间只是不停地逝去，转瞬过了四年，大学要毕业了。清华大学毕业以后，我回到故乡去，教了一年高中。我学的是西洋文学，教的却是国文，用现在的话说，就是"不结合业务"，因此心情并不很愉快。在这期间，我还同西谛先生通过信。他当时在上海，主编《文学》。我寄过一篇散文给他，他立即刊登了。他还写信给我，说他编了一个什么丛书，要给我出一本散文集。我没有去搞，所以也没有出成。过了一年，我得到一份奖学金，到很远的一个国家里去住了十年。从全世界范围来看，这正是一个天翻地覆的时代。在国内，有外敌入侵，大半个祖国变了颜色；在国外，正在进行着第二次世界大战。我在国外，挨饿先不必说，光是每天躲警报，就真够呛。杜甫的诗："烽火连三月，家书抵万金。"我的处境是"烽火连十年，家书无从得"。同西谛先生当然失去了联系。

一直到了1946年的夏天，我才从国外回到上海。去国十年，漂洋万里，到了那繁华的上海，连个落脚的地方都没有。我曾在克家的榻榻米上睡过许多夜。这时候，西谛先生也正在上海。我同克家和辛笛去看过他几次,他还曾请我们吃过饭。他的老母亲亲自下厨房做福建菜,我们都非常感动,至今难以忘怀。当时上海反动势力极为猖獗。郑先生是他们的对立面。他主编一个争取民主的刊物,推动民主运动。反动派把他也看做眼中钉,据说是列入了黑名单。有一次,我同他谈到这个问题。完全出乎我的意料,他的面孔一下子红了起来,怒气冲冲,声震屋瓦,流露出极大的义愤与轻蔑。几十年来他给我的印象是和蔼可亲,平易近人,光风霁月,菩萨慈眉。我万万没有想到,他还有另一面:疾恶如仇,横眉冷对,疾风迅雷,金刚怒目。原来我只是认识了西谛先生的一面,对另一面我连想都没有想过。现在总算比较完整地认识西谛先生了。

有一件事情,我还要在这里提一下。我在上海时曾告诉郑先生,我已应北京大学之聘,担任梵文讲座。他听了以后,喜形于色,他认为,在北京大学教梵文简直是理想的职业。他对梵文文学的重视和喜爱溢于言表。1948年,他在他主编的《文艺复兴·中国文学专号》的《题辞》中写道:"关于梵文学和中国文学的血脉相通之处,新近的研究呈现了空前的辉煌。北京大学成立了东方语文学系,季羡林先生和金克木先生几位都是对梵文学有深刻研究的。……在这个'专号'里,我们邀约了王重民先生、季羡林先生、万斯年先生、戈宝权先生和其他几位先生们写这个'专题'。我们相信,这个工作一定会给国内许多的做研究工作者们以相当的感奋的。"西谛先生对后学的鼓励之情洋溢于字里行间。

解放后不久,西谛先生就从上海绕道香港到了北京。我们都熬过了寒冬,迎来了春天,又在这文化古都见了面,分外高兴。又过了不久,他同我都参加了新中国开国后派出去的第一个大型文化代表团，到印度和缅甸去访问。在国内筹备工作进行了半年多，在国外和旅途中又用了四五个月。我认识西谛先生已经几十年了，这一次是我们相聚最长的一次，我认识他也更清楚了，他那些优点也表露得更明显了。我更觉得他像一个不失其赤子之心的大孩子，胸怀坦荡，耿直率真。他喜欢同人辩论，有时也说一些歪理。但他自己却一本正经，他同别人抬杠而不知是抬杠。我们都开玩笑说，就抬杠而言，他已达到出神入化的境界，应该选他为"抬杠协会主席"，简称之为"杠协主席"。出国前在检查身体的时候，他糖尿病已达到相当严重的程度，有几个"+"号。别人替他担忧，他自己却丝毫不放在心上，喝酒吃点心如故。他那豁达大度的性格，在这里也表现得非常鲜明。

回国以后，我经常有机会同他接触。他担负的行政职务更重了。有一段时间，他在北海团城里办公，我有时候去看他，那参天的白皮松给我留下了难忘的印象。这时候他对书的爱好似乎一点儿也没有减少。有一次他让我到他家去吃饭。他像从前一样，满屋堆满了书，大都是些珍本的小说、戏剧、明清木刻，满床盈案，累架充栋。一谈到这些书，他自然就眉飞色舞。我心里暗暗地感到庆幸和安慰，我暗暗地希望西谛先生能够这样活下去，多活上许多年，多给人民做一些好事情……

但是正当他充满了青春活力，意气风发，大踏步走上前去的时候，好像一声晴天霹雳，西谛先生不幸过早地离开我们了。他逝世时的情况是什么样子，谁也说不清楚。我时常自己描绘，让幻想驰骋。我知道，这样幻想是毫无意义的，但是自己无论如何也排除不掉。过了几年就爆发了"文化大革命"。我同许多人一样被卷了进去。在以后的将近十年中，我是如临深渊,如履薄冰,天天在战战兢兢地过日子,想到西谛先生的时候不多。间或想到他,心里也充满了矛盾:一方面希望他能活下来,另一方面又庆幸他没有活下来,否则他一定也会同我一样戴上种种的帽子,说不定会关进牛棚。他不幸早逝,反而成了塞翁失马了。

现在,恶贯满盈的"四人帮"终于被打倒了。普天同庆,朗日重辉。但是痛定思痛,我想到西谛先生的次数反而多了起来。将近五十年前的许多回忆,清晰的、模糊的、整齐的、零乱的,一齐涌入我的脑中。西谛先生的一举一动,一颦一笑,时时奔来眼底。我越是觉得前途光明灿烂,就越希望西谛先生能够活下来。像他那样的人,我们是多么需要啊。他一生为了保存祖国的文化,付出了多么巨大的劳动!如果他还能活到现在,那该有多好!然而已经发生的事情是永远无法挽回的。"念天地之悠悠",我有时甚至感到有点凄凉了。这同我当前的环境和心情显然是有矛盾的,但我无论如何也抑制不住自己。我常常不由自主地低吟起江文通的名句来:

春草暮兮秋风惊,秋风罢兮春草生;绮罗毕兮池馆尽,琴瑟灭兮丘垄平。自古皆有死,莫不饮恨而吞声。

呜呼!生死事大,古今同感。西谛先生只能活在我们回忆中了。

1980年1月8日初稿
1981年2月2日修改

我和济南

——怀鞠思敏先生

说到我和济南，真有点不容易下笔。我六岁到济南，十九岁离开，一口气住了十三年之久，说句夸大点的话，济南的每一寸土地都会有我的足迹。现在时隔五十年，再让我来谈济南，真如古话所说的，一部十七史不知从何处说起了。

我想先谈一个人，一个我永世难忘的人，这就是鞠思敏先生。

我少无大志。小学毕业以后，不敢投考当时大名鼎鼎的一中，觉得自己只配入"破正谊"，或者"烂育英"。结果我考入了正谊中学，校长就是鞠思敏先生。

同在小学里一样，我在正谊也不是一个用功勤奋的学生。从年龄上来看，我是全班最小的之一。实际上也还是一个孩子。上课之余，多半是到校后面大明湖畔去钓蛙、捉虾。考试成绩还算可以，但是从来没有考过甲等第一名、第二名。对这种情况我根本就不放在心上。

但是鞠思敏先生却给了我极其深刻的印象。他个子魁梧，步履庄重，表情严肃却又可亲。他当时并不教课，只是在上朝会时，总是亲自对全校学生讲话。这种朝会可能是每周一次或者多次，我已经记不清楚。他讲的也无非是处世待人的道理，没有什么惊人之论。但是从他嘴里讲出来，那缓慢而低沉的声音，认真而诚恳的态度，真正打动了我们的心。以后在长达几十年中，我每每回忆这种朝会，每一回忆，心里就油然起幸福之感。

以后我考入山东大学附设高中，校址在北园白鹤庄，一个林木茂密，绿水环绕，荷池纵横的好地方。这时，鞠先生给我们上课了，他教的是伦理学，用的课本就是蔡元培的《中国伦理学史》。书中道理也都是人所共知的，但是从他嘴里讲出来，似乎就增加了分量，让人不得不相信，不得不去遵照执行。

鞠先生不是一个光会卖嘴皮子的人。他自己的一生就证明了他是一个言行一致、极富有民族气节的人。听说日本侵略者占领了济南以后，慕鞠先生大名，想方设法，劝他出来工作，以壮敌伪的声势。但鞠先生总是严加拒绝。后来生计非常困难，每天只能吃开水泡煎饼加上一点咸菜，这样来勉强度日，终于在忧患中郁郁逝世。他没有能看到祖国的光复，更没有能看到祖国的解放。对他来说，这是天大的憾事。我也在离开北园以后没有能再看到鞠先生，对我来说，这也是天大的憾事。这两件憾事都已成为铁一般的事实，我将为之抱恨终天了。

然而鞠先生的影像却将永远印在我的心中，时间愈久，反而愈显得鲜明。他那热爱青年的精神，热爱教育的毅力，热爱祖国的民族骨气，我们今天处于社会主义建设中的中国人民，不是还要认真去学习吗？我每次想到济南，必然会想到鞠先生。他自己未必知道，他有这样一个当年认识他时还是一个小孩子，而今已是皤然一翁的学生在内心里是这样崇敬他。我相信，我决不会是唯一的这样的人，在全济南，在全山东，在全中国还不知道有多少人怀有同我一样的感情。在我们这些人的心中，鞠先生将永远是不死的。

1982年10月12日

他实现了生命的价值
——悼念朱光潜先生

听到孟实先生逝世的消息,我的心情立刻沉重起来。这消息对我并不突然,因为他毕竟是快九十岁的人了,而且近几年来,身体一直不好。但是,如果他能再活上若干年,对我国的学术界,对我自己,不是更有好处吗?

现在,在北京大学内外,还颇有一些老先生可以算做我的师辈。因为,我当学生的时候,他们已经是教授了。但是,我真正听过课的老师,却只剩下孟实先生一人。按旧日的习惯,我应该称他为业师。在今天的新社会中,师生关系内容和意义都有了一些改变。但是,尊师重道仍然是我们要大力提倡的。我对于我这一位业师,一向怀有深深的敬意。而今而后,这敬意的接受者就少掉重要的一个了。

五十多年前,我在清华大学西洋文学系念书。我那时是二十岁上下。孟实先生是北京大学的教授,在清华大学兼课,年龄大概三十四五岁吧。他只教一门文艺心理学,实际上就是美学,这是一门选修课。我选了这一门课,认真地听了一年。当时我就感觉到,这一门课非同凡响,是我最满意的一门课,比那些英、美、法、德等国来的外籍教授所开的课好到不能比的程度。朱先生不是那种口若悬河的人,他的口才并不好,讲一口带安徽味的蓝青官话,听起来并不"美"。看来他不是一个演说家，讲课从来不看学生，两只眼向上翻，看的好像是天花板上或者窗户上的某一块地方。然而却没有废话，每一句话都清清楚楚。他介绍西方各国流行的文艺理论，有时候举一些中国旧诗词作例子，并不牵强附会，我们一听就懂。对那些古里古怪的理论，他确实能讲出一个道理来，我听起来津津有味。我觉得，他是一个有学问的人，一个在学术上诚实的人，他不哗众取宠，他不用连自己都不懂的"洋玩意儿"去欺骗、吓唬年轻的中国学生。因此，在开课以后不久，我就爱上了这一门课，每周盼望上课，成为我的乐趣了。

孟实先生在课堂上介绍了许多欧洲心理学家和文艺理论家的新理论，比如李普斯的感情移入说，还有什么人的距离说等等。他们从心理学方面，甚至从生理学方面来解释关于美的问题。其中有不少理论我觉得是有道理的，一直到今天我仍然记忆不忘。要说里面没有唯心主义成分，那是不能想象的。但是资产阶级的科学家，只要是一个有良心、不存心骗人的人，他总是会在不同程度上正视客观实际的，他的学说总会有合理成分的。我们倒洗澡水不应该连婴儿一起倒掉。达尔文和爱因斯坦难道不是资产阶级的科学家吗？但是，你能说，他们的学说完全不正确吗？我们过去有一些人习惯于用贴标签的办法来处理学术问题，把极其复杂的学术问题过分地简单化了。这不利于学术的发展。这种倾向到了"十年浩劫"期间，在"四人帮"的煽动下，达到了骇人听闻的荒谬的程度。"四人帮"竟号召对相对论一窍不通的人来批判爱因斯坦，成为千古笑谈。孟实先生完全不属于这一类人。他老老实实，本本分分，自己认识到什么程度，就讲到什么程度，一步一个脚印，无形中影响了学生。

离开清华以后,我出国一住就是十年。在这期间,国内正在奋起抗日,国际上则是第二次世界大战。"烽火连八年,家书抵亿金。"在一段相当长的时间内,我完全同祖国隔离,什么情况也不知道,1946年回国,立即来北大工作。那时孟实先生也转来北大。他正编一个杂志,邀我写文章。我写了一篇介绍《五卷书》的文章,发表在那个杂志上。他住的地方离我的住处不远。他的办公室(他当时是西方语言文学系主任,我是东方语言文学系主任)和我的办公室相隔也不远。但是我无论如何也回忆不起来,我曾拜访过他。说起来似乎是件怪事,然而却是事实。现在恐怕有很多人认为我是什么"社会活动家"。其实我的性格毋宁说是属于孤僻一类,最怕见人。我的老师和老同学很多,我几乎是谁都不拜访。天性如此,无可奈何,而今就是想去拜访孟实先生,也完全不可能了。

我因为没有在重庆或者昆明呆过,对于抗战时期那里的情况完全不了解。对于朱先生当时的情况也完全不清楚。到了北平以后,听了三言两语,我有时候也同几个清华的老同学窃窃私议过。到了1949年北平解放前夕,按朱先生的地位,他完全有资格乘南京派来的专机离开中国大陆的。然而他没有这样做,他毅然留了下来,等待北平的解放。其中过程细节,我完全不清楚。然而这件事却给我留下了深刻的印象:朱先生毕竟是经受住了考验,选择了一条唯一正确的道路。

我常常想,在解放前,中国的知识分子大概分为三类:先知先觉的、后知后觉的、不知不觉的。第一类是少数,第三类也是少数。孟实先生(还有我自己),在政治上不是先知先觉;但又决非不知不觉。爱国无分少长,革命难免先后,这恐怕是一条规律。孟实先生同一大批旧社会来的知识分子一样,经过了几十年的观察与考验、前进和停滞，既走过阳关大道，也走过独木小桥，最终还是认识了真理，认为共产党指出的道路是唯一正确的，因而坚定不移地在这一条路上走下去。孟实先生有一些情况我原来并不清楚。只是到了前几年，我读到他在抗战期间从重庆给周扬同志写的一封信，我才知道，他对国民党并不满意，他也向往延安。我心中暗自谴责：我没有能全面了解孟实先生。总之，我认为，孟实先生一生是大节不亏的。他走的道路是一切正直的中国知识分子都应该走的道路。

这一条道路当然也决不会是平坦的。三十多年来，风风雨雨，几乎所有的老知识分子都在风雨中经受磨炼。最突出的例子当然是"十年浩劫"。孟实先生被关进了牛棚。我是自己"跳"出来的，一跳也就跳进了牛棚。想不到几十年前的师生现在成了"同棚"。牛棚生活不是三言两语所能说清的。在这里暂且不谈。孟实先生在棚里的一件小事，我却始终忘记不了。他锻炼身体有一套方术，大概是东西均备，佛道沟通。在那种阴森森的生活环境中，他居然还在锻炼身体，我实在非常吃惊，而且替他捏一把汗。晚上睡下以后，我发现他在被窝里胡折腾，不知道搞一些什么名堂。早晨他还偷跑到一个角落里去打太极拳一类的东西。有一次被"监改人员"发现了，大大地挨了一通批。在这些"大老爷"眼中，我们锻炼身体是罪大恶极的。这是一件微不足道的小事，然而它的意义却不小。从中可以看出，孟实先生对自己的前途没有绝望，对我们的事业也没有绝望，他执著于生命，坚决要活下去。否则的话，他尽可以像一些别的难兄难弟一样，破罐子破摔算了。说老实话，我在当时的态度实在比不上他。这一件事，我从来没有同他谈起过，只是暗暗地记在心中。

"四人帮"垮台以后，天日重明，孟实先生以古稀之年，重又精神抖擞，从事科研、教学和社会活动。他的生活异常地有规律。每天早晨，人们总会看到一个瘦小的老头在大图书馆前漫步。在工作方面，他抓得非常紧，他确实达到了壮心不已的程度。他译完了黑格尔的美学，又翻译维柯的著作。这些著作内容深奥，号称难治，能承担这种翻译工作的，并世没有第二人，孟实先生以他渊博的学识和湛深的外语水平，兢兢业业，勤勤恳恳，争分夺秒，锲而不舍，"焚膏油以继晷，恒兀兀以穷年"，终于完成了这项艰巨的工作，给我们留下了宝贵的财富，得到了学术界普遍的赞扬。

孟实先生学风谨严，一丝不苟，谦虚礼让，不耻下问。他曾多次问到我关于古代印度宗教的问题。他对中外文学都有精湛的研究，这是学术界公认的。他的文笔又流利畅达，这也是学者中间少有的。思想改造运动时，有人告诉我说是喜欢读朱先生写的自我批评的文章。我当时觉得非常可笑：这是什么时候呀，你居然还有闲情逸致来欣赏文章！然而这却是事实，可见朱先生文章感人之深。他研究中外文艺理论，态度同样严肃认真。他翻译外国名著，也是句斟字酌，不轻易下笔。严复说："一名之立，旬月踟蹰。"我在朱先生身上也发现了这种认真负责的态度。解放后，他努力学习辩证唯物主义和历史唯物主义，并以此指导自己的研究工作，给我们树立了榜样。

现在，孟实先生离开了我们。他一生执著追求，没有偷懒。将近九十年的漫长的道路，走过来并不容易。峰回路转，柳暗花明，他都碰到过。顺利与挫折，他都经受过。但是，他在千辛万苦之后，毕竟找到了真理，热爱祖国，热爱社会主义，找到了一个中国知识分子的最好的归宿。现在人们常谈生命的价值；我认为，孟实先生是实现了生命的价值的。

　　听到孟实先生逝世的消息时，我并没有流泪，但是在写这篇短文时，却几次泪如泉涌。生生死死，自然规律，任何人也改变不了。古人说："大块劳我以生，息我以死。"孟实先生，安息吧！你的形象将永远留在你这一个年迈而不龙钟的学生的心中。

1986 年 3 月

悼念曹老

几个月以前，北京大学召开了庆祝曹老（靖华）九十华诞座谈会。我参加了，发了言，我说，曹老的道德文章，可以为人师表。《关东文学》编辑部的同志要我写一篇祝贺文章，我答应了，立即动笔。但是，只写了一半，便有西安、香港之行，没有来得及写完。回京以后，听到曹老病情转恶。但我立刻又有北戴河之行，没能到医院去看望他。不意他竟尔仙逝。老辈学人中又弱一个，给我连年来对师友的悼念又增添一份沉重的力量，让我把祝贺文章腰斩，来写悼念文字，不禁悲从中来了。

记得在大约四年以前，我还在学校工作，曹老的家属从医院打电话给学校领导，说曹老病危，让学校派人去见"最后一面"。我奉派前往，看到他的病并不"危"，谈笑风生。我当时心情十分矛盾，我把眼泪硬压在内心里，陪他谈笑。他不久就出了院，而且还参加了一个在京西宾馆召开的会。我们见面，彼此兴奋。我一想到"最后一面"，心里就觉得非常有趣。他则怡然坦然，坐在台阶上，同我谈话。以后，听说他又进了医院，出出进进，记不清有多少次了。时光流逝，一晃就是几年，他终于度过了自己的九十周岁诞辰。我原以为他还能奇迹般地出出进进几次，而终无危险，向着百岁迈进，可他终于一病不起了。

同很多人一样，我认识曹老有一个曲折的过程。我是先读他的书，然后闻知他的英勇事迹，最后才见面认识。我在大学读书期间，曾读过曹老的一些翻译作品。1946年夏天，我在离开祖国十一年之后，终于经历了千辛万苦，回到了祖国的怀抱里。我当时心情十分矛盾，一个年轻的游子又回到母亲跟前，心里感到特别温暖。但是在所谓胜利之后，国民党的"劫收"大员，像一群蝗虫，无法无天，乱抢乱夺。我又不禁忧从中来。我在上海停留期间，夜里睡在克家的榻榻米上，觉得其乐无穷。有一天，忽然听到传闻，国民党警察在南京下关车站蛮横地毒打了进京请愿的进步人士，其中就有曹老。从此曹靖华（我记得当时是曹联亚）这个名字就深深地印在我的记忆中。

一直到解放以后，我才在北京大学见到曹老。他在俄语系工作，我在东语系。由于行当不同，接触并不多。但是，他留给我的印象是非常好的。他长我十四岁，论资排辈，他应该算是我的老师。他为人淳朴无华，待人接物，诚挚有加，彬彬有礼，给人以忠厚长者的印象。他不愧是中国旧文化精华的一个代表人物，同他交往，使人如坐春风化雨中。

但是，这只是他性格的一个方面。在另一方面，他却如金刚怒目，对待反动派决不妥协。他通过翻译苏联的革命文学，哺育了一代代的革命新人。他的功绩将永远为中国人民所记忆。而他自己也以身作则。早年他冒风险同鲁迅先生交往，支持人民的正义斗争，坚贞不屈，数十年如一日，终于经历了严霜烈日，走过了不知多少独木小桥，迎来了次第春风。他真正做到了"横眉冷对千夫指，俯首甘为孺子牛"。

在以后长达几十年的交往中，我对他的敬意与日俱增。有很长的一段时间，他是《世界文学》的主编，我是编委之一。每隔几个月，总要召开一次编委会，大家放言高论，其乐融

"早年他（曹靖华）冒风险同鲁迅先生交往，支持人民的正义斗争，坚贞不屈，数十年如一日，终于经历了严霜烈日，走过了不知多少独木小桥，迎来了次第春风。他真正做到了'横眉冷对千夫指，俯首甘为孺子牛'。"图为会议结束后，季羡林和曹靖华（右）合影留念。

融。解放以后，我参加的会议真可谓多矣。我决不是一个"开会迷"，有一些会让我苦不堪言。但是，对《世界文学》的会，我却真有一点"迷"了。同老友见面，同曹老见面，成为我的一大乐事。

我曾在悼念朱光潜先生的文章中提到，我最不喜欢拜访人。即使是我最尊敬的老师和老友，我也难得一访。我自己知道，这是一种怪癖，想改之者久矣。但是山难改，性难移，至今没有什么改进。对待曹老，我也是如此。尽管我对他有深厚的敬意和感情，但是曹老的家我却一次也没有去过。平常在校园中见了面，总要问寒问暖，说上一阵子话，看来彼此都是兴奋而又欣慰。在外面开会时碰到，更要促膝长谈。我往往暗自庆幸：北大是一个出百岁老人的地方。我们的老校长马寅初先生，活到一百多岁。我的美国老师温德教授也庆祝过自己的一百周岁。曹老为什么不能活到一百岁呢？

然而曹老毕竟没有活到一百岁。这对中国文学艺术界来说是一大损失，对他的学生和朋友来说是一件无法弥补的憾事。有生必有死，这是自然规律，我辈凡人谁也无法抗御。我们只能用这个来安慰自己。同时，我又想到，年过九十，也算是寿登耄耋，在世界上，自古以来，就是十分罕见的。曹老可以安息了。

北大以老教授多闻名全国。我自己虽然久已年逾古稀，但是抬眼向前看，比我年纪大的还有一大排，我只能算是小弟弟，不敢言老，心中更无老意，常常感到，在燕园中，自己是幸福的人。然而近二三年以来，老成颇多凋谢，蓦抬头：我眼前的队伍逐渐缩短了，宛如深秋古木，在不知不觉中，叶片一片片地飘然落下。我虽然自谓能用唯物的态度对待生死问题，然而内心深处也难免引起一阵阵的颤抖了。

  嗟乎,死者已矣。我们生者的责任更大起来了。我感到自己肩头沉重了起来。

1987 年 9 月 13 日

我记忆中的老舍先生

老舍先生含冤逝世已经二十多年了。在这一段相当长的时间内，我经常想到他，想到的次数远远超过我认识他以后直至他逝世的三十多年。每次想到他，我都悲从中来。我悲的是中国失去一个热爱祖国、热爱人民的正直的大作家，我自己失去一位从年龄上来看算是师辈的和蔼可亲的老友。目前，我自己已经到了晚年，我的内心再也承受不住这一份悲痛，我也不愿意把它带着离开人间。我知道，原始人是颇为相信文字的神秘力量的，我从来没有这样相信过。但是，我现在宁愿做一个原始人，把我的悲痛和怀念转变成文字，也许这悲痛就能突然消逝掉，还我心灵的宁静，岂不是天大的好事吗？

我从高中时代起，就读老舍先生的著作，什么《老张的哲学》《赵子曰》《二马》，我都读过。到了大学以后，以及离开大学以后，只要他有新作出版，我一定先睹为快，什么《离婚》《骆驼祥子》等等，我都认真读过。最初，由于水平的限制，他的著作我不敢说全都理解。可是我总觉得，他同别的作家不一样。他的语言生动幽默，是地道的北京话，间或也夹上一点山东俗语。他没有许多作家那种忸怩作态让人读了感到浑身难受的非常别扭的文体，一种新鲜活泼的力量跳动在字里行间。他的幽默也同林语堂之流的那种着意为之的幽默不同。总之，老舍先生成了我毕生最喜爱的作家之一，我对他怀有崇高的敬意。

但是，我认识老舍先生却完全出于一个偶然的机会。30年代初，我离开了高中，到清华大学来念书。当时老舍先生正在济南齐鲁大学教书。济南是我的老家，每年暑假我都回去。李长之是济南人，他是我的唯一的一个小学、中学、大学"三连贯"的同学。有一年暑假，他告诉我，他要在家里请老舍先生吃饭，要我作陪。在旧社会，大学教授架子一般都非常大，他们与大学生之间宛然是两个阶级。要我陪大学教授吃饭，我真有点受宠若惊。及至见到老舍先生，他却全然不是我心目中的那种大学教授。他谈吐自然，蔼然可亲，一点架子也没有，特别是他那一口地道的京腔，铿锵有致，听他说话，简直就像是听音乐，是一种享受。从那以后，我们就算是认识了。

以后是激烈动荡的几十年。我在大学毕业以后，在济南高中教了一年国文，就到欧洲去了，一住就是十一年。中国胜利了，我才回来，在南京住了一个暑假。夜里睡在国立编译馆长之的办公桌上；白天没有地方呆，就到处云游，什么台城、玄武湖、莫愁湖等等，我游了一个遍。老舍先生好像同国立编译馆有什么联系。我常从长之口中听到他的名字，但是没有见过面。到了秋天，我也就离开了南京，乘海船绕道秦皇岛，来到北平。

以后又是更为激烈震荡的三年。用美式装备武装到牙齿的国民党反动军队，被彻底消灭。蒋介石一小撮逃到台湾去了。中国人民苦斗了一百多年，终于迎来了解放的春天。我们这一群知识分子都亲身感受到，我们确实已经站起来了。就在这样的情况下，我在当时所谓故都又会见了老舍先生，上距第一次见面已经有二十多年了。

我现在已经记不清楚我们重逢时的情景，但是我却清晰地记得起50年代初期召开的一次汉语规范化会议时的情景。当时语言学界的知名人士，以及曲艺界的名人，都被邀请参加，其中有侯宝林、马增芬姊妹等等。老舍先生、叶圣陶先生、罗常培先生、吕叔湘先生、黎锦熙先生等等都参加了。这是解放后语言学界的第一次盛会。当时还没有达到会议成灾的程度，因此大家的兴致都很高，会上的气氛也十分亲切融洽。

有一天中午，老舍先生忽然建议，要请大家吃一顿地道的北京饭。大家都知道，老舍先生是地道的北京人，他讲的地道的北京饭一定会是非常地道的，都欣然答应。老舍先生对北京人民生活之熟悉，是众所周知的。有人戏称他为"北京土地爷"。他结交的朋友，三教九流都有。他能一个人坐在大酒缸旁，同洋车夫、旧警察等旧社会的"下等人"，开怀畅饮，亲密无间，宛如亲朋旧友，谁也感觉不到他是大作家、名教授、留洋的学士。能做到这一步的，并世作家中没有第二人。这样一位老北京想请大家吃北京饭，大家的兴致哪能不高涨起来呢？商议的结果是到西四砂锅居去吃白煮肉，当然是老舍先生做东。他同饭馆的经理一直到小伙计都是好朋友，因此饭菜极佳，服务周到。大家尽兴地饱餐了一顿。虽然是一顿简单的饭，然而却令人毕生难忘。当时参加宴会今天还健在的叶老、吕先生大概还都记得这一顿饭吧。

还有一件小事，也必须在这里提一提。忘记了是哪一年了，反正我还住在城里翠花胡同没有搬出城外。有一天，我到东安市场北门对门的一家著名的理发馆里去理发，猛然瞥见老舍先生也在那里，正躺在椅子上，下巴上白糊糊的一团肥皂泡沫，正让理发师刮脸。这不是谈话的好时机，只寒暄了几句，就什么也不说了。等我坐在椅子上时，从镜子里看到他跟我打招呼，告别，看到他的身影走出门去。我理完发要付钱时，理发师说：老舍先生已经替我付过了。这样芝麻绿豆的小事殊不足以见老舍先生的精神，但是，难道也不足以见他这种细心体贴人的心情吗？

老舍先生的道德文章，光如日月，巍如山斗，用不着我来细加评论，我也没有那个能力。我现在写的都是一些小事。然而小中见大，于琐细中见精神，于平凡中见伟大，豹窥一斑，鼎尝一脔，不也能反映出老舍先生整个人格的一个缩影吗？

中国有一句俗话："好死不如赖活着。"这一句话道出了一个真理。一个人除非万不得已决不会自己抛掉自己的生命。印度梵文中"死"这个动词，变化形式同被动态一样。我一直觉得非常有趣，非常有意思。印度古代语法学家深通人情，才创造出这样一个形式。死几乎都是被动的。有几个人主动地去死呢？老舍先生走上自沉这一条道路，必有其不得已之处。有人说，人在临死前总会想到许多许多东西的，他会想到自己的一生。可惜我还没有这个经验，只能在这里胡思乱想。当老舍先生徘徊在湖水岸边决心自沉时，眼望湖水茫茫，心里悲愤填膺，唤天天不应，唤地地不答，悠悠天地，仿佛只剩下自己孤身一人，他会想到自己的一生吧！这一生是忠诚于祖国、忠诚于人民的一生，然而到头来却落到这等地步。为什么呢？究竟是为什么呢？如果自己留在美国不回来，著书立说，优游自在，洋房、汽车、声名禄利，无一缺少，舒舒服服地过一辈子，说不定能寿登耄耋，富埒王侯。他不是为了热爱自己的祖国母亲，才毅然历尽艰辛回来的吗？是今天祖国母亲无法庇护自己那远方归来的游子了呢？还是不愿意庇护了呢？我猜想，老舍先生决不会埋怨自己的祖国母亲，祖国母亲永远是可爱的，在任何情况下都是可爱的。他也决不会后悔回来的。但是，他确实有一些问题难以理解，他只有横下一条心，一死了之。这样的问题，我们今天又有谁能够理解呢？我想，老舍先生还会想到自己院子里种的柿子树和菊花。他当然也会想到自己的亲人，想到自己的朋友。所有这一些都是十分美好可爱的。对于这一些难道他就一点也不留恋吗？决不会的，决不会的。但是，有一种东西哽在他的心中，像大毒蛇缠住了他，他只能纵身一跳，投入波心，让弥漫的湖水给自己带来解脱了。

两千多年以前，屈原自沉于汨罗江。他行吟泽畔，心里想的恐怕同老舍先生有类似之处吧。他想到："蝉翼为重，千钧为轻；黄钟毁弃，瓦釜雷鸣。"他又想到："世人皆浊我独清，众人皆醉我独醒。"难道老舍先生也这样想过吗？这样的问题，有谁能够答复我呢？恐怕到了地球末日也没有人能答复了。我在泪眼模糊中，看到老舍先生戴着眼镜，在和蔼地对我笑着；我耳朵里仿佛听到了他那铿锵有节奏的北京话。我浑身颤抖，连灵魂也在剧烈地震动。

呜呼！我欲无言。

1987 年 10 月 1 日晨

《王力先生纪念论文集》序

要论资排辈，了一先生应该是我的老师。如果我记忆不错的话，他是1932年从法国回国到清华大学来任教的。我当时是西洋文学系三年级的学生。因为行当不同，我们没有什么接触。只有一次，我们的老师吴雨僧（宓）教授请我们几个常给《大公报》文学副刊写文章的学生吃饭，地点是在工字厅西餐部，同桌有了一先生。当时师生之界极严，学生望教授高入云天，我们没能说上几句话。

以后是漫长的将近二十年。1950年，我随中国文化代表团访问印度和缅甸。因为是解放后第一个大型的出国代表团，所以筹备的时间极长。周总理亲自过问筹备工作，巨细不遗。在北京筹备了半年多，又到广州呆了一段时间。在此期间，我们访问了岭南大学。了一先生是那里的文学院长，他出来招待我们。由于人多，我们也没能说上多少话。我同时还拜谒了我的老师陈寅恪先生，他也在那里教书。那是我第一次到广州。时令虽已届深秋，但是南国花木依然葳郁，绿树红花，相映成趣。我是解放后第一次出国，心里面欣慰、惊异、渴望、自满，又有点忐忑不安，说不出是一种什么滋味，甜甜的，又有点酸涩。在岭南大学校园里，看到了含羞草一类的东西，手指一戳，叶子立即并拢起来，引起了我童心般的好奇。再加上见到了了一先生和寅恪先生，心里感到很温暖。此情此景，至今历历如在目前。

20世纪50年代初,季羡林随中国文化代表团访问印度和缅甸,这是他解放后第一次出国,"心里面欣慰、惊异、渴望、自满,又有点忐忑不安,说不出是一种什么滋味,甜甜的,又有点酸涩"。图为文化代表团成员,冯友兰(二排左四)、季羡林(右一)等在访问途中合影留念。

以后又是数年的隔绝。1952年高等学校进行了院系调整。1954年中山大学语言学系调整到北京大学中文系，了一先生也迁来北京。从此见面的时间就多起来了。

从宏观上来看，了一先生和我都是从事语言研究的。解放以后，提倡集体主义精神，成立机构，组织学会，我同了一先生共事的机会大大地多了起来。首先是国务院（最初叫政务院）文字改革委员会。了一先生和我从一开始就都参加了。了一先生重点放在制定汉语拼音方案方面。我参加的是汉字简化工作。在相当长的时间内，我们经常在一起开会，常常听到他以平稳缓慢的声调，发表一些卓见。其次是《中国大百科全书·语言文字卷》的编纂工作。了一先生是中国语言学界的元老之一。在很多问题上，我们都要听他的意见。在编纂过程中，我们在一起开了不少的会。了一先生还承担了重要词条的编写工作。智者千虑，必有一失。他写的词条别人提出了意见，他一点权威架子也没有，总是心平气和地同年轻的同志商谈修改的意见。这一件事给我留下了极其深刻的印象，我将毕生难忘。最后是中国语言学会的工作。为这一个重要的学会，他也费了不少的心血，几次大会，即使不在北京，他也总是不辞辛劳，亲自出席。大家都很尊敬他，他在会上的讲话或者发言，大家都乐意听。

通过了这样一些我们共同参加的工作，我对了一先生的为人认识得越来越具体，越来越清楚了。我觉得，他禀性中正平和，待人亲切和蔼。我从来没见他发过脾气，甚至大声说话，疾言厉色，也都没有见过。同他相处，使人如坐春风中。他能以完全平等的态度待人，无论是弟子，还是服务人员，他都一视同仁。北大一位年轻的司机告诉我说：有一次，他驱车去接了一先生，适逢他在写字，他请了一先生也给他写一幅，了一先生欣然应之，写完之后，还写上某某同志正腕，某某是司机的名字。这一幅珍贵的字条，这位年轻的司机至今还珍重保存。一提起来，他欣慰感激之情还溢于言表。

谈到了一先生的学术成就，说老实话，我实在没有资格来说三道四。虽然我们同属语言学界，但是研究的具体对象却悬殊很大。了一先生治语音学、汉语音韵学、汉语史、中国古文法、中国语言学史、汉语诗律学、中国语法理论、中国现代语法、同源字等等。我自己搞的则是印度佛教梵文以及新疆古代语言文字、吐火罗文之类。二者搭界的地方微乎其微。了一先生学富五车，著作等身。我确实读过不少他的著作，但是并没有读完他所有的著作。以这样一个水平来发表意见，只能算是管窥蠡测而已。可是我又觉得非发表一点意见不行。所以我现在只能从低水平上说一点个人的意见，至于是否肤浅甚至谬误，就无法过多地考虑了。

我想用八个字来概括了一先生的学风或者学术成就：中西融会，龙虫并雕。

什么叫中西融会呢？我举一个比较明显的例子。了一先生治中国音韵学用力甚勤，建树甚多。原因何在呢？在中国音韵学史上，从明末清初起，直至20世纪二三十年代，大师辈出，成就远迈前古。顾炎武、戴东原等启其端。到了乾嘉时代，钱大昕、段玉裁、王念孙、王引之诸大师出，辉煌如日中天。清末以后，章太炎、黄季刚、王静安等，追踪前贤，多所创获。这些大师审音之功既勤，又师承传授，汉语古音体系基本上弄清楚了。但是，他们也有不足之处，他们对于发音部位、发音方法缺乏近代科学的审析方法，因而间或有模糊之处。而这一点正是西方汉学家的拿手好戏。瑞典高本汉研究中国汉语古音,自成体系,成绩斐然,受到中国学者如胡适、林语堂等的尊崇,叹为得未曾有。实际上欧洲学者的成就正是中国学者的不足之处。了一先生一方面继承了中国的优秀传统,特别是乾嘉大师的衣钵,另一方面又精通西方学者的近代的科学方法,因而在汉语音韵学的研究中走出了一条新路。所以我说他是中西融会。至于他在汉语史等方面的研究上也表现出融会中西两方的优点的本领,并且取得了重大的成就。

什么叫龙虫并雕呢?了一先生把自己的书斋命名为龙虫并雕斋。意思十分清楚:既雕龙,又雕虫,二者同样重要,无法轩轾,或者用不着轩轾。他的著作中有《龙虫并雕斋诗集》《龙虫并雕斋文集》《龙虫并雕斋琐语》等。可见了一先生志向之所在。这一件事情,看似微末,实则不然。从中国学术史上来看,学者们大别分为两类。一类专门从事钻研探讨,青箱传世,白首穷经,筚路蓝缕,独辟蹊径,因而名标青史,举世景仰。一类专门编写通俗文章,用现在的话来说,就是做普及工作。二者之间是有矛盾的,前者往往瞧不起后者,古人说:"雕虫小技,壮夫不为。"可以充分透露其中消息。实际上,前者不乐意、不屑于做后者的工作,往往是不善于做。能兼此二者之长的学者异常地少,了一先生是其中之一。在前者中,他是巨人;对于后者,不但乐意做,而且善于做。他那许多通俗的文章起了很大的作用。他的著作《江浙人怎样学习普通话》《广东人怎样学习普通话》,对于普及普通话工作所起的推动作用,是难以估量的。从这里也可以看出了一先生的远大的眼光和广阔的胸怀。我认为,这是非常非常难得的,是值得我们大家都去学习的。"阳春白雪",我们竭诚拥护,这是不可缺少的。难道说"国中和者数千人"的"下里巴人"就不重要,就是可以缺少的吗?

　　我在上面谈了我对了一先生为人和为学的一些看法。在世界和中国学术史上,常常碰到一种现象,那就是:一个学者的为人和为学两者之间有矛盾。有的人为学能实事求是,朴实无华,而为人则诡谲多端,像神龙一般,令人见首不见尾。另外一些人则正相反,为学奇诡难测,而为人则淳朴坦荡。我觉得,在了一先生身上,为人与为学则是完全统一的。他真正是文如其人,或者人如其文。在这两个方面他给人的印象都是本本分分,老老实实,只有实事求是之心,毫无哗众取宠之意。大家都会承认,这一点是非常难得的。

　　多少年来,我曾默默地观察、研究中国的知识分子,了一先生也包括在里面。我觉得,中国知识分子实在是一群很特殊的人物。他们的待遇并不优厚,他们的生活并不丰足。比起其他国家来,往往是相形见绌。在过去几十年的所谓政治运动中,被戴上了许多离奇荒诞匪夷所思的帽子,磕磕碰碰,道路并不平坦。在"十年浩劫"中,更是登峰造极,受到了不公正的冲撞。了一先生也没有能幸免。但是,时过境迁,到了今天,我从知识分子口中没有听到过多少抱怨的言谈。从了一先生口中也没有听到过。他们依然是任劳任怨,勤奋工作,"焚膏油以继晷,恒兀兀以穷年"。他们中的很多人真正做到了"淡泊以明志,宁静以致远",为培养青年学生,振兴祖国学术而拼搏不辍。在这样一些人中,了一先生是比较突出的一个。如果把这样一群非常特殊的人物称为世界上最好的知识分子,难道还有什么不妥之处吗?

　　人们不禁要问:原因何在呢?难道中国知识分子是一群圣

人、神人、不食人间烟火的仙人吗？当然不是。我个人认为，只有在过去是半封建半殖民地的中国，这样的知识分子才能出现。在这些人身上，爱国主义是根深蒂固、血肉相连的。帝国主义国家的某一些（不是全体）知识分子，不管在国家兴旺时多么高谈爱国，义形于色；只要稍有风吹草动，立即远走高飞，把自己的国家丢到脖子后面，什么爱国主义，连一点影子都没有了。在中国则不然。知识分子在旧社会吃过苦头，受到过帝国主义者的压迫。今天得到了解放，当然会由衷地欢畅和感激。要说他们对今天当前的情况完全满意，那也不是事实。但是，只要向前看，就可以看到，不管我们目前还有多少困难和问题，不管还有多少大风大浪，总起来说，我们的社会还是向上的，前途是光明的。因此，中国知识分子的爱国之情决不会改变。这一点，在了一先生身上，在许多知识分子身上，显得非常突出。我觉得，这是中国知识分子的最可宝贵的品质，年轻一代人应该永远保持下去。

了一先生离开我们了。但是，他的人品，他的学术却永远不会离开我们。他留给我们的一千多万字的学术著作是我们的宝贵财富。我们要认真学习、研究，再从而发扬光大之，使中国的语言研究更上一层楼。这不是我一个人的想法。从这一册琳琅满目的纪念论文集中，我仿佛听到了我们大家的共同的心声。

愿了一先生为人和治学的精神永存。

1987年11月4日

为胡适说几句话

在中国近现代史上,胡适是一个起过重要作用但争议又非常多的人物。过去,在极"左"思想的支配下,我们曾一度把他完全抹煞,把他说得一文不值、反动透顶。十一届三中全会以后,我们看问题比较实事求是了。因此对胡适的评价也有了一些改变。但是,最近我在一份报刊上一篇文章中读到,(胡适)"一生追随国民党和蒋介石",好像他是一个铁杆国民党员、蒋介石的崇拜者。根据我的了解,好像事情不完全是这个样子,因此禁不住要说几句话。

胡适不赞成共产主义,这是一个事实,是谁也否认不掉的。但是,他是不是就是死心塌地地拥护国民党和蒋介石呢?这是一个值得探讨的问题。他从来就不是国民党员。他对国民党并非一味地顺从。他服膺的是美国的实验主义,他崇拜的是美国的所谓民主制度。只要不符合这两个尺度,他就挑点小毛病,闹着独立性。对国民党也不例外。最著名的例子是他在《新月》上发表的文章:《知难行亦不易》,是针对孙中山先生的著名的学说"知难行易"的。我在这里不想讨论"知难行易"的哲学奥义,也不想涉及孙中山先生之所以提出这样主张的政治目的。我只想说,胡适敢于对国民党的"国父"的重要学说提出异议,是需要一点勇气的。蒋介石从来也没有听过"国父"的话,他打出孙中山先生的牌子,其目的只在于欺骗群众。但是,有谁胆敢碰这块牌子,那是断断不能容许的。于是,文章一出,国民党蒋介石的御用党棍一下子炸开了锅,认为胡适简直是大不敬,竟敢在太岁头上动土,一犬吠影,百犬吠声,这一群走狗一涌而上。但是,胡适却一笑置之,这一场风波不久也就平息下去了。

另外一个例子是胡适等新月派的人物曾一度宣扬"好人政府",他们大声疾呼,一时甚嚣尘上。这立刻又引起了一场喧闹。有人说,他们这种主张等于不说,难道还有什么人主张坏人政府吗?但是,我个人认为,在国民党统治下而提倡好人政府,其中隐含着国民党政府不是好人政府的意思。国民党之所以暴跳如雷,其原因就在这里。

这样的小例子还可以举出一些来;但是,这两个也就够了。它充分说明,胡适有时候会同国民党闹一点小别扭的。个别"诛心"的君子义正词严地昭告天下说,胡适这样做是为了向国民党讨价还价。我没有研究过"特种"心理学,对此不敢赞一词,这里且不去说它。至于这种小别扭究竟能起什么作用,也不在我研究的范围之内,也不去说它了。我个人觉得,这起码表明胡适不是国民党蒋介石的忠顺奴才。

但是,解放以后,我们队伍中的一些人创造了一个新术语,叫做"小骂大帮忙"。胡适同国民党闹点小别扭就归入这个范畴。什么叫"小骂大帮忙"呢?理论家们说,胡适同国民党蒋介石闹点小别扭,对他们说点比较难听的话,这就叫做"小骂"。通过这样的"小骂",给自己涂上一层保护色,这种保护色是有欺骗性的,是用来迷惑人民的。到了关键时刻,他又出来为国民党讲话。于是人民都相信了他的话,天下翕然从之,国民党就"万寿无疆"了。这样的"理论"未免低估了中国老百姓的觉悟水平。难道我们的老百姓真正这样糊涂、这样低能吗？国民党反动派最后垮台的历史，也从反面证明了这种说法是不正确的，是不符合实际情况的。把胡适说得似乎比国民党的中统、军统以及其他助纣为虐的忠实走狗还要危险，还要可恶，也是不符合实际情况的。

我最近常常想到，解放以后，我们中国的知识分子学习了辩证法。对于这一件事无论怎样评价也不会过高的。但是，正如西方一句俗语所说的那样：一切闪光的不都是金子。有人把辩证法弄成了诡辩术，老百姓称之为"变戏法"。辩证法稍一过头，就成了形而上学、唯心主义、教条主义，就成了真正的变戏法。一个最著名的例子就是，在封建时代赃官比清官要好。清官能延长封建统治的寿命，而赃官则能促其衰亡。周兴、来俊臣一变而为座上宾，包拯、海瑞则成了阶下囚。当年我自己也曾大声疾呼宣扬这种荒谬绝伦的谬论，以为这才是真正的辩证法，为了自己这种进步，这种"顿悟"，而心中沾沾自喜。一回想到这一点，我脸上就不禁发烧。我觉得，持"小骂大帮忙"论者的荒谬程度，与此不相上下。

上面讲的对胡适的看法，都比较抽象。我现在从回忆中举两个具体的例子。我于1946年回国后来北大工作，胡适是校长，我是系主任，在一起开会、见面讨论工作的机会是非常多的。我们俩都是国立北平图书馆的什么委员，又是北大文科研究所的导师，更增加了见面的机会。同时，印度尼赫鲁政府派来了一位访问教授师觉月博士和六七位印度留学生。胡适很关心这一批印度客人，经常要见见他们，到他们的住处去看望，还请他们吃饭。他把照顾印度朋友的任务交给了我。所有这一切都给了我更多的机会，来观察、了解胡适这样一个当时在学术界和政界都红得发紫的大人物。我写的一些文章也拿给他看，他总是连夜看完，提出评价。他这个人对任何人都是和蔼可亲的，没有一点盛气凌人的架子。这一点就是拿到今天来也是颇为难能可贵的。今天我们个别领导干部那种目中无人、天上天下唯我独尊的气势我们见到的还少吗？根据我几年的观察，胡适是一个极为矛盾的人物。要说他没有政治野心，那不是事实。但是，他又死死抓住学术研究不放。一谈到他有兴趣的学术问题，比如说《水经注》《红楼梦》、神会和尚等等，他便眉飞色舞，忘掉了一切，颇有一些书呆子的味道。蒋介石是流氓出身，一生也没有脱掉流氓习气，他实际上是玩胡适于股掌之上。可惜胡适对于这一点似乎并不清醒。有一度传言，蒋介石要让胡适当总统。连我这个政治幼儿园的小学生也知道，这根本是不可能的，这是一场地地道道的骗局。可胡适似乎并不这样想，当时他在北平的时候不多，经常乘飞机来往于北平南京之间，仆仆风尘，极为劳累，他却似乎乐此不疲。我看他是一个异常聪明的糊涂人。这就是他留给我的总印象。

我现在谈两个小例子。首先谈胡适对学生的态度。我到北大以后，正是解放战争激烈地展开、国民党反动派垂死挣扎的时候。北大学生一向是在政治上得风气之先的，在反对国民党反动统治方面，也是如此。北大的民主广场号称北京城内的"解放区"。学生经常从这里列队出发，到大街上游行示威，反饥饿，反迫害，反内战。国民党反动派大肆镇压，逮捕学生。从"小骂大帮忙"的理论来看，现在应当是胡适挺身出来给国民党帮忙的时候了，是他协助国民党反动派压制学生的时候了。但是，据我所知道的，胡适并没有这样干，而是张罗着保释学生，好像有一次他还亲自找李宗仁，想利用李的势力让学生获得自由。有的情景是我亲眼目睹的，有的是听到的。恐怕与事实不会相距过远。

还有一件小事，是我亲身经历的。大约在1948年的秋天，人民解放军已经对北京形成了一个大包围圈，蒋介石集团的末日快要来临了。有一天我到校长办公室去见胡适，商谈什么问题。忽然走进来一个人——我现在忘记是谁了，告诉胡适说，解放区的广播电台昨天夜里有专门给胡适的一段广播，劝他不要跟着蒋介石集团逃跑，将来让他当北京大学校长兼北京图书馆馆长。我们在座的人听了这个消息，都非常感兴趣，都想看一看胡适怎样反应。只见他听了以后，既不激动，也不愉快，而是异常地平静，只微笑着说了一句："他们要我吗？"短短的五个字道出了他的心声。看样子他已经胸有成竹，要跟国民党逃跑。但又不能说他对共产党有刻骨的仇恨。不然，他决不会如此镇定自若，他一定会暴跳如雷，大骂一通，来表示自己对国民党和蒋介石的忠诚。我这种推理是不是实事求是呢？我认为是的。

总之，我认为胡适是一位非常复杂的人物，他反对共产主义，但是拿他那一把美国尺子来衡量，他也不见得赞成国民党。在政治上，他有时候想下水，但又怕湿了衣裳。他一生就是在这种矛盾中度过的。他晚年决心回国定居，说明他还是热爱我们祖国大地的。因此，说他是美国帝国主义的走狗，说他"一生追随国民党和蒋介石"，都不符合实际情况。

解放后，我们有过一段极"左"的历史。对胡适的批判不见得都正确。十一届三中全会以后，我们拨乱反正，知人论世，真正的辩证法多了，形而上学、教条主义、似是而非的伪辩证法少了。我觉得，这是了不起的成就，了不起的转变。在这种精神的鼓舞下，我为胡适说了上面这一些话，供同志们探讨时参考。

1987 年 11 月 25 日

回忆梁实秋先生

我认识梁实秋先生,同他来往,前后也不过两三年,时间是很短的。但是,他留给我的回忆却是很长很长的。分别之后,到现在已经四十年了。我仍然时常想到他。

1946年夏天,我在离开了祖国十一年之后,受尽了千辛万苦,又回到了祖国怀抱,到了南京。当时刚刚打败了日本侵略者,国民党的劫收大员正在全国满天飞,搜括金银财宝,兴高采烈。我这一介书生,"无条无理",手里没有几个钱,北京大学还没有开学,拿不到工资,住不起旅馆,只好借住在我小学同学李长之在国立编译馆的办公室内。他们白天办公,我就出去游荡,晚上回来,睡在办公桌上。早晨一起床,赶快离开。国立编译馆地处台城下面,我多半在台城上云游。什么鸡鸣寺、胭脂井,我几乎天天都到。再走远一点,出城就到了玄武湖。山光水色,风物怡人。但是我并没有多少闲情逸致,观赏风景。我的处境颇像旧戏中的秦琼,我心里琢磨的是怎样卖掉黄骠马。

我这样天天游荡,梦想有朝一日自己能安定下来,有一间房子,有一张书桌。别的奢望,一点没有。我在台城上面看到郁郁葱葱的古柳,心头不由地涌出了古人的诗:

江雨霏霏江草齐,

六朝如梦鸟空啼。

无情最是台城柳,

依旧烟笼十里堤。

这里讲的仅仅是六朝。从六朝到现在,又不知道有多少朝多少代过去了。古柳依然是葱茏繁茂,改朝换代并没有影响了它们的情绪。今天我站在古柳面前,一点也没有觉得它们"无情",我觉得它们有情得很。我天天在六月的炎阳下奔波游荡,只有在台城古柳的浓荫下才能获得片刻的清凉,让我能够坐下来稍憩一会儿。我难道不该感激这些古柳而还说三道四吗?

又过了一些时候,有一天长之告诉我,梁实秋先生全家从重庆复员回到南京了。梁先生也在国立编译馆工作。我听了喜出望外。我不认识梁先生,论资排辈,他大我十几岁,应该算是我的老师。他的文章我在清华大学读书时就读过不少,很欣赏他的文才,对他潜怀崇敬之情。万万没有想到竟在南京能够见到他。见面之后,立刻对他的人品和谈吐十分倾倒。没有经过什么繁文缛节,我们成了朋友。我记得,他曾在一家大饭店里宴请过我。梁夫人和三个孩子:文茜、文蔷、文骐,都见到了。那天饭菜十分精美,交谈更是异常愉快,给我留下了深刻的印象,至今忆念难忘。我自谓尚非馋嘴之辈,可为什么独独对酒宴记得这样清楚呢?难道自己也属于饕餮大王之列吗?这真叫做没有法子。

解放前夕,实秋先生离开了北平,到了台湾,文茜和文骐留下没有走。在那极"左"的时代,有人把这一件事看得大得不得了。现在看来,也没有什么了不起的。一个人相信马克思主义，这当然很好，这说明他进步。一个人不相信，或者暂时不相信，他也完全有自由，这也决非反革命。我自己过去不是也不相信马克思主义吗？从来就没有哪一个人一生下就是马克思主义者，连马克思本人也不是，遑论他人。我们今天知人论事，要抱实事求是的态度。

至于说梁实秋同鲁迅有过一些争论，这是事实。是非曲直，暂作别论。我们今天反对对任何人搞"凡是"，对鲁迅也不例外。鲁迅是一个伟大人物，这谁也否认不掉。但不能说凡是鲁迅说的都是正确的。今天，事实已经证明，鲁迅也有一些话是不正确的，是形而上学的，是有偏见的。难道因为他对梁实秋有过批评意见，梁实秋这个人就应该永远打入十八层地狱吗？

实秋先生活到耄耋之年。他的学术文章，功在人民，海峡两岸，有目共睹，谁也不会有什么异辞。我想特别提出一点来说一说。他到了老年，同胡适先生一样，并没有留恋异国，而是回到台湾定居。这充分说明，他是热爱我们祖国大地的。至于他的为人毫无架子，像对我和李长之这样年轻一代的人，竟也平等对待，态度真诚和蔼，更令人难忘。这种作风，即使不是绝无仅有，也总算是难能可贵。对我们今天已经成为前辈的人，不是很有教育意义吗？

去年，他的女儿文茜和文蔷奉父命专门来看我。我非常感动，知道他还没有忘掉我。这勾引起我回忆往事。回忆虽然如云如烟，但是感情却是非常真实的。我原期望还能在大陆见他一面，不意他竟尔仙逝。我非常悲痛，想写点什么，终未果。去年，他的夫人从台湾来北京举行追思会。我正在南京开会，没能亲临参加，只能眼望台城，临风凭吊。我对他的回忆将永远保留在我的心中,直至我不能回忆为止。我的这一篇短文,他当然无法看到了。但是,我仿佛觉得,而且痴情希望,他能看到。四十年音问未通,这是仅有的一次也是最后一次通音问了。悲夫!

1988 年 3 月 26 日

悼念沈从文先生

去年有一天，老友肖离打电话告诉我，从文先生病危，已经准备好了后事。我听了大吃一惊，悲从中来。一时心血来潮，提笔写了一篇悼念文章，自诧为倚马可待，情文并茂。然而，过了几天，肖离又告诉我说，从文先生已经脱险回家。我心里一块石头落了地，又窃笑自己太性急，人还没去，就写悼文，实在非常可笑。我把那一篇"杰作"往旁边一丢，从心头抹去了那一件事，稿子也沉入书山稿海之中，从此"云深不知处"了。

到了今年，从文先生真正去世了。我本应该写点什么的。可是，由于有了上述一段公案，懒于再动笔，一直拖到今天。同时我注意到，像沈先生这样一个人，悼念文章竟如此之少，有点不太正常，我也有点不平。考虑再三，还是自己披挂上马吧。

我认识沈先生已经五十多年了。当我还是一个大学生的时候，我就喜欢读他的作品。我觉得，在所有的并世的作家中，文章有独立风格的人并不多见。除了鲁迅先生之外，就是从文先生。他的作品，只要读上几行，立刻就能辨认出来，决不含糊。他出身湘西的一个破落小官僚家庭，年轻时当过兵，没有受过多少正规的教育。他完全是自学成家。湘西那一片有点神秘的土地，其怪异的风土人情，通过沈先生的笔而大白于天下。湘西如果没有像沈先生这样的大作家和像黄永玉先生这样的大画家，恐怕一直到今天还是一片充满了神秘的 terra incognita（没有人了解的土地）。

我同沈先生打交道，是通过一件不大不小的事情。丁玲的《母亲》出版以后，我读了觉得有一些意见要说，于是写了一篇书评，刊登在郑振铎、靳以主编的《文学季刊》创刊号上。刊出以后，我听说，沈先生有一些意见。我于是立即写了一封信给他，同时请郑先生在《文学季刊》创刊号再版时，把我那一篇书评抽掉。也许是就由于这一个不能算是太愉快的因缘，我们就认识了。我当时是一个穷学生，沈先生是著名的作家。社会地位，虽不能说如云泥之隔，毕竟差一大截子。可是他一点名作家的架子也不摆，这使我非常感动。他同张兆和女士结婚，在北京前门外大栅栏撷英番菜馆设盛大宴席，我居然也被邀请。当时出席的名流如云。证婚人好像是胡适之先生。

从那以后，有很长的时间，我们并没有多少接触。我到欧洲去住了将近十一年。他在抗日烽火中在昆明住了很久，在西南联大任国文系教授。彼此音问断绝。他的作品我也读不到了。但是，有时候，不知是出于什么原因，我在饥肠辘辘、机声嗡嗡中，竟会想到他。我还是非常怀念这一位可爱、可敬、淳朴、奇特的作家。

一直到 1946 年夏天，我回到祖国。这一年的深秋，我终于又回到了别离了十几年的北平。从文先生也于此时从云南复员来到北大，我们同在一个学校任职。当时我住在翠花胡同，他住在中老胡同，都离学校不远，因此我们也相距很近。见面的次数就多了起来。他曾请我吃过一顿相当别致、毕生难忘的饭，云南有名的汽锅鸡。锅是他从昆明带回来的，外表看上去像宜兴紫砂，上面雕刻着花卉书法，古色古香，虽系厨房用品，然却古朴高雅，简直可以成为案头清供，与商鼎周彝斗艳争辉。

　　就在这一次吃饭时，有一件小事给我留下了深刻的印象。当时要解开一个用麻绳捆得紧紧的什么东西。只需用剪子或小刀轻轻地一剪一割，就能开开。然而从文先生却抢了过去，硬是用牙把麻绳咬断。这一个小小的举动，有点粗劲，有点蛮劲，有点野劲，有点土劲，并不高雅，并不优美。然而，它却完全透露了沈先生的个性。在达官贵人、高等华人眼中，这简直非常可笑，非常可鄙。可是，我欣赏的却正是这一种劲头。我自己也许就是这样一个"土包子"，虽然同那一些只会吃西餐、穿西装、半句洋话也不会讲偏又自认为是"洋包子"的人比起来，我并不觉得低他们一等。不是有一些人也认为沈先生是"土包子"吗？

　　还有一件小事，也使我忆念难忘。有一次我们到什么地方去游逛，可能是中山公园之类。我们要了一壶茶。我正要拿起壶来倒茶，沈先生连忙抢了过去，先斟出了一杯，又倒入壶中，说只有这样才能把茶味调得均匀。这当然是一件微不足道的小事，然而在琐细中不是更能看到沈先生的精神吗？

　　小事过后，来了一件大事：我们共同经历了北平的解放。在这个关键时刻，我并没有听说，从文先生有逃跑的打算。他的心情也是激动的，虽然他并不故作革命状，以达到某种目的，他仍然是朴素如常。可是恶运还是降临到他头上来。一个著名的马列主义文艺理论家，在香港出版的一个进步的文艺刊物上，发表了一篇长文，题目大概是什么《文坛一瞥》之类，前面有一段相当长的修饰语。这一位理论家视觉似乎特别发达，他在文坛上看出了许多颜色。他"一瞥"之下，就把沈先生"瞥"成了粉红色的小生。我没有资格对这一篇文章发表意见。但是，沈先生好像是当头挨了一棒，从此被"瞥"下了文坛，销声匿迹，再也不写小说了。

一个惯于舞笔弄墨的人，一旦被剥夺了写作的权利，他心里是什么滋味，我说不清，他有什么苦恼，我也说不清。然而，沈先生并没有因此而消沉下去。文学作品不能写，还可以干别的事嘛。他是一个精力旺盛的人，他是一个闲不住的人，他转而研究起中国古代的文物来，什么古纸、古代刺绣、古代衣饰等等，他都研究。凭了他那一股惊人的钻研的能力，过了没有多久，他就在新开发的领域内取得了可喜的成绩。他那一本讲中国服饰史的书，出版以后，洛阳纸贵，受到国内外一致的高度的赞扬。他成了这方面权威。他自己也写章草，又成了一个书法家。

有点讽刺意味的是，正当他手中的写小说的笔被"瞥"掉的时候，从国外沸沸扬扬传来了消息，说国外一些人士想推选他做诺贝尔文学奖金的候选人。我在这里着重声明一句，我们国内有一些人特别迷信诺贝尔奖金，迷信的劲头，非常可笑。试拿我们中国没有得奖的那几位文学巨匠同已经得奖的欧美的一些作家来比一比，其差距简直有如高山与小丘。同此辈争一日之长，有这个必要吗！推选沈先生当候选人的事是否进行过，我不得而知。沈先生怎样想，我也不得而知。我在这里提起这一件事，只不过把它当做沈先生一生中一个小小的插曲而已。

我曾在几篇文章中都讲到，我有一个很大的缺点（优点？），我不喜欢拜访人。有很多可尊敬的师友，比如我的老师朱光潜先生、董秋芳先生等等，我对他们非常敬佩，但在他们健在时，我很少去拜访。对沈先生也一样。偶尔在什么会上，甚至在公共汽车上相遇，我感到非常亲切，他好像也有同样的感情。他依然是那样温良、淳朴，时代的风风雨雨在他身上，似乎没有留下什么痕迹，说白了就是没有留下伤痕。一谈到中国古代科技、艺术等等，他就喜形于色，眉飞色舞，娓娓而谈，如数家珍，天真得像一个大孩子。这更增加了我对他的敬意。我心里曾几次动过念头：去看一看这一位可爱的老人吧！然而，我始终没有行动。现在人天隔绝，想见面再也不可能了。

有生必有死，是大自然的规律。我知道，这个规律是违抗不得的，我也从来没有想去违抗。古代许多圣君贤相，聪明一世，糊涂一时，想方设法，去与这个规律对抗，妄想什么长生不老，结果却事与愿违，空留下一场笑话。这一点我很清楚。但是，生离死别，我又不能无动于衷。古人云：太上忘情。我是一个微不足道的凡人，无论如何也做不到忘情的地步，只有把自己钉在感情的十字架上了。我自谓身体尚颇硬朗，并不服老。然而，曾几何时，宛如黄粱一梦，自己已接近耄耋之年。许多可敬可爱的师友相继离我而去。此情此景，焉能忘情？现在从文先生也加入了去者的行列。他一生安贫乐道，淡泊宁静，死而无憾矣。对我来说，忧思却着实难以排遣。像他这样一个有特殊风格的人，现在很难找到了。我只觉得大地茫茫，顿生凄凉之感。我没有别的本领，只能把自己的忧思从心头移到纸上，如此而已。

1988年11月2日写于香港中文大学会友楼

回忆雨僧先生

雨僧先生离开我们已经十多年了。作为他的受业弟子,我同其他弟子一样,始终在忆念着他。

雨僧先生是一个奇特的人,身上也有不少的矛盾。他古貌古心,同其他教授不一样,所以奇特。他言行一致,表里如一,同其他教授不一样,所以奇特。别人写白话文,写新诗;他偏写古文,写旧诗,所以奇特。他反对白话文,但又十分推崇用白话写成的《红楼梦》,所以矛盾。他看似严肃、古板,但又颇有一些恋爱的浪漫史,所以矛盾。他能同青年学生来往,但又凛然、俨然,所以矛盾。

总之,他是一个既奇特又矛盾的人。

我这样说,不但丝毫没有贬意,而且是充满了敬意。雨僧先生在旧社会是一个不同流合污、特立独行的畸人,是一个真正的人。

当年在清华读书的时候,我听过他几门课:"英国浪漫诗人""中西诗之比较"等。他讲课认真、严肃,有时候也用英文讲,议论时有警策之处。高兴时,他也把自己新写成的旧诗印发给听课的同学,十二首《空轩》就是其中之一。这引得编《清华周刊》的学生秀才们把他的诗译成白话,给他开了一个不大不小而又无伤大雅的玩笑。他一笑置之,不以为忤。他的旧诗确有很深的造诣,同当今想附庸风雅的、写一些根本不像旧诗的"诗人",决不能同日而语。他的"中西诗之比较"实际上讲的就是比较文学。当时这个名词还不像现在这样流行。他实际上是中国比较文学的奠基人之一，值得我们永远怀念的。

他坦诚率真，十分怜才。学生有一技之长，他决不掩没，对同事更是不懂得什么叫忌妒。他在美国时，邂逅结识了陈寅恪先生。他立即驰书国内，说："合中西新旧各种学问而统论之，吾必以寅恪为全中国最博学之人。"也许就是由于这个缘故，他在清华作为西洋文学系的教授而一度兼国学研究院的主任。

他当时给天津《大公报》主编一个《文学副刊》。我们几个喜欢舞笔弄墨的青年学生，常常给副刊写点书评一类的短文，因而无形中就形成了一个小团体。我们曾多次应邀到他那在工字厅的住处：藤影荷声之馆去做客，也曾被请在工字厅的教授们的西餐餐厅去吃饭。这在当时教授与学生之间存在着一条看不见但感觉到的鸿沟的情况下，是非常难能可贵的。至今回忆起来还感到温暖。

我离开清华以后，到欧洲去住了将近十一年。回到国内时，清华和北大刚刚从云南复员回到北平。雨僧先生留在四川，没有回来。其中原因，我不清楚，也没有认真去打听。但是，我心中却有一点疑团：这难道会同他那耿直的为人有某些联系吗？是不是有人早就把他看做眼中钉了呢？在这漫长的几十年内，我只在六十年代初期，在燕东园李赋宁先生家中拜见过他。以后就再没有见过面。

在"十年浩劫"中，他当然不会幸免。听说，他受过惨无人道的折磨，挨了打，还摔断了什么地方，我对此丝毫也不感到奇怪。以他那种奇特的特立独行的性格，他决不会投机说谎，决不会媚俗取巧，受到折磨，倒是合乎规律的。反正知识久已不值一文钱，知识分子被视为"老九"。在黄钟毁弃、瓦釜雷鸣的时代，我们又有什么话好说呢？雨僧先生受到的苦难，我有意不去仔细打听，不知道反而能减轻良心上的负担。至于他有什么想法，我更是无从得知。现在，他终于离开我们，走了。从此人天隔离，永无相见之日了。

雨僧先生这样一个奇特的人，这样一个不同流合污特立独行的人，是会受到他的朋友们和弟子们的爱戴和怀念的。现在编集的这一本《回忆吴宓先生》就是一个充分的证明。

他的弟子和朋友都对他有自己的一份怀念之情，自己的一份回忆。这些回忆不可能完全一样，因为每一个人都有自己观察事物和人物的角度和特点。但是又不可能完全不一样。因为回忆的毕竟是同一个人——我们敬爱的雨僧先生。这一部回忆录就是这样一部既不一样又不不一样的汇合体。从这个一样又不一样的汇合体中可以反照出雨僧先生整个的性格和人格。

我是雨僧先生的弟子之一，在贡献上我自己那一份回忆之余，又应编者的邀请写了这一篇序。这两件事都是我衷心愿意去做的。也算是我献给雨僧先生的心香一瓣吧。

1989年3月22日

本文为《回忆吴宓先生》一书的序言

忆念胡也频先生

胡也频,这个在中国近代革命史上和文学史上宛如夏夜流星一闪即逝但又留下永恒光芒的人物,知道其名者很多很多,但在脑海中尚能保留其生动形象者,恐怕就很少很少了。

我有幸是其中的一个。

我初次见到胡先生是六十年前在山东济南省立高中的讲台上。我当时只有十八岁,是高中三年级的学生。他个子不高,人很清秀,完全是一副南方人的形象。此时日军刚刚退出了被占领一年的济南。国民党的军队开了进来,教育有了改革。旧日的山东大学附设高中改为省立高中。校址由绿柳红荷交相辉映的北园搬到车水马龙的杆石桥来,环境大大地改变了,校内颇有一些新气象。专就国文这一门课程而谈,在一年前读的还是《诗经》《书经》和《古文观止》一类的书籍,现在完全改为读白话文学作品。作文也由文言文改为白话文。教员则由前清的翰林、进士改为新文学家。对于我们这一批年轻的大孩子来说,顿有耳目为之一新的感觉。大家都兴高采烈了。

高中的新校址是清代的一个什么大衙门,崇楼峻阁,雕梁画栋,颇有一点威武富贵的气象。尤其令人难忘的是里面有一个大花园。园子的全盛时期早已成为往事。花坛不修,水池干涸,小路上长满了草。但是花木却依然青翠茂密,浓绿扑人眉宇。到了春天,夏天,仍然开满似锦的繁花,把这古园点缀得明丽耀目。枝头、丛中时有鸟鸣声,令人如入幽谷。老师们和学生们有时来园中漫步，各得其乐。

胡先生的居室就在园门口旁边，常见他走过花园到后面的课堂中去上课。他教书同以前的老师完全不同。他不但不讲《古文观止》，好像连新文学作品也不大讲。每次上课，他都在黑板上大书："什么是现代文艺？"几个大字，然后滔滔不绝地讲了起来，直讲得眉飞色舞，浓重的南方口音更加难懂了。下一次上课，黑板上仍然是七个大字："什么是现代文艺？"我们这一群年轻的大孩子听得简直像着了迷。我们按照他的介绍买了一些当时流行的马克思主义文艺理论书籍。那时候，"马克思主义"这个词儿是违禁的，人们只说"普罗文学"或"现代文学"，大家心照不宣，谁也了解。有几本书的作者我记得名叫弗里茨，以后再也没见到这个名字。这些书都是译文，非常难懂。据说是从日文转译的俄国书籍。恐怕日文译者就不太懂俄文原文，再转为汉文，只能像"天书"了。我们当然不能全懂，但是仍然怀着朝圣者的心情，硬着头皮读下去。生吞活剥，在所难免。然而"现代文艺"这个名词却时髦起来，传遍了高中的每一个角落，仿佛为这古老的建筑增添了新的光辉。

我们这一批年轻的中学生其实并不真懂什么"现代文艺"，更不全懂什么叫"革命"。胡先生在这方面没有什么解释。但是我们的热情却是高昂的，高昂得超过了需要。当时还是国民党的天下，学校大权当然掌握在他们手中。国民党最厌恶、最害怕的就是共产党，似乎有不共戴天之仇，必欲除之而后快。在这样的气氛下，胡先生竟敢明目张胆地宣传"现代文艺"，鼓动学生革命，真如太岁头上动土。国民党对他的仇恨是完全可以想象的。

胡先生却是处之泰然。我们阅世未深，对此完全是麻木的。胡先生是有社会经历的人，他应该知道其中的利害。可是他也毫不在乎。只见他那清瘦的小个子，在校内课堂上，在那座大花园中，迈着轻盈细碎的步子，上身有点向前倾斜，匆匆忙忙，仓仓促促，满面春风，忙得不亦乐乎。他照样在课堂上宣传他的"现代文艺"，侃侃而谈，视敌人如草芥，宛如走入没有敌人的敌人阵中。

他不但在课堂上宣传，还在课外进行组织活动。他号召组织了一个现代文艺研究会，由几个学生积极分子带头参加，公然在学生宿舍的走廊上，摆上桌子，贴出布告，昭告全校，踊跃参加。当场报名、填表，一时热闹得像是过节一样。时隔六十年，一直到今天，当时的情景还历历如在眼前，当时的笑语声还在我耳畔回荡，留给我的印象之深，概可想见了。

有了这样一个组织，胡先生还没有满足，他准备出一个刊物，名称我现在忘记了。第一期的稿子中有我的一篇文章，名叫《现代文艺的使命》。内容现在完全忘记了，无非是革命、革命、革命之类。以我当时的水平之低，恐怕都是从"天书"中生吞活剥地抄来了一些词句，杂凑成篇而已，决不会是什么像样的文章。

正在这时候，当时蜚声文坛的革命女作家、胡先生的夫人丁玲女士到了济南省立高中，看样子是来探亲的。她是从上海去的。当时上海是全国最时髦的城市，领导全国的服饰的新潮流。丁玲的衣着非常讲究，大概代表了上海最新式的服装。相对而言，济南还是相当闭塞淳朴的。丁玲的出现，宛如飞来的一只金凤凰，在我们那些没有见过世面的青年学生眼中，她浑身闪光，辉耀四方。

记得丁玲那时候比较胖，又穿了非常高的高跟鞋。济南比不了上海，马路坑坑洼洼，高低不平。高中校内的道路，更是年久失修。穿平底鞋走上去都不太牢靠，何况是高跟鞋。看来丁玲就遇上了"行路难"的问题。胡先生个子比丁玲稍矮，夫人"步履维艰"，有时要扶着胡先生才能迈步。我们这些年轻的学生看了这情景，觉得非常有趣。我们就窃窃私议，说胡先生成了丁玲的手杖。我们其实不但毫无恶意，而且是充满了敬意的。在我们心中真觉得胡先生是一个好丈夫，因此对他更增加了崇敬之感，对丁玲我们同样也是尊敬的。

不管胡先生怎样处之泰然，国民党却并没有睡觉。他们的统治机器当时运转得还是比较灵的。国民党对抗大清帝国和反动军阀有过丰富的斗争经验，老谋深算，手法颇多。相比之下，胡先生这个才不过二十多岁的真正的革命家，却没有多少斗争经验，专凭一股革命锐气，革命斗志超过革命经验，宛如初生的犊子不怕虎一样，头顶青天，脚踏大地，把活动都摆在光天化日之下。这确实值得尊敬。但是，勇则勇矣，面对强大的掌握大权的国民党，是注定要失败的。这一点，我始终不知道，胡先生是否意识到了。这个谜将永远成为一个谜了。

事情果然急转直下。有一天，国文课堂上见到的不再是胡先生那瘦小的身影，而是一位完全陌生的老师。全班学生都为之愕然。小道消息说，胡先生被国民党通缉，连夜逃到上海去了。到了第二年，1931年，他就同柔石等四人在上海被国民党逮捕，秘密杀害，身中十几枪。当时他只有二十八岁。

鲁迅先生当时住在上海，听到这消息以后，他怒发冲冠，拿起如椽巨笔，写了这样一段话："我们现在以十分的哀悼和铭记，纪念我们的战死者，也就是要牢记中国无产阶级革命文学的历史的第一页，是同志的鲜血所记录，永远在显示敌人的卑劣的凶暴和启示我们的不断的斗争。"(《二心集》)这一段话在当时真能掷地作金石声。

　　胡先生牺牲到现在已经六十年了。如果他能活到现在,也不过八十七八岁,在今天还不算是太老,正是"余霞尚满天"的年龄,还是大有可为的。而我呢,在这一段极其漫长的时间内,经历了极其曲折复杂的行程,天南海北,神州内外,高山大川,茫茫巨浸;走过阳关大道,也走过独木小桥,在"空前的十年"中,几乎走到穷途。到了今天,我已由一个不到二十岁的中学生变成了皤然一翁,心里面酸甜苦辣,五味俱全。但是胡先生的身影忽然又出现在眼前,我有点困惑。我真愿意看到这个身影,同时却又害怕看到这个身影,我真有点诚惶诚恐了。我又担心,等到我这一辈人同这个世界告别以后,脑海中还能保留胡先生身影者,大概也就要完全彻底地从地球上消逝了。对某一些人来说,那将是一个永远无法弥补的损失。在这里,我又有点欣慰:看样子,我还不会在短期中同地球"拜拜"。只要我在一天,胡先生的身影就能保留一天。愿这一颗流星的光芒尽可能长久地闪耀下去。

1990年2月9日

我的老师董秋芳先生

难道人到了晚年就只剩下回忆了吗？我不甘心承认这个事实，但又不能不承认。我现在就是回忆多于前瞻。过去六七十年不大容易想到的师友，现在却频来入梦。

其中我想得最多的是董秋芳先生。

董先生是我在济南高中时的国文教员，笔名冬芬。胡也频先生被国民党通缉后离开了高中，再上国文课时，来了一位陌生的教员，个子不高，相貌也没有什么惊人之处，一只手还似乎有点毛病，说话绍兴口音颇重，不很容易懂。但是，他的笔名我们却是熟悉的。他翻译过一本苏联小说：《争自由的波浪》，鲁迅先生作序，他写给鲁迅先生的一封长信，我们在报刊上读过，现在收在《鲁迅全集》中。因此，面孔虽然陌生，但神交却已很久。这样一来，大家处得很好，也自是意中事了。

在课堂上，他同胡先生完全不同。他不讲什么"现代文艺"，也不宣传革命，只是老老实实地讲书，认真小心地改学生的作文。他也讲文艺理论，却不是弗里茨，而是日本厨川白村的《苦闷的象征》《出了象牙之塔》，都是鲁迅先生翻译的。他出作文题目很特别，往往只在黑板上大书"随便写来"四个字，意思自然是，我们愿意写什么，就写什么；愿意怎样写，就怎样写，丝毫不受约束，有绝对的写作自由。

我就利用这个自由写了一些自己愿意写的东西。我从小学经过初中到高中前半，写的都是文言文；现在一旦改变，并没有感到有什么不适应。原因是我看了大量的白话旧小说，对五四以来的新文学作品，鲁迅、胡适、周作人、郭沫若、郁达夫、茅盾、巴金等人的小说和散文几乎读遍了，自己动手写白话文，颇为得心应手，仿佛从来就写白话文似的。

在阅读的过程中，潜移默化，在无意识中形成了自己对写文章的一套看法。这套看法的最初根源似乎是来自旧文学，从庄子、孟子、史记，中间经过唐宋八大家，一直到明末的公安派和竟陵派，清代的桐城派，都给了我不同程度、不同方式的灵感。这些大家时代不同，风格迥异；但是却有不少共同之处。根据我的归纳，可以归为三点：第一，感情必须充沛真挚；第二，遣词造句必须简练、优美、生动；第三，整篇布局必须紧凑、浑成。三者缺一，就不是一篇好文章。文章的开头与结尾，更是至关重要。后来读了一些英国名家的散文，我也发现了同样的规律。我有时甚至想到，写文章应当像谱乐曲一样，有一个主旋律，辅之以一些小的旋律，前后照应，左右辅助，要在纷纭变化中有统一，在统一中有错综复杂，关键在于有节奏。总之，写文章必须惨淡经营。自古以来，确有一些文章如行云流水，仿佛是信手拈来，毫无斧凿痕迹。但是那是长期惨淡经营终入化境的结果。如果一开始就行云流水，必然走入魔道。

我这些想法形成于不知不觉之中，自己并没有清醒的意识。它也流露于不知不觉之中，自己也没有清醒的意识。有一次，在董先生的作文课堂上，我在"随便写来"的启迪下，写了一篇记述我回故乡奔母丧的悲痛心情的作文。感情真挚，自不待言。在谋篇布局方面却没有意识到有什么特殊之处。作文本发下来了，却使我大吃一惊。董先生在作文本每一页上面的空白处都写了一些批注，不少地方有这样的话："一处节奏"、"又一处节奏"，等等。我真是如拨云雾见青天："这真是我写的作文吗？"这真是我的作文，不容否认。"我为什么没有感到有什么节奏呢？"这也是事实，不容否认。我的苦心孤诣连自己也没有意识到的，却为董先生和盘托出。知己之感，油然而生。这决定了我一生的活动。从那以后，六十年来，我从事研究的是一些稀奇古怪的东西，与文章写作风马牛不相及。但是感情一受到剧烈的震动，所谓"心血来潮"，则立即拿起笔来，写点什么。至今已到垂暮之年，仍然是积习难除，锲而不舍。这同董先生的影响是绝对分不开的。我对董先生的知己之感，将伴我终生了。

高中毕业以后，到北京来念了四年大学，又回到母校济南高中教了一年国文，然后在欧洲呆了将近十一年，1946年才回到祖国。在这长达二十多年的时间内，我一直没有同董秋芳老师通过信，也完全不知道他的情况。50年代初，在民盟的一次会上，完全出我意料之外，我竟见到了董先生，看那样子，他已垂垂老矣。我激动得说不出话来，他也非常激动。但是我平生有一个弱点：不善于表露自己的感情。董先生看来也是如此。我们每个人心里都揣着一把火，表面上却颇淡漠，大有君子之交淡如水之慨了。

我生平还有一个弱点，我曾多次提到过，这就是，我不喜欢拜访人。这两个弱点加在一起，就产生了致命的后果：我同我平生感激最深、敬意最大的老师的关系，看上去有点若即若离了。

不记得是什么时候了，董先生退休了，离开北京回到了老家绍兴。这时候大概正处在"十年浩劫"期间,我是泥菩萨过江,自身难保。自顾不暇,没有余裕来想到董先生了。

又过一些时候,听说董先生已经作古,乍听之下,心里震动得非常剧烈。一霎时,心中几十年的回忆、内疚、苦痛,蓦地抖动起来。我深自怨艾,痛悔无已。然而已经发生过的事情是无法挽回的。看来我只能抱恨终天了。

我虽然研究佛教,但是从来不相信什么生死轮回,再世转生。可是我现在真想相信一下。我自己屈指计算了一下,我这一辈子基本上是一个善人,坏事干过一点,但并不影响我的功德。下一生,我不敢,也不愿奢望转生为天老爷,但我定能托生为人,不至走入畜生道。董先生当然能转生为人,这不在话下。等我们两个隔世相遇的时候,我相信,我的两个弱点经过地狱的磨练已经克服得相当彻底,我一定能向他表露我的感情,一定常去拜访他,做一个程门立雪的好弟子。

然而,这一些都是可能的吗?这不是幻想又是什么呢?"他生未卜此生休。"我怅望青天,眼睛里溢满了泪水。

1990 年 3 月 24 日

诗人兼学者的冯至（君培）先生

君培先生一向只承认自己是诗人，不是学者。但是众多的师友和学生，也包括我在内，却认为他既是诗人，也是学者。他把这两种多少有点矛盾的行当融汇于一身，而且达到了高度统一与和谐的境界。

他的抒情诗曾受到鲁迅先生的赞扬。可惜我对于新诗，虽然已经读了六十多年，却自愧缺少这方面的细胞，至今仍然处在幼儿园阶段，更谈不到登堂入室。因此，对冯先生的新诗，我不敢赞一词。

可是为什么我也认为他是诗人呢？我根据的是他的抒情散文。散文，过去也一度被称作小品文，英国的所谓 familiar essay，就是这种东西。这个文学品种，同诗歌、小说、戏剧一样，也是国际性的。但又与后三者不完全相同：并不是每一个文学大国散文都很发达。过去，一讲到散文，首先讲英国，其次算是法国。这个说法基本上是正确的。英国确实出了不少的散文大家，比如兰姆（C.Lamb），G. 吉辛（G.Gissing），鸦片烟鬼德·昆西（De Quincey）等等，近代还出了像切斯特顿（Chesterton）等这样的散文作家，灿如列星，辉耀文坛。在法国，蒙田是大家都熟悉的散文大家。至于德国、俄国等文学大国，散文作家则非常稀见。我个人认为，这恐怕与民族气质和思维方式有关。兹事体大，这里不详细讨论了。

我只想指出一点，过去一讲到散文，开口必言英国的中外学者们，忘记了一个事实：中国实际上是世界上最大的散文大国。他们五体投地、诚惶诚恐地匍匐在英国散文脚下，望穿秋水，把目光转向英国。却忘记了，远在天边，近在眼前，居散文魁首地位者非中国莫属。

中国旧日把一切典籍分为四类：经、史、子、集。经里面散文比较少见；史里面则大量存在，司马迁是最著名的例子；子几乎全属于散文范畴；集比起子来更有过之。我们平常所说的"唐宋八大家"，明朝末年的公安派和竟陵派，清朝的桐城派，等等，都是地地道道的散文。我们读过的《古文辞类纂》、《古文观止》等等，不都是散文吗？不但抒情和写景的文章属于散文，连一些议论文，比如韩愈的《论佛骨表》，苏轼的《范增论》《留侯论》，以及苏洵的《辨奸论》等等，都必须归入散文范畴，里面弥漫着相当浓厚的抒情气息。我们童而习之，至今尚能成诵。可是，对我来说，一直到了接近耄耋之年，才仿佛受到"天启"，豁然开朗：这不是散文又是什么呢？古诗说："踏破铁鞋无觅处，得来全不费工夫。"岂是之谓欤？

因此，我说：中国是世界的散文大国。

而冯至先生的散文，同中国近代许多优秀的散文大家的作品一样——诸如鲁迅、郁达夫、冰心、朱自清、茅盾、叶圣陶、杨朔、巴金等的散文，是继承了中国优秀散文传统的。里面当然也有西方散文的影响，在欧风美雨剧烈的震动下，不这样也是不可能的。但其基调以及神情韵味等，则是中国的。恐怕没有人能够完全否认这一点。在这一点上，中国近代的散文，同诗歌、小说、戏剧完全不一样，其中国味是颇为浓烈的。后三者受西方影响十分显著。试以茅盾、巴金等的长篇而论，它们从形式上来看，是同《红楼梦》接近呢，还是类似《战争与和平》？明眼人一望便知，几乎没有争辩的余地。至于曹禺的戏剧，更是形式上与易卜生毫无二致，这也是一个无可争辩的事实。我这一番话丝毫没有价值衡量的意味，我并不想说孰是孰非，孰高孰低，我只不过指出一个事实而已。但是，散文却与此迥乎不同。读了英国散文家的作品，再读上面谈到的那几位中国散文家的作品，立刻就会感到韵味不同。在外国，只有日本的散文颇有中国韵味。这大概同日本接受中国文学的影响，特别中国禅宗哲学的影响是分不开的。

中国散文已经有了几千年的历史传统，各种不同的风格，各种不同的流派，纷然杂陈。中国历代的散文文苑，花团锦簇，姹紫嫣红，赛过三春的锦绣花园。但是，不管风格多么不同，却有一点是共同的：所有散文家都不是率尔而作，他们写作都是异常认真的，简练揣摩，惨淡经营，造词遣句，谋篇布局，起头结尾，中间段落，无不精心推敲，慎重下笔。这情景在中国旧笔记里有不少的记载。宋朝欧阳修写《昼锦堂记》，对于开头几句，再三斟酌，写完后派人送走，忽觉不妥，又派人快马加鞭，追了回来，重新改写，是有名的例子。

我个人常常琢磨这个问题。我觉得，中国散文最突出的特点是同优秀的抒情诗一样，讲究含蓄，讲究蕴藉，讲究意境，讲究神韵，言有尽而意无穷，也可以用羚羊挂角来做比喻。借用印度古代文艺理论家的话来说就是，没有说出来的比已经说出来的更为重要，更耐人寻味。倘若仔细分析一下近代中国散文家的优秀作品，这些特点都是有的，无一不能与我的想法相印证。这些都是来自中国传统，这一点是不容置疑的。可惜，我还没有看到过这样分析中国散文的文章。有人侈谈，散文的核心精神就在一个"散"字上，换句话说就是，愿意怎样写就怎样写,不愿意写下去了,就立刻打住。这如果不是英雄欺人,也是隔靴搔痒,没搔到痒处。在我们散文坛上,确有这样的文章。恕我老朽愚钝,我期期以为不可。古人确实有一些读之如行云流水的文章,但那决非轻率从事,而是长期锻炼臻入化境的结果。我不懂文章三昧,只不过如此感觉;但是,我相信,我的感觉是靠得住的。

冯至先生的散文,我觉得,就是继承了中国优秀传统的。不能说其中没有一点西方的影响,但是根底却是中国传统。我每读他的散文,上面说的那些特点都能感觉到,含蓄、飘逸、简明、生动,而且诗意盎然,读之如食橄榄,余味无穷,三日口香。有一次,我同君培先生谈到《儒林外史》,他赞不绝口,同我的看法完全一样。《儒林外史》完全用白描的手法,语言简洁鲜明,讽刺不露声色,惜墨如金,而描绘入木三分,实为中国散文(就体裁来说,它是小说;就个别片段来说,它又是散文)之上品。以冯先生这样一个作家而喜爱《儒林外史》完全是顺理成章的。

总之,我认为冯先生的散文实际上就是抒情诗,是同他的抒情诗一脉相通的。中国诗坛的情况,我不清楚;从下面向上瞥了一眼,不甚了了。散文坛上的情况,多少知道一点。在这座坛上,冯先生卓然成家,同他比肩的散文作家没有几个,他也是我最喜欢的近代散文作家之一。可惜的是,像我现在这样来衡量他的散文的文章,还没有读到过,不能不说是一件憾事了。

对作为学者的君培先生,我也有我个人的看法。我认为,在他身上,作为学者和作为诗人是密不可分的。过去和现在都有专门的诗人和专门的学者,身兼二者又达到相当高的水平的人，却并不多见。冯先生就是这样一个人。作为学者，他仍然饱含诗人气质。这一点在他的研究选题上就充分显露出来。他研究中西两方面的文学，研究对象都是诗人：在中国是唐代大诗人杜甫，在欧洲是德国大诗人歌德，旁及近代优秀抒情诗人里尔克（Rilke）。诗人之外，除了偶尔涉及文艺理论外，很少写其他方面的文章。这一个非常简单明了的事实，非常值得人们去参悟。研究中外诗人当然免不了要分析时代背景，分析思想内容，这样的工作难免沾染点学究气。这些工作都诉诸人们的理智，而非人们的感情，摆脱学究气并不容易。可是冯先生却能做到这一点。他以诗人研究诗人，研究仿佛就成了创作，他深入研究对象的灵魂，他能看到或本能地领悟到其他学者们看不到更领悟不到的东西，而又能以生花妙笔著成文章，同那些枯涩僵硬的高头讲章迥异其趣，学术论著本身就仿佛成了文学创作，诗意弥漫，笔端常带感情。读这样的学术论著，同读文学作品一样，简直是一种美的享受。

因此，我说，冯至先生是诗人又兼学者，或学者又兼诗人，他把这二者融为一体。

至于冯先生的为人，我又想说：诗人、学者、为人三位一体。中国人常说："文如其人"，或者"人如其文"。这两句话应用到君培先生身上，都是恰如其分的。我确实认为，冯先生是人文难分。他为人一向淳朴、正直、坦荡、忠实，待人以诚，心口如一。我简直无法想象会有谎言从他嘴里流了出来。他说话从不夸大，也不花哨；即之也温，总给人以实事求是的印象，而且几十年如一日，真可谓始终如一了。

君培先生长我六岁。我们都是搞德文起家，后来我转了向，他却一直坚持不懈。在国内，我们虽然不是一个大学，但是我们的启蒙老师却是一个人。他就是二三十年代北大德文系主任，同时又兼任清华的德文教授。因此，我们可以说是有同门之谊，我们是朋友。但是，我一向钦佩君培先生的学识，更仰慕其为人，我总把他当老师看待；因此，也可以说是师生。我在这里想借用陈寅恪师的一句诗："风义生平师友间。"我们相交将近五十年了。解放后，在一起开过无数次的会，在各种五花八门的场合下，我们聚首畅谈，我们应该说是彼此互相了解的。给我印象最深的是他套用李后主的词口吟的两句词："春花秋月何时了，开会知多少？"我听了以后，捧腹大笑，我的第一个想法就是：实获我心！有不少次开会，我们同住一个房间，上天下地，无所不谈。这更增强了我们彼此的了解。总之，一句话：在将近半个世纪内，我们相处得极为融洽。

君培先生八十五岁了。在过去，这已经是了不起的高寿，古人不是说"人生七十古来稀"吗？但是，到了今天，时移世转，应该改一个提法："人生九十今不稀。"这样才符合实际情况。我们现在祝人高寿，常说："长命百岁！"我想，这个说法不恰当。从前说"长命百岁"，是表示期望。今天再说，就成了限制。人们为什么不能活过百岁呢？只说百岁，不是限制又是什么呢？因此，我现在祝君培先生高寿，不再说什么"长命百岁"，意思就是对他的寿限不加限制。我相信，他还能写出一些优秀的文章来的。我也相信而且期望他能活过这个限制期限。

1990 年 10 月 20 日写完

晚节善终 大节不亏
——悼念冯芝生（友兰）先生

芝生先生离开我们，走了。对我来说，这噩耗既在意内，又出意外。约摸三四个月以前，我曾到医院去看过他，实际上含有诀别的意味。但是，过了不久，他又奇迹般地出了院。后来又听说，他又住了进去。以九十五周岁的高龄，对医院这样几出几进，最后终于永远离开了医院，也离开了我们。难道说这还不是意内之事吗？

可是芝生先生对自己的长寿是充满了信心的。他在八八自寿联中写道：

何止于米？相期以茶。
胸怀四化，寄意三松。

米寿指八十八岁，茶寿指一百零八岁。他活到九十五岁，离茶寿还有十三年，当然不会满足的。去年，中国文化书院准备为他庆祝九十五岁诞辰，并举办国际学术讨论会。他坚持要到今年九十五周岁时举办。可见他信心之坚。他这种信心也感染了我们。我们都相信，他会创造奇迹的。今年的庆典已经安排妥帖，国内外请柬都已发出，再过一个礼拜，就要举行了。可惜他偏在此时离开了我们。使庆祝改为悼念。不说这是意外又是什么呢？

在芝生先生弟子一辈的人中，我可能是接触到冯友兰这个名字的最早的人。1926年，我在济南一所高中读书。这是一所文科高中。课程中除了中外语文、历史、地理、心理、伦理、《诗经》《书经》等等以外，还有一门人生哲学，用的课本就是芝生先生的《人生哲学》。我当时只有十五岁，既不懂人生，也不懂哲学。但是对这一门课的内容，颇感兴趣。从此芝生先生的名字，就深深地印在我的心中。我认为，他是一个高不可攀的大人物。屈指算来，现在已有六十四年了。

后来，我考进了清华大学，入西洋文学系。芝生先生是文学院长。当时清华大学规定，文科学生必须选一门理科的课，逻辑学可以代替。我本来有可能选芝生先生的课，临时改变主意，选了金岳霖先生的课。因此我一生没有上过芝生先生的课。在大学期间，同他根本没有来往，只是偶尔听他的报告或者讲话而已。

时过境迁，我大学毕业后，当了一年高中国文教员，到欧洲去漂泊了将近十一年。抗日战争后，回到了祖国。由于陈寅恪先生的介绍，到北大来工作。这时芝生先生从大后方复员回到北平，仍然在清华任教。我们没有接触的机会。只是偶尔从别人口中得知芝生先生在西南联大时的情况，也有过一些议论。这在当时是难以避免的。至于真相究竟如何，谁也不去探究了。

不久就迎来了解放。据我的推测，芝生先生本来有资格到台湾去的。然而他留下没走，同我们共同度过了一段既感到光明、又感到幸福的时刻。至于他是怎样想的，我完全不知道。不管怎样，他的朋友和弟子们从此对他有了新的认识，这却是事实。他曾给毛泽东同志写过一封信，毛主席回复了一封比较长的信。"十年浩劫"期间，我听他亲口读过。他当时是异常激动的。此是后话，这里暂且不表了。

不久，我国政府组成了一个文化代表团，应邀赴印度和缅甸访问。这是新中国开国后第一个比较大型的出访代表团。团员中颇有一些声誉卓著、有代表性的学者、文学家和艺术家。丁西林任团长，郑振铎、陈翰笙、钱伟长、吴作人、常书鸿、张骏祥、周小燕等等，以及芝生先生都是团员，我也滥竽其中。秘书长是刘白羽。因为这个团很重要，周总理亲自关心组团的工作，亲自审查出国展览的图片。记得是，1951年整个夏天，我们都在做准备工作，最费事的是画片展览。我们到处拍摄、搜集能反映新中国新气象的图片，最后汇总在故宫里面的一个大殿里，满满的一屋子，请周总理最后批准。我们忙忙碌碌，过了一个异常紧张但又兴奋愉快的夏天。

那一年国庆节前，我们到了广州，参加了观礼活动。我们在广州又住了一段时间，将讲稿或其他文件译为英文，做好最后的准备工作。此时，广州解放时间不长，国民党的飞机有时还来骚扰，特务活动也时有所闻。我们出门，都有便衣怀藏手枪的保安人员跟随，暗中加以保护。我们一切都准备好后，便乘车赴香港，换乘轮船，驶往缅甸，开始了对五天竺和缅甸的长达几个月的长征。……

从此以后，我们全团十几个人就马不停蹄，跋山涉水，几乎是一天换一个新地方，宛如走马灯一般，脑海里天天有新印象，眼前时时有新光景，乘船，乘汽车，乘火车，乘飞机，几乎看尽了春、夏、秋、冬四季风光，享尽了印缅人民无法形容的热情的款待。我不能忘记，我们曾在印度洋的海船上，看飞鱼飞跃。晚上在当空的皓月下，面对浩渺蔚蓝的波涛，追怀往事。我不能忘记，我们在印度闻名世界的奇迹泰姬陵上欣赏"琼楼玉宇高处不胜寒"的奇景。我不能忘记，我们在亚洲大陆最南端科摩林海角沐浴大海，晚上共同招待在黑暗中摸黑走八十里路，目的只是想看一看中国代表团的印度青年。我不能忘记，我们在佛祖释迦牟尼打坐成佛的金刚座旁留连瞻谒，我从印度空军飞机驾驶员手中接过几片菩提树叶，而芝生先生则用口袋装了一点金刚座上的黄土。我不能忘记，我们在金碧辉煌的土邦王公的天方夜谭般的宫殿里，共同享受豪华晚餐，自己也仿佛进入了童话世界。我不能忘记，在缅甸茵莱湖上，看缅甸船主独脚划船。我不能忘记，我们在加尔各答开着电风扇，啃着西瓜，度过新年。我不能忘记的事情太多太多了，怎么说也是说不完的。一想起印缅之行，我脑海里就成了万花筒，光怪陆离，五彩缤纷。中间总有芝生先生的影子在，他长须飘胸，道貌岸然。其他团员也都各具特点，令人忆念难忘。这情景，当时已道不寻常，何况现在事后追思呢？

根据解放后一些代表团出国访问的经验，在团员与团员之间的关系方面，往往可以看出三个阶段。初次聚在一起时，大家都和和睦睦，客客气气。后来逐渐混熟了，渐渐露出真面目，放言无忌。到了后期，临解散以前，往往又对某一些人心怀不满，胸有芥蒂。这个三段论法，真有点厉害，常常真能兑现。

但是，我们的团却不是这个样子。

我们自始至终，都是能和睦相处的。我们团中还产生了一对情侣，后来有情人终成了眷属。可见气氛之融洽。在所有的团员和工作人员中，最活跃的是郑振铎先生。他身躯高大魁梧，说话声音洪亮。虽然已经渐入老境，但不失其赤子之心。他同谁都谈得来，也喜欢开个玩笑，而最爱抬杠。团中爱抬杠者，大有人在。代表团成立了一个抬杠协会，简称杠协。大家想选一个会长，领袖群伦。于是月旦群雄，最后觉得郑先生喜抬杠，而不自知其为抬杠，已经达到抬杠圣境，圆融无碍。大家一致推选他为杠协会长。在他领导之下，团中杠业发达，皆大欢喜。

郑先生同芝生先生年龄相若，而风格迥异。芝生先生看上去很威严，说话有点口吃。但有时也说点笑话，足征他是一个懂得幽默的人。郑先生开玩笑的对象往往就是芝生先生。他经常喊芝生先生为"大胡子"，不时说些开玩笑的话。有一次，理发师正给芝生先生刮脸，郑先生站在旁边起哄，连声对理发师高呼："把他的络腮胡子刮掉！"理发师不知所措，一失手，真把胡子刮掉一块。这时候，郑先生大笑，旁边的人也陪着哄笑。然而芝生先生只是微微一笑，神色不变，可见先生的大度包容的气概。《世说新语》载："王子猷、子敬曾俱坐一室，上忽发火。子猷遽走避，不惶取屐。子敬神色恬然，徐唤左右，扶凭而出，不异平常。世以此定二王神宇。"芝生先生的神宇有点近似子敬。

上面举的只是一件微末小事。但是由小可以见大。总之，我们的代表团就是在这种熟悉而不亵渎，亲切而互相尊重的气氛中，共同生活了半年。我得以认识芝生先生，也是在一段时期内的事。屈指算来，到现在也近四十年了。

对于芝生先生的专门研究领域，中国哲学史，我几乎完全是一个门外汉，不敢胡言乱语。但是他治中国哲学史的那种坚韧不拔的精神，我却是能体会到的，而且是十分敬佩的。为了这一门学问，他不知遭受了多少批判。他提倡的道德抽象继承论，也同样受到严厉的诡辩式的批判。但是，他能同时在几条战线上应战，并没有被压垮。他坚持真理，修正错误，不惜以今日之我非昨日之我，经常在修订他的《中国哲学史》，我说不清已经修订过多少次了。我相信，倘若能活到一百零八岁，他仍然是要继续修订的。只是这一点精神，难道还不值得我们认真学习吗？

芝生先生走过了九十五年的漫长的人生道路。九十五岁几乎等于一个世纪。自从公元建立后，至今还不到二十个世纪。芝生先生活了公元的二十分之一，时间够长的了。他一生经历了清代、民国、洪宪、军阀混乱、国民党统治、抗日战争，一直迎来了解放。道路并不总是平坦的，有阳关大道，也有独木小桥，曲曲折折，坎坎坷坷。然而芝生先生以他那奇特的乐观精神和适应能力，不断追求真理，追求光明，忠诚于自己的学术事业，热爱祖国，热爱祖国的传统文化，终于走完了人生长途，仰不愧于天，俯不怍于地。我们可以说是他晚节善终，大节不亏。他走了一条中国老知识分子应该走的道路。在他身上，我们是可以学习到很多东西的。

芝生先生！你完成了人生的义务，掷笔去逝，把无限的怀思留给了我们。

芝生先生！你度过漫长疲劳的一生，现在是应该休息的时候了。你永远休息吧！

1990 年 12 月 3 日

记周培源先生

如果论资排辈，周培源先生应该算是我的老师。说话为什么这样绕弯子呢？原因是，我于1930年考入清华大学，当时周先生是清华教授。但是，我学的是西洋文学系，而周先生则是物理教授，并无任何接触。只是有时在校园中林荫路上看到周先生伉俪走过而已。当时教授在社会上地位极高，待遇优厚，而且进可以官，退可以学。在我们青年学生眼中，望之如神仙中人。

一直到1952年院系调整，清华理科归入北大，周先生自国外归来，参加了北大的工作。间有机会同他一起开会。但仍然由于行当不同，而从无过从。我对周先生的了解同二十多年以前相比，增加得微乎其微。不过，从他的言谈举止中，从别人对他的评论中，我渐渐发现，周先生其实是一个很有个性，很有骨气，很有正义感，能明辨大是大非的人，一个一身正气、两袖清风的人。

我真正认识周先生是在一个非常不正常的情况下，是在"十年浩劫"中。浩劫开始时一阵混乱过后，"群众组织"逐渐合并成两大派，这与全国形势是完全相适应的。两大派一个叫所谓"天派"，一个叫所谓"地派"。北大的两大派的名称是"新北大公社"（天）和"井冈山"（地）。从整个运动过程来看，这两大派都搞打砸抢，都乱抓无辜，都压迫真正的群众，真正是难兄难弟，枣木球一对，无法评论其是非优劣。但是从北大的具体情况来看,领导新北大公社的是那一位臭名昭著的"老佛爷",打出江青的旗号,横行霸道,炙手可热。她掌握了全校的行政财政大权,迫害异己。我与此人打过多年交道,深知她不学无术,语无伦次,然而却心狠手辣,想要反对她,需要有一点牺牲精神。

我在运动初期不可避免地被打成"反动学术权威"。经过了一阵阵的惊涛骇浪,算是平安地过了关。虽然仍然被工作组划在"临界线"上,但究竟属于人民内部,满可以逍遥自在了。

但我是一个颇爱打点抱不平的人;虽然做不到"路见不平,拔刀相助"的程度,有时候也抑制不住自己,惹点小乱子。对于这一位"老佛爷"的所作所为,我觉得它不符合"毛主席的革命路线"。其实我也并不真懂什么是"革命路线"。我只觉得她对群众的态度不对头。于是我便有点"蠢蠢欲动"了。

出乎我的意料,又似乎是在意料之内,周培源先生也挺身而出,而且干脆参加了反"老佛爷"的组织,并且成为领导成员。在这期间,我一次也没有在私下见过周先生。他为什么这样做,我毫无所知。只记得北大两大派在大饭厅(今天的大讲堂)中举行过一次公开的辩论,两派的领导都坐在讲台上。周先生也俨然坐在那里,而且还发了言。他的岁数最大,地位最高,以一个白发盈顶的老人,同一群后生坐在一起,颇有点滑稽。然而我心里却是充满了敬意的:周先生的一身正气在这里流露得淋漓尽致。后来,"老佛爷"大概对周先生这样一位有威望的教授起来反对自己极为不安。于是唆使亲信对周先生大肆攻击。"十年浩劫"中对立派之间罗织罪名,耍弄刀笔,达到了惊人的程度,这是大家都知道的事实。"老佛爷"对周先生当然更是施出了全身解数,诬陷污蔑。我得知,周先生参加的组织竟也为周先生立了专案组,调查他的一生行动。我当时真感到心里不是滋味。此事周先生恐怕至今也不知道。我在这里不想责怪任何人。大家都是在形势所迫下进行思考,进行活动的。

我呢,我也上了牛劲,终于经过长期的反复的考虑与观察,抱着"粉身碎骨在所不辞"的决心,"自己跳了出来",也参加了那个反"老佛爷"的组织。这一跳不打紧,一跳就跳进了牛棚,几乎把老命给赔上。

有一天,我奉到牢头禁子(官名叫"监改人员")之命,不要我出去参加劳动,要我在棚里等候批斗,不是主角,是"陪斗",等于旧社会的"陪绑",是一种十分残酷的刑罚。对于被批斗,尽管我已是"老手",什么呼口号、喊"打倒"、发言批判,满嘴捏造,我能够坐在"喷气式"上置若罔闻;但是,坐"喷气式",挨耳光,拳打脚踢,有时被打得鼻青脸肿,有人往脸上唾而又唾面自干,我却还真有点不寒而栗。当牢头禁子,带着满嘴的"国骂"向我下达命令时,我心里真有点哆嗦。我已失去一切自由,连活着的自由在内,我只有低头应命,如坐针毡似的等在牛棚里。

但是,一直到中午,也没有人来押解我。后来,有的难友悄悄告诉我说,"老佛爷"夜里抄了周先生的家——尽管周先生是中央明令要保护的人,"老佛爷"也胆敢违抗——,周先生大概事前得到消息,躲到什么地方去了,没有被"揪"住。"老佛爷"的如意算盘是,揪住以后,大规模批斗,知道我同周先生的关系,才让我陪斗。我真有点后怕,如果当时周先生真被"揪"住,批斗起来,其声势之猛烈,概可想见了。在当天下午被押解着出来劳动时，我看到地上、墙上写满了"打倒猪配猿"一类的口号，想见"老佛爷"等辈咬牙切齿之状。

浩劫的风暴逐渐平静。我听说，中央某一个领导人向周先生提了意见，周先生在某一个场合做了点自我批评。这可能只是传闻，确否我不敢说。至于我，没有什么人提出意见，我不想在这方面做什么检查。我一生做的事自己满意的不多。我拼着老命反"老佛爷"一事，是我最满意的事情之一，它证明我还是一个有正义感的人，不是一个贪生怕死的胆小鬼。

风暴过后，我同周先生的接触多了。我们从来没谈过我上面说的那些事情。过去的就让它过去吧！但是，周先生的一身正气、两袖清风的风范却日益引起我的敬佩，是我一生学习的好榜样。

前两年，周先生曾重病过一次。然而却奇迹般地恢复了健康，又忙忙碌碌地从事各种活动了。我现在借用冯友兰先生的两句话来为周培源先生祝愿："何止于米，相期以茶！"

1991 年 10 月 5 日

也谈叶公超先生二三事

读了本报1993年8月11日《文学》王辛笛师弟（恕我狂妄，以兄自居，辛笛在清华确实比我晚一级）的《叶公超先生二三事》，顿有所感，也想来凑凑热闹，谈点公超先生的事儿。

但是，我对公超先生的看法，同辛笛颇有不同，因此，必须先说明几句。在背后，甚至在死后议论老师的长短，有悖于中国传统的尊师之道。不过，我个人觉得，我的议论，尽管难免有点苛求，却完全是善意的，甚至是充满了感情的。我为什么这样说呢？这里要交代一点时代背景。

老清华人都知道，在三十年代，清华大学同别的大学稍有不同，用通俗的话来说，就是有点"洋气"，学生在校刊上常常同老师开点小玩笑，饶有风趣而无伤大雅。师不以为忤，生以此为乐。这样做，不但没有伤害了师生关系，好像更缩短了师生的距离，感情更融洽。

这样说，有点空洞。我举两个例子。第一个是吴雨僧（宓）先生。他为人正直，古貌古心，但颇有一些"绯闻"。他有一首诗，一开始两句是："吴宓苦爱×××（原文如此），三洲人士共惊闻。"当时不能写出真姓名，但是从押韵上来看，真是呼之欲出。×××者，毛彦文也。雨僧先生还有一组诗，名曰《空轩十二首》，最初是在"中西诗之比较"课堂上发给我们的。据说每一首影射一位女子，真假无所考。校刊上把第一首今译为：

> 一见亚北貌似花，
> 顺着秫秸往上爬。
> 单独进攻忽失利，
> 跟踪钉梢也挨刷。

下面三句忘了。最后一句是：

> 椎心泣血叫妈妈。

"亚北"者，欧阳也，是外文系一位女生的姓。这一个今译本在学生中传诵，所以时隔六十年，我仍然能回忆起来。然而雨僧先生却泰然处之。

第二个例子是俞平伯先生。他是著名的诗人、散文家、红学专家。在清华时，我曾旁听过他讲唐宋诗词的课。大家都知道，他家学渊源，是国学大师俞樾的孙子或曾孙，自己能写诗，善填词。他讲诗词当然很有吸引力。在课堂上他选出一些诗词，自己摇头晃脑而朗诵之。有时闭上了眼睛，仿佛完全沉浸于诗词的境界中，遗世而独立。他蓦地睁大了眼睛，连声说："好！好！好！就是好！"学生正在等他解释好在何处，他却已朗诵起第二首诗词来了。昔者晋人见好山水，便连声唤"奈何！奈何！"仔细想来，这是最好的赞美方式。因为，一落言筌，便失本意，反不如说上几句"奈何！"更具有启发意义。平伯先生的"就是好！"可以与此等量齐观。就是这位平伯先生，有一天忽然剃光了脑袋。这在当时学生和教授中都是从来没有见过的。于是轰动了全校。校刊上立即出现了俞先生出家当和尚的特大新闻。在众目睽睽之下,平伯先生怡然自得,泰然处之。他光着个脑袋,仍然在课堂上高喊:"好!好!就是好!"

举完了两个例子,现在再谈叶公超先生。

我在清华读的是外国语言文学系。虽然专门化(specialized)是德文,不过表示我读了一至四年德文;实际上仍以英文为主,教授不分中西讲课都用英语,连德文也不例外。第一年英文,教授就是叶公超先生,用的课本是英国女作家 Jane Austen 的 *Pride and Prejudice*。公超先生教学法非常奇特。他几乎从不讲解,一上堂,就让坐在前排的学生,由左到右,依次朗读原文,到了一定段落,他大声一喊:"Stop!"问大家有问题没有。没人回答,就让学生依次朗读下去,一直到下课。学生摸出了这个规律,谁愿意朗读,就坐在前排,否则往后坐。有人偶尔提一个问题,他断喝一声:"查字典去!"这一声狮子吼有大威力,从此天下太平,宇域宁静,相安无事,转瞬过了一年。

公超先生很少着西装,总是绸子长衫,冬天则是绸缎长袍或皮袍,下面是绸子棉裤,裤腿用丝带系紧,丝带的颜色与裤子不同,往往是颇为鲜艳的,作蝴蝶结状,随着步履微微抖动翅膀,用现在的话来说,就是非常"潇洒"。先生的头发,有的时候梳得光可鉴人,有的时候又蓬松似秋后枯草。他顾盼自嬉,怡然自得,学生们窃窃私议:先生是在那里学名士。

谈到名士,中国分为真假两类。"是真名士自风流",什么叫"真名士"呢?什么又叫假名士呢?理论上不容易说清楚。

我想，只要拿前面说到的俞平伯先生同叶公超先生一比，泾渭立即分明。大家一致的意见是，俞是真名士，而叶是假装的名士。前者直率天成，一任自然；后者则难免有想引起"轰动效应"之嫌。《世说新语》常以一句话或一件事，定人们的高下优劣。我们现在也从这一件事定二位的高下。

我想就以此为起点来谈公超先生的从政问题。辛笛说："在旧日师友之间，我们常常为公超先生在抗战期间由西南联大弃教从政，深致惋叹，既为他一肚皮学问可惜，也都认为他哪里是个旧社会中做官的材料，却就此断送了他十三年教学的苜蓿生涯，这真是一个时代错误。"我的看法同辛笛大异其趣。根据我个人在同俞平伯先生对比中所得到的印象，我觉得，公超先生确是一个做官的材料。你能够想象俞平伯先生做官的样子吗？

说到学问，公超先生是有一肚皮的。他人很聪明，英文非常好。在清华四年中，我同他接触比较多。我早年的那一篇散文《年》就是得到了他的垂青，推荐到《学文》上去发表的。他品评这篇文章时说："你写的不仅仅是个人的感受，而是'普遍的意识'（这是他的原话）。"我这篇散文的最后一句话是："一切都交给命运去安排吧！"这就被当时的左派刊物抓住了辫子，大大地嘲笑了一通没落的教授阶级垂死的哀鸣。我当时是一个穷学生，每月六元的伙食费还要靠故乡县衙门津贴，我哪里有资格代表什么没落的教授阶级呢？

不管怎样，我是非常感激公超先生的。我一生喜好舞笔弄墨，年届耄耋，仍乐此不疲。这给我平淡枯燥的生活抹上了一点颜色，增添了点情趣，难道我能够忘记吗？在这里我要感谢两位老师：一个高中时期的董秋芳（冬芬）先生，一个就是叶公超先生。如果再加上一位的话,那就是郑振铎先生。

我继承了"清华精神"写了这篇短文。虽对公超先生似有不恭,实则我是满怀深情地讲出了六十年前的感觉。想公超先生在天之灵必不以为忤,而辛笛师弟更不会介意的。

1993 年 10 月 3 日

我眼中的张中行

接到韩小蕙小姐的约稿信,命我说说张中行先生与沙滩北大红楼。这个题目出得正是时候。好久以来,我就想写点有关中行先生的文章了。只是因循未果。小蕙好像未卜先知,下了这一阵及时雨,滋润了我的心,我心花怒放,灵感在我心中躁动。我又焉得不感恩图报,欣然接受呢?

中行先生是高人、逸人、至人、超人。淡泊宁静,不慕荣利,淳朴无华,待人以诚。以八十七岁的高龄,每周还到工作单位去上几天班。难怪英文《中国日报》发表了一篇长文,颂赞中行先生。通过英文这个实为世界语的媒介,他已扬名寰宇了。我认为,他代表了中国知识分子,特别是老年知识分子的风貌,为我们扬了眉,吐了气。我们知识分子都应该感谢他。

但是,现在回想起来,却不能不承认这是一件怪事:我与中行先生同居北京大学朗润园二三十年,直到他离开这里迁入新居以前的几年,我们才认识,这个"认识"指的是见面认识,他的文章我早就认识了。有很长一段时间,亡友蔡超尘先生时不时地到燕园来看我。我们是济南高中同学,很谈得来。每次我留他吃饭,他总说,到一位朋友家去吃,他就住在附近。现在推测起来,这"一位朋友"恐怕就是中行先生,他们俩是同事。愧我钝根,未能早慧。不然的话,我早个十年八年认识了中行先生,不是能更早得一些多得一些潜移默化的享受,早得一些多得一些智慧,撬开我的愚钝吗?佛家讲因缘,因缘这东西是任何人任何事物都无法抗御的。我没有什么话好说。

但是，也是由于因缘和合，不知道是怎样一来，我认识了中行先生。早晨起来，在门前湖边散步时，有时会碰上他。我们俩有时候只是抱拳一揖，算是打招呼，这是"土法"。还有"土法"是"见了兄弟媳妇叫嫂子，无话说三声"，说一声："吃饭了吗？"这就等于舶来品"早安"。我常想中国礼仪之邦，竟然缺少几句见面问安的话，像西洋的"早安""午安""晚安"等等。我们好像挨饿挨了一千年，见面问候，先问："吃了没有？"我同中行先生还没有饥饿到这个程度，所以不关心对方是否吃了饭，只是抱拳一揖，然后各行其路。

有时候，我们站下来谈一谈。我们不说："今天天气，哈，哈，哈！"我们谈一点学术界的情况，谈一谈读了什么有趣的书。有一次，我把他请进我的书房，送了他一本《陈寅恪诗集》。不意他竟然说我题写的书名字写得好。我是颇有自知之明的，我的"书法"是无法见人的。只在迫不得已时，才泡开毛笔，一阵涂鸦。现在受到了他的赞誉，不禁脸红。他有时也敲门，把自己的著作亲手递给我。这是我最高兴的时候。有一次，好像就是去年春夏之交，我们早晨散步，走到一起了，就站在小土山下，荷塘边上，谈了相当长的时间。此时，垂柳浓绿，微风乍起，鸟语花香，四周寂静。谈话的内容已经记不清楚。但是此情此景，时时如在眼前，亦人生一乐也。可惜在大约半年以前，他乔迁新居。对他来说，也许是件喜事。但是，对我来说，却是无限惆怅。朗润园辉煌如故，青松翠柳，"依然烟笼一里堤"。北大文星依然荟萃，我却觉得人去园空。每天早晨，独缺一个耄耋而却健壮的老人，荷塘为之减色，碧草

好友乔迁新居后,两人久别重逢,季羡林甚是喜不自禁,尤忆当年荷塘边上"垂柳浓绿,微风乍起,鸟语花香,四周寂静"闲谈甚欢。

为之憔悴。"此情可待成追忆,只是当时已惘然"。

中行先生是"老北大"。同他比起来,我虽在燕园已经呆了将近半个世纪,却仍然只能算是"新北大"。他在沙滩吃过饭,在红楼念过书。我也在沙滩吃过饭,却是在红楼教过书。一"念"一"教",一字之差,时间却相差了二十年,于是"新""老"判然分明了。即使是"新北大"吧,我在红楼和沙滩毕竟吃住过六年之久,到了今天,又哪能不回忆呢?

中行先生在文章中,曾讲过当年北大的入学考试。因为我自己是考过北大的,所以备感亲切。1930年,当时山东唯一的一个高中——省立济南高中毕业生八十余人,来北平赶考。我们的水平不是很高。有人报了七八个大学,最后,几乎都名落孙山。到了穷途末日,朝阳大学,大概为了收报名费和学费吧,又招考了一次,一网打尽,都录取了。我当时尚缺自知之明,颇有点傲气,只报了北大和清华两校,居然都考取了。我正做着留洋镀金的梦,觉得清华圆梦的可能性大,所以就进了清华。清华入学考试没有什么特异之处,北大则给我留下了难忘的印象。先说国文题就非常奇特:"何谓科学方法?试分析详论之。"这哪里像是一般的国文试题呢?英文更加奇特,除了一般的作文和语法方面的试题以外,还另加一段汉译英,据说年年如此。那一年的汉文是:"别来春半,触目愁肠断。砌下落梅如雪乱,拂了一身还满。"这也是一个很难啃的核桃。最后,出所有考生的意料,在公布的考试科目以外,又奉赠了一盘小菜,搞了一次突然袭击:加试英文听写。我们在山东济南高中时,从来没有搞过这玩意儿。这当头一棒,把我们都打蒙了。我因为英文基础比较牢固,应付过去了。可怜我那些同考的举子,恐怕没有几人听懂的。结果在山东来的举子中,只有三人榜上有名。我侥幸是其中之一。

至于沙滩的吃和住，当我在1946年深秋回到北平来的时候，斗转星移，时异事迁，相隔二十年，早已无复中行先生文中讲的情况了。他讲到的那几个饭铺早已不在。红楼对面有一个小饭铺，极为窄狭，只有四五张桌子。然而老板手艺极高，待客又特别和气。好多北大的教员都到那里去吃饭，我也成了座上常客。马神庙则有两个极小但却著名的饭铺，一个叫"菜根香"，只有一味主菜：清炖鸡。然而却是宾客盈门，川流不息，其中颇有些知名人物。我在那里就见到过马连良、杜近芳等著名京剧艺术家。路南有一个四川饭铺，门面更小，然而名声更大，我曾看到过外交官的汽车停在门口。顺便说一句：那时北平汽车是极为稀见的，北大只有胡适校长一辆。这两个饭铺，对我来说是"山川信美非吾土"，价钱较贵。当时通货膨胀骇人听闻，纸币上每天加一个"0"，也还不够。我吃不起，只是偶尔去一次而已。我有时竟坐在红楼前马路旁的长条板凳上，同"引车卖浆者流"挤在一起，一碗豆腐脑，两个火烧，既廉且美，舒畅难言。当时有所谓"教授架子"这个名词，存在决定意识，在抗日战争前的黄金时期，大学教授社会地位高，工资又极为优厚，于是满腹经纶外化而为"架子"。到了我当教授的时候，已经今非昔比，工资一天毛似一天，虽欲摆"架子"，焉可得哉？而我又是天生的"土包子"，虽留洋十余年，而"土"性难改。于是以大学教授之"尊"而竟在光天化日之下，端坐在街头饭摊的长板凳上却又怡然自得，旁人谓之斯文扫地，我则称之源于天性。是是非非，由别人去钻研讨论吧。

中行先生至今虽已到了望九之年，他上班的地方仍距红楼沙滩不远，可谓与之终生有缘了。因此，在他的生花妙笔下，其实并不怎样美妙的红楼沙滩，却仿佛活了起来，有了形貌，有了感情，能说话，会微笑。中行先生怀着浓烈的"思古之幽情"，信笔写来，娓娓动听。他笔下那一些当年学术界的风云人物，虽墓木久拱，却又起死回生，出入红楼，形象历历如在眼前。我也住沙滩红楼颇久。一旦读到中行先生妙文，也引起了我的"思古之幽情"。我的拙文，不敢望中行先生项背，但倘能借他的光，有人读上一读，则于愿足矣。

中行先生的文章，我不敢说全部读过，但是读的确也不少。这几篇谈红楼沙滩的文章，信笔写来，舒卷自如，宛如行云流水，毫无斧凿痕迹，而情趣盎然，间有幽默，令人会心一笑。读这样的文章，简直是一种享受。他文中谈到的老北大的几种传统，我基本上都是同意的。特别是其中的容忍，更合吾意。蔡孑民先生的"兼容并包"，到了今天，有人颇有微词。夷考其实，中外历史都证明了，哪一个国家能兼容并包，哪一个时代能兼容并包，那里和那时文化学术就昌盛，经济就发展。反之，如闭关锁国，独断专行，则文化就僵化，经济就衰颓。历史事实和教训是无法抗御的。文中讲到外面的人可以随时随意来校旁听，这是传播文化的最好办法。可惜到了今天，北大之门固若金汤。门外的人如想来旁听，必须得到许多批准，可能还要交点束脩。对某些人来说，北大宛若蓬莱三山，可望而不可即了。对北大，对我们社会，这样做究竟是一件好事，还是一件坏事，请读者诸君自己来下结论吧！我不敢越俎代庖了。

中行先生的文章是极富有特色的。他行文节奏短促，思想跳跃迅速；气韵生动，天趣盎然；文从字顺，但决不板滞，有时宛如大珠小珠落玉盘，仿佛能听到节奏的声音。中行先生学富五车，腹笥丰盈。他负暄闲坐，冷眼静观大千世界的众生相，谈禅论佛，评儒论道，信手拈来，皆成文章。这个境界对别人来说是颇难达到的。我常常想，在现代作家中，人们读他们的文章，只须读上几段而能认出作者是谁的人，极为稀见。在我眼中，也不过几个人。鲁迅是一个，沈从文是一个，中行先生也是其中之一。

在许多评论家眼中，中行先生的作品被列入"学者散文"中。这个名称妥当与否，姑置不论。光说"学者"，就有多种多样。用最简单的分法，可以分为"真""伪"两类。现在商品有假冒伪劣，学界我看也差不多。确有真学者，这种人往往是默默耕耘，晦迹韬光，与世无忤，不事张扬。但他们并不效法中国古代的禅宗，主张"不立文字"，他们也写文章。顺便说上一句，主张"不立文字"的禅宗，后来也大立而特立。可见不管你怎样说，文字还是非立不行的。中行先生也写文章，他属于真学者这一个范畴。与之对立的当然就是伪学者。这种人会抢镜头，爱讲排场，不管耕耘，专事张扬。他们当然会写文章的，可惜他们的文章晦涩难懂，不知所云。有的则塞满了后现代主义的词语，同样是不知所云。我看，实际上都是以艰深文浅陋，以"摩登"文浅陋。称这样的学者为"伪学者"，恐怕是不算过分的吧。他们的文章我不敢读，不愿读，读也读不懂。

读者可千万不要推断，我一概反对"学者散文"。对于散文，我有自己的偏见：散文应以抒情叙事为正宗。我既然自称"偏见"，可见我不想强加于人。学者散文，古已有之。即以传世数百年的《古文观止》而论，其中选有不少可以归入"学者散文"这一类的文章。最古的不必说了,专以唐宋而论,唐代韩愈的《原道》《师说》《进学解》等篇都是"学者散文",柳宗元的《桐叶封弟辨》也可以归入此类。宋代苏轼的《范增论》《留侯论》《贾谊论》《晁错论》等等,都是上乘的"学者散文"。我认为,上面所举的这些篇"学者散文",有一个共同的特点,就是文采斐然,换句话说,也就是艺术性强。我又有一个偏见:凡没有艺术性的文章,不能算是文学作品。

拿这个标准来衡量中行先生的文章,称之为"学者散文",它是决不含糊的,它是完全够格的。它融会思想性与艺术性,融会到天衣无缝的水平。在当今"学者散文"中堪称独树一帜,可为我们的文坛和学坛增光添彩。

1995 年 8 月

回忆陈寅恪先生

别人奇怪，我自己也奇怪：我写了这样多的回忆师友的文章，独独遗漏了陈寅恪先生。这究竟是为什么呢？对我来说，这是事出有因，查亦有据的。我一直到今天还经常读陈先生的文章，而且协助出版社出先生的全集。我当然会时时想到寅恪先生的。我是一个颇为喜欢舞笔弄墨的人，想写一篇回忆文章，自是意中事。但是，我对先生的回忆，我认为是异常珍贵的，超乎寻常地神圣的。我希望自己的文章不要玷污了这一点神圣性，故而迟迟不敢下笔。到了今天，北大出版社要出版我的《怀旧集》，已经到了非写不行的时候了。

要论我同寅恪先生的关系，应该从六十五年前的清华大学算起。我于1930年考入国立清华大学，入西洋文学系（不知道从什么时候起改名为外国语文系）。西洋文学系有一套完整的教学计划，必修课规定得有条有理，完完整整。但是给选修课留下的时间却是很富裕的。除了选修课以外，还可以旁听或者偷听。教师不以为忤，学生各得其乐。我曾旁听过朱自清、俞平伯、郑振铎等先生的课，都安然无恙，而且因此同郑振铎先生建立了终生的友谊。但也并不是一切都一帆风顺。我同一群学生去旁听冰心先生的课。她当时极年轻，而名满天下。我们是慕名而去的。冰心先生满脸庄严，不苟言笑，看到课堂上挤满了这样多学生，知道其中有"诈"，于是威仪俨然地下了"逐客令"："凡非选修此课者，下一堂不许再来！"我们悚然而听，憬然而退，从此不敢再进她讲课的教室。四十多年以后，我同冰心重逢，她已经变成了一个慈祥和蔼的老人，由怒目金刚一变而为慈眉菩萨。我向她谈起她当年"逐客"的事情，她已经完全忘记，我们相视而笑，有会于心。

就在这个时候，我旁听了寅恪先生的"佛经翻译文学"。参考书用的是《六祖坛经》，我曾到城里一个大庙里去买过此书。寅恪师讲课，同他写文章一样，先把必要的材料写在黑板上，然后再根据材料进行解释、考证、分析、综合，对地名和人名更是特别注意。他的分析细入毫发，如剥蕉叶，愈剥愈细愈剥愈深，然而一本实事求是的精神，不武断，不夸大，不歪曲，不断章取义。他仿佛引导我们走在山阴道上，盘旋曲折，山重水复，柳暗花明，最终豁然开朗，把我们引上阳关大道。读他的文章，听他的课，简直是一种享受，无法比拟的享受。在中外众多学者中，能给我这种享受的，国外只有亨利希·吕德斯（Heinrich Lüders），在国内只有陈师一人。他被海内外学人公推为考证大师，是完全应该的。这种学风，同后来滋害流毒的"以论代史"的学风，相差不可以道里计。然而，茫茫士林，难得解人，一些鼓其如簧之舌惑学人的所谓"学者"，骄纵跋扈，不禁令人浩叹矣。寅恪师这种学风，影响了我的一生。后来到德国，读了吕德斯教授的书，并且受到了他的嫡传弟子瓦尔德施密特（Waldschmidt）教授的教导和熏陶，可谓三生有幸，可惜自己的学殖瘠茫，又限于天赋，虽还不能说无所收获，然而犹如细流比沧海，空怀仰止之心，徒增效颦之恨。这只怪我自己，怪不得别人。

总之，我在清华四年，读完了西洋文学系所有的必修课程，得到了一个学士头衔。现在回想起来，说一句不客气的话：我从这些课程中收获不大。欧洲著名的作家，什么莎士比亚、歌德、塞万提斯、莫里哀、但丁等等的著作都读过，连现在忽然时髦起来的《尤利西斯》和《追忆似水年华》等等也都读过。然而大都是浮光掠影，并不深入。给我留下深远影响的课反而是一门旁听课和一门选修课。前者就是在上面谈到寅恪师的"佛经翻译文学"；后者是朱光潜先生的"文艺心理学"，也就是美学。关于后者，我在别的地方已经谈过，这里就不再赘述了。

在清华时，除了上课以外，同陈师的接触并不太多。我没到他家去过一次。有时候，在校内林荫道上，在熙往攘来的学生人流中，有时会见到陈师去上课。身着长袍，朴素无华，肘下夹着一个布包，里面装满了讲课时用的书籍和资料。不认识他的人，恐怕大都把他看成是琉璃厂某一个书店的到清华来送书的老板，决不会知道，他就是名扬海内外的大学者。他同当时清华留洋归来的大多数西装革履、发光鉴人的教授，迥乎不同。在这一方面，他也给我留下了毕生难忘的印象，令我受益无穷。

离开了水木清华，我同寅恪先生有一个长期的别离。我在济南教了一年国文，就到了德国哥廷根大学。到了这里，我才开始学习梵文、巴利文和吐火罗文。在我一生治学的道路上，这是一个极关重要的转折点。我从此告别了歌德和莎士比亚，同释迦牟尼和弥勒佛打起交道来。不用说，这个转变来自寅恪先生的影响。真是无巧不成书，我的德国老师瓦尔德施密特教授同寅恪先生在柏林大学是同学，同为吕德斯教授的学生。这样一来，我的中德两位老师同出一个老师的门下。有人说："名师出高徒。"我的老师和太老师们不可谓不"名"矣，可我这个徒却太不"高"了。忝列门墙,言之汗颜。但不管怎样说,这总算是一个中德学坛上的佳话吧。

我在哥廷根十年,正值二战,是我一生精神上最痛苦然而在学术上收获却是最丰富的十年。国家为外寇侵入,家人数年无消息,上有飞机轰炸,下无食品果腹。然而读书却无任何干扰。教授和学生多被征从军。偌大的两个研究所:印度学研究所和汉学研究所,都归我一个人掌管。插架数万册珍贵图书,任我翻阅。在汉学研究所深深的院落里,高大阴沉的书库中;在梵学研究所古老的研究室中,阒无一人。天上飞机的嗡嗡声与我腹中的饥肠辘辘声相应和。闭目则浮想联翩,神驰万里,看到我的国,看到我的家。张目则梵典在前,有许多疑难问题,需要我来发覆。我此时恍如遗世独立,苦欤?乐欤?我自己也回答不上来了。

经过了轰炸的炼狱,又经过了饥饿,到了1945年,在我来到哥廷根十年之后,我终于盼来了光明,东西法西斯垮台了。美国兵先攻占哥廷根,后来英国人来接管。此时,我得知寅恪先生在英国医目疾。我连忙写了一封长信,向他汇报我十年来学习的情况,并将自己在哥廷根科学院院刊及其他刊物上发表的一些论文寄呈。出乎我意料地迅速,我得了先生的复信,也是一封长信,告诉我他的近况,并说不久将回国。信中最重要的事情是说,他想向北大校长胡适、代校长傅斯年、文学院长汤用彤几位先生介绍我到北大任教。我真是喜出望外,谁听到能到最高学府来任教而会不引以为荣呢?我于是立即回信,表示同意和感谢。

这一年深秋,我终于告别了住了整整十年的哥廷根,怀着"客树回看成故乡"的心情,一步三回首地到了瑞士。在这个山明水秀的世界公园里住了几个月，1946年春天，经过法国和越南的西贡，又经过香港，回到了上海。在克家的榻榻米上住了一段时间。从上海到了南京，又睡到了长之的办公桌上。这时候，寅恪先生也已从英国回到南京。我曾谒见先生于俞大维官邸中。谈了谈阔别十多年以来的详细情况，先生十分高兴，叮嘱我到鸡鸣寺下中央研究院去拜见北大代校长傅斯年先生，特别嘱咐我带上我用德文写的论文，可见先生对我爱护之深以及用心之细。

这一年的深秋，我从南京回到上海，乘轮船到了秦皇岛，又从秦皇岛乘火车回到了阔别十二年的北京（当时叫北平）。由于战争关系，津浦路早已不通，回北京只能走海路，从那里到北京的铁路由美国少爷兵把守，所以还能通车。到了北京以后，一片"落叶满长安"的悲凉气象。我先在沙滩红楼暂住，随即拜见了汤用彤先生。按北大当时的规定，从海外得到了博士学位回国的人，只能任副教授，在清华叫做专任讲师，经过几年的时间，才能转向正教授。我当然不能例外，而且心悦诚服，没有半点非分之想。然而过了大约一周的光景，汤先生告诉我，我已被聘为正教授，兼东方语言文学系的系主任。这真是石破天惊，大大地出我意料。我这个当一周副教授的纪录，大概也可以进入吉尼斯世界纪录了吧。说自己不高兴，那是谎言，那是矫情。由此也可以看出老一辈学者对后辈的提携和爱护。

不记得是在什么时候，寅恪师也来到北京，仍然住在清华园。我立即到清华去拜见。当时从北京城到清华是要费一些周折的，宛如一次短途旅行。沿途几十里路全是农田。秋天青纱帐起，还真有绿林人士拦路抢劫的。现在的年轻人很难想象了。但是,有寅恪先生在,我决不会惮于这样的旅行。在三年之内,我颇到清华园去过多次。我知道先生年老体弱,最喜欢当年住北京的天主教外国神甫亲手酿造的栅栏红葡萄酒。我曾到今天市委党校所在地当年神甫们的静修院的地下室中去买过几次栅栏红葡萄酒,又长途跋涉送到清华园,送到先生手中,心里颇觉安慰。几瓶酒在现在不算什么。但是在当时,通货膨胀已经达到了钞票上每天加一个"0"还跟不上物价飞速提高的速度的情况下,几瓶酒已经非同小可了。

有一年的春天,中山公园的藤萝开满了紫色的花朵,累累垂垂,紫气弥漫,招来了众多的游人和蜜蜂。我们一群弟子们,记得有周一良、王永兴、汪篯等,知道先生爱花。现在虽患目疾,迹近失明;但据先生自己说,有些东西还能影影绰绰看到一团影子。大片藤萝花的紫光,先生或还能看到。而且在那种兵荒马乱、物价飞涨、人命微浅、朝不虑夕的情况下,我们想请先生散一散心,征询先生的意见,他怡然应允。我们真是大喜过望,在来今雨轩藤萝深处,找到一个茶桌,侍先生观赏紫藤。先生显然兴致极高。我们谈笑风生,尽欢而散。我想,这也许是先生在那样的年头里最愉快的时刻。

还有一件事,也给我留下了毕生难忘的回忆。在解放前夕,政府经济实已完全崩溃。从法币改为银元券,又从银元券改为金元券,越改越乱,到了后来,到粮店买几斤粮食,携带的这币那券的重量有时要超过粮食本身。学术界的泰斗、德高望重、被著名的史学家郑天挺先生称之为"教授的教授"的陈寅恪先生也不能例外。到了冬天,他连买煤取暖的钱都没有,我把这情况告诉了已经回国的北大校长胡适之先生。胡先生最尊重最爱护确有成就的知识分子。当年他介绍王静庵先生到清华国学研究院去任教,一时传为佳话。寅恪先生在《王观堂先生挽词》中有几句诗"鲁连黄鹞绩溪胡,独为神州惜大儒。学院遂闻传绝业,园林差喜适幽居",讲的就是这一件事。现在却轮到适之先生再一次"独为神州惜大儒"了,而这个"大儒"不是别人,竟是寅恪先生本人。适之先生想赠寅恪先生一笔数目颇大的美元。但是,寅恪先生却拒不接受。最后寅恪先生决定用卖掉藏书的办法来取得适之先生的美元。于是适之先生就派他自己的汽车——顺便说一句,当时北京汽车极为罕见,北大只有校长的一辆——让我到清华陈先生家装了一车西文关于佛教和中亚古代语言的极为珍贵的书。陈先生只收二千美元。这个数目在当时虽不算少,然而同书比起来,还是微不足道的。在这一批书中,仅一部《圣彼得堡梵德大词典》市价就远远超过这个数目了。这一批书实际上带有捐赠的性质。而寅恪师对于金钱的一介不取的狷介性格,由此也可见一斑了。

在这三年内,我同寅恪师往来颇频繁。我写了一篇论文《浮屠与佛》,首先读给他听,想听听他的批评意见。不意竟得到他的赞赏。他把此文介绍给《中央研究院历史语言研究所集刊》发表。这个刊物在当时是最具权威性的刊物,简直有点"一登龙门,声价十倍"的威风。我自然感到受宠若惊。差幸我的结论并没有瞎说八道,几十年以后,我又写了一篇《再谈浮屠与佛》,用大量的新材料,重申前说,颇得到学界同行们的赞许。

在我同先生来往的几年中,我们当然会谈到很多话题。谈治学时最多,政治也并非不谈但极少。寅恪先生决不是一个"闭门只读圣贤书"的书呆子。他继承了中国"士"的优良传统:天下兴亡,匹夫有责。从他的著作中也可以看出,他非常关心政治。他研究隋唐史，表面上似乎是满篇考证，骨子里谈的都是成败兴衰的政治问题，可惜难得解人。我们谈到当代学术，他当然会对每一个学者都有自己的看法。但是，除了对一位明史专家外，他没有对任何人说过贬低的话。对青年学人，只谈优点，一片爱护青年学者的热忱。真令人肃然起敬。就连那一位由于误会而对他专门攻击，甚至说些难听的话的学者，陈师也从来没有说过半句褒贬的话。先生的盛德由此可见。鲁迅先生从来不攻击年轻人，差堪媲美。

时光如电，人事沧桑，转眼就到了1948年年底。解放军把北京城团团包围住。胡适校长从南京派来了专机，想接几个教授到南京去，有一个名单。名单上有名的人，大多数都没有走，陈寅恪先生走了。这又成了某一些人探讨研究的题目：陈先生是否对共产党有看法？他是否对国民党留恋？根据后来出版的浦江清先生的日记，寅恪先生并不反对共产主义，他反对的仅是苏联牌的共产主义。在当时，这也许是一个怪想法，甚至是一个大逆不道的想法。然而到了今天，真相已大白于天下，难道不应该对先生的睿智表示敬佩吗？至于他对国民党的态度，最明显地表现在他对蒋介石的态度上。1940年，他在《庚辰暮春重庆夜宴归作》这一首诗中写道："食蛤那知天下事，看花愁近最高楼。"吴宓先生对此诗作注说："寅恪赴渝，出席中央研究院会议，寓俞大维妹丈宅。已而蒋公宴请中央研究院到会诸先生。寅恪于座中初次见蒋公，深觉其人不足为，有负厥职，故有此诗第六句。"按即"看花愁近最高楼"这一句。寅恪师对蒋介石，也可以说是对国民党的态度表达得不能再清楚明白了。然而，几年前，一位台湾学者偏偏寻章摘句，说寅恪先生早有意到台湾去。这真是天下一大怪事。

到了南京以后,寅恪先生又辗转到了广州,从此就留在那里没有动。他在台湾有很多亲友,动员他去台湾者,恐怕大有人在,然而他却岿然不为所动。其中详细情况,我不得而知。我们国家许多领导人,包括周恩来、陈毅、陶铸、郭沫若等等,对陈师礼敬备至。他同陶铸和老革命家兼学者的杜国庠,成了私交极深的朋友。在他晚年的诗中,不能说没有欢快之情,然而更多的却是抑郁之感。现在回想起来,他这种抑郁之感能说没有根据吗?能说不是查实有据吗?我们这一批老知识分子,到了今天,都已成了过来人。如果不昧良心说句真话,同陈师比较起来,只能说我们愚钝,我们麻木,此外还有什么话好说呢?

1951年,我奉命随中国文化代表团,访问印度和缅甸。在广州停留了相当长的时间,准备将所有的重要发言稿都译为英文,我当然不会放过这个机会的,我到岭南大学寅恪先生家中去拜谒。相见极欢,陈师母也殷勤招待。陈师此时目疾虽日益严重,仍能看到眼前的白色的东西。有关领导,据说就是陈毅和陶铸,命人在先生楼前草地上铺成了一条白色的路,路旁全是绿草,碧绿与雪白相映照,供先生散步之用。从这一件小事中,也可以看到我们国家对陈师尊敬之真诚了。陈师是极富于感情的人,他对此能无所感吗?

然而,世事如白云苍狗,变幻莫测。解放后不久,正当众多的老知识分子兴高采烈、激情未熄的时候,华盖运便临到头上。运动一个接着一个,针对的全是知识分子。批完了《武训传》,批俞平伯,批完了俞平伯,批胡适,一路批,批,批,斗,斗,斗,最后批到了陈寅恪头上。此时极大规模的、遍及全国的反右斗争还没有开始。老年反思,我在政治上是个蠢材。对这一系列的批和斗,我是心悦诚服的,一点没有感到其中有什么问题。我虽然没有明确地意识到,在我灵魂深处,我真认为中国老知识分子就是"原罪"的化身,批是天经地义的。但是,一旦批到了陈寅恪先生头上,我心里却感到不是味。虽然经人再三动员,我却始终没有参加到这一场闹剧式的大合唱中去。我不愿意厚着面皮,充当事后的诸葛亮,我当时的认识也是十分模糊的;但是,我毕竟没有行动。现在时过境迁,在四十年之后,想到我没有出卖我的良心,差堪自慰,能够对得起老师在天之灵了。

可是,从那以后,直到老师于1969年在空前浩劫中被折磨得离开了人世,将近二十年中,我没能再见到他。现在我的年龄已经超过了他在世的年龄五年,算是寿登耄耋了。现在我时常翻读先生的诗文。每读一次,都觉得有新的收获。我明确意识到,我还未能登他的堂奥。哲人其萎,空余著述。我却是进取有心,请益无人,因此更增加了对他的怀念。我们虽非亲属,我却时有风木之悲。这恐怕也是非常自然的吧。

我已经到了望九之年,虽然看样子离开为自己的生命画句号的时候还会有一段距离,现在还不能就作总结;但是,自己毕竟已经到了日薄西山、人命危浅之际,不想到这一点也是不可能的。我身历几个朝代,忍受过千辛万苦。现在只觉得身后的路漫长无边,眼前的路却是越来越短,已经是很有限了。我并没有倚老卖老,苟且偷安;然而我却明确地意识到,我成了一个"悲剧"人物。我的悲剧不在于我不想"不用扬鞭自奋蹄",不想"老骥伏枥,志在千里",而是在"老骥伏枥,志在万里"。自己现在承担的或者被迫承担的工作,头绪繁多,五花八门,纷纭复杂,有时还矛盾重重,早已远远超过了自己的负荷量,超过了自己的年龄。这里面，有外在原因，但主要是内在原因。清夜扪心自问：自己患了老来疯了吗？你眼前还有一百年的寿命吗？可是，一到了白天，一接触实际，件件事情都想推掉，但是件件事情都推不掉，真仿佛京剧中的一句话："马行在夹道内，难以回马。"此中滋味，只有自己一人能了解，实不足为外人道也。

在这样的情况下，我有时会情不自禁地回想自己的一生。自己究竟应该怎样来评价自己的一生呢？我虽遭逢过大大小小的灾难，像"十年浩劫"那样中国人民空前的愚蠢到野蛮到令人无法理解的灾难，我也不幸——也可以说是有"幸"身逢其盛，几乎把一条老命搭上；然而我仍然觉得自己是幸运的，自己赶上了许多意外的机遇。我只举一个小例子。自从盘古开天地，不知从哪里吹来了一股神风，吹出了知识分子这个特殊的族类。知识分子有很多特点。在经济和物质方面是一个"穷"字，自古已然，于今为烈。在精神方面，是考试多如牛毛。在这里也是自古已然，于今为烈。例子俯拾即是，不必多论。我自己考了一辈子，自小学、中学、大学，一直到留学，月有月考，季有季考，还有什么全国通考，考得一塌糊涂。可是我自己在上百场国内外的考试中，从来没有名落孙山。你能说这不是机遇好吗？

但是，俗话说："一个篱笆三个桩，一个好汉三个帮。"如果没有人帮助，一个人会是一事无成的。在这方面，我也遇到了极幸运的机遇。生平帮过我的人无虑数百。要我举出人名的话，我首先要举出的，在国外有两个人，一个是我的博士论文导师瓦尔德施密特教授，另一个是教吐火罗语的老师西克教授。在国内的有四个人：一个是冯友兰先生，如果没有他同德国签订德国清华交换研究生的话,我根本到不了德国。一个是胡适之先生,一个是汤用彤先生,如果没有他们的提携的话,我根本来不到北大。最后但不是最少,是陈寅恪先生。如果没有他的影响的话,我不会走上现在走的这一条治学的道路,也同样是来不了北大。至于他为什么不把我介绍给我的母校清华,而介绍给北大,我从来没有问过他,至今恐怕永远也是一个谜,我们不去谈它了。

我不是一个忘恩负义的人。我一向认为,感恩图报是做人的根本准则之一。但是,我对他们四位,以及许许多多帮助过我的师友怎样"报"呢?专就寅恪师而论,我只有努力学习他的著作,努力宣扬他的学术成就,努力帮助出版社把他的全集出全、出好。我深深地感激广州中山大学的校领导和历史系的领导,他们再三举办寅恪先生学术研讨会,包括国外学者在内,群贤毕至。中大还特别创办了陈寅恪纪念馆。所有这一切,我这个寅恪师的弟子都看在眼中,感在心中,感到很大的慰藉。国内外研究陈寅恪先生的学者日益增多,先生的道德文章必将日益发扬光大,这是毫无问题的。这是我在垂暮之年所能得到的最大的愉快。

然而,我仍然有我个人的思想问题和感情问题。我现在是"后已见来者",然而却是"前不见古人",再也不会见到寅恪先生了。我心中感到无限的空漠,这个空漠是无论如何也填充不起来了。掷笔长叹,不禁老泪纵横矣。

1995 年 12 月 1 日

回忆汤用彤先生

自己已经到了望九之年。过去八十多年的忆念,如云如烟,浩渺一片。但在茫茫的烟雾中,却有几处闪光之点,宛如夏夜的晴空,群星上千上万,其中有大星数颗,熠熠闪光,明亮璀璨。无论什么时候回想起来,都晶莹如在眼前。

我对于汤用彤先生的回忆就是最闪光之点。

但是,有人会提出疑问了:"你写了那么多对师友的回忆文章,为什么单单对于你回忆中最亮之点的汤锡予(先生的号)先生却没有写全面的回忆文章呢?"这问得正确,问得有理。但是,我却有自己的至今还没有说出来过的说法。试想:锡予先生是在哪一年逝世的?是在1964年。一想到这个年份,事情就很清楚了。在那时候,阶级斗争已经快发展到年年讲,月月讲,日日讲的程度。所谓"无产阶级文化大革命"虽然还没有爆发,但是对政治稍有敏感的人,都会已经感到"山雨欲来风满楼"的高压气氛。锡予先生和我都属于后来在"十年浩劫"中出现的"资产阶级(反动)学术权威"这一号的人物,我若一写悼念文章,必然会流露出我的真情来。如果我还有什么优点的话,那就是,没有真感情,我不写回忆文章。但是,在那个时代,真感情都会被归入"小资产阶级"的范畴,而一旦成了"小资产阶级",则距离"修正主义"只差毫厘了。我没有这个胆量,所以就把对锡予先生怀念感激之情,深深地埋在我的心灵深处。到了今天,环境气氛已经大大地改变了,能够把真情实感从心中移到纸上来了。

因为不在一个学校,我没有能成为锡予先生的授业弟子。但是,他的文章我是读过的,他的道德我是听说过的。"高山仰止,景行行止",他早已是我崇拜的对象。我也崇拜一些别的大师,读其书未见其人者屡见不鲜。但我却独独对锡予先生常有幻象;我想象他是一个瘦削慈祥的老人,有五绺白须,飘拂胸前。对于别的大师,没见面过的大师,我从来没有过这样的幻象,此理我至今不解。但是,我相信,其中必有原因,一种深奥难言的原因。既然"难言",现在就先不"言"吧。

1945年,我在德国呆了整整十年之后,二战结束,时来入梦的祖国母亲在召唤我了。我必须回国了。回国后,必须找一个职业,用当时的话来说,就是"抢一只饭碗"。古人云:"民以食为天。"没有饭碗,怎么能过日子呢?于是我就写信给我的恩师、正在英国治疗目疾的陈寅恪先生,向他报告我十年来学习的过程。我的师祖吕德斯(Heinrich Lüders)正是他的老师,而我的德国恩师瓦尔德施密特(Ernst Waldschmidt)正是他的同学。因此,我一讲学习情况,他大概立即了然。不久我就收到他的一封长信,信中除了一些奖掖鼓励的话以外,他说,他想介绍我到北京大学任教。这实在是望外之喜。北大这个全国最高学府,与我本有一段因缘,1930年我曾考取北大,因梦想出国,弃北大而就清华。现在我的出国梦已经实现了,阴阳往复,往往非人力所能定,我终究又要回到北大来了。我简直狂喜不能自已,立即回信应允。这就是我来北大的最初因缘。

1945年10月,我离开住了十年的"客树回望成故乡"的哥廷根,挥泪辞别了像老母一般的女房东,到了瑞士,在这山青水绿的世界公园中住了将近半年，然后经法国马赛、越南西贡、英国占领的香港，回到了祖国的上海。路上用了将近四个月。时"二战"中遗留在大洋里的水雷尚未打捞，时时有触雷的危险。载着上千法国兵的英国巨轮的船长，随时都如临深履薄，战战兢兢，终于靠他们那一位上帝的保佑，度过了险境，安然抵达西贡。从西贡至香港，海上又遇到飓风，一昼夜，小轮未能前进一寸。这个险境也终于度过了。离开祖国将近十一年的儿子又回到母亲怀抱里来了，临登岸时，我思绪万端，悲喜交集，此情实不足为外人道也。

初到上海，人地生疏，我仿佛变成了瑞普·凡·温克（Rip Van Winkle），满目茫然。幸而臧克家正住在那里，我在他家的榻榻米上睡了十几天。又转到南京，仍然是无家可归，在李长之的办公桌上睡了一个夏天。当时寅恪师已经从英国回国，我曾到他借住的俞大维的官邸中去谒见他。师生别离已经十多年了，各自谈了别后的情况，都有九死一生之感。杜甫诗说"今夕复何夕？共此灯烛光"，不啻为我当时的心情写照也。寅恪师命我持在德国发表的论文，到鸡鸣寺下中央研究院历史语言研究所去见当时北大代理校长傅斯年先生，时校长胡适尚留美未返。傅告诉我，按照北大的规定，在国外拿了学位回国的人，只能给予副教授的职称。我对此并不在意，能入北大，已如登龙门了，焉敢还有什么痴心妄想？如果真有的话，那不就成了不知天高地厚了吗？

在南京做了一个夏天的"流动人口"。虽然饱赏了台城古柳的清碧，玄武湖旖旎的风光，却也患上了在南京享有盛名的疟疾，颇受了点苦头。在那年的秋天，我从上海乘海轮到了秦皇岛，又从秦皇岛乘火车到了北平。锡予先生让阴法鲁先生到车站去迎接我们。时届深秋，白露已降。"凄清弥天地，落叶满长安"（长安街也），我心中说不出是什么滋味，凄凉中有欣慰，悲愁中有兴奋，既忆以往，又盼来者，茫然憛然，住进了几乎是空无一人的红楼。

第二天，少曾（阴法鲁号）陪我到设在北楼的文学院院长办公室去谒见锡予先生，他是文学院长。这是我景慕多年以后第一次见到先生。把眼前的锡予先生同我心中幻想的锡予先生一对比，当然是不相同的，然而我却更爱眼前的锡予先生。他面容端严慈祥，不苟言笑，却是即之也温，观之也诚，真蔼然仁者也。先生虽留美多年，学贯中西，可是身着灰布长衫，脚踏圆口布鞋，望之似老农老圃，没有半点"洋气"，没有丝毫教授架子和大师威风。我心中不由自主地油然生幸福之感，浑身感到一阵温暖。晚上，先生设家宴为我接风，师母也是慈祥有加，更增加了我的幸福之感。当时一介和一玄都还年小，恐怕已经记不得那天的情景了。我从这一天起就成了北大的副教授，开始了我下半生的新生活，心中陶陶然也。

我可绝没有想到，过了一个来星期，至多不过十天，锡予先生忽然告诉我：我已经被聘为北京大学正教授兼新成立的东方语言文学系系主任，并且还兼任文科研究所的导师。前两者我已经不敢当，后一者人数极少，皆为饱学宿儒，我一个三十多岁的名不见经传的毛头小伙子，竟也滥竽其间，我既感光荣，又感惶恐不安。这是谁的力量呢？我心里最清楚：背后有一个人在，这都出于锡予先生的垂青与提携，说既感且愧，实不足以表达我的心情。我做副教授任期之短，恐怕是前无古人的，这无疑是北大的新纪录，后来也恐怕没有人打破的。我只能说，这是一种恩情，它对我从那以后一直到今五十多年在北大的工作中，起了而且还在起着激励的作用。

但是，我心中总还有一点遗憾之处：我没有能成为锡予先生的授业弟子。往者已矣，来者可追。大概是1947年，锡予先生开"魏晋玄学"这一门课，课堂就在我办公室的楼上。这真是天赐良机，我焉能放过！解放前的教授，相对来讲社会地位高，工资收入丰，存在决定意识，这样就"决定"出来了"教授架子"。架子人人皆有，各有巧妙不同，没有架子的也得学着端起一副拒人的架子。我自认是一个上不得台盘的人，有没有架子，我自己不得而知。但是，在锡予先生跟前，宛如小丘之仰望泰岳，架子何从端起！而且听先生讲课，正是我求之不得的。在当时，一位教授听另外一位教授讲课，简直是骇人听闻的事。这些事情我都不想，毅然征得了锡予先生的同意，成了他班上的最忠诚的学生之一，一整年没有缺过一次课，而且每堂课都工整地做听课的笔记，巨细不遗。这一大本笔记，我至今尚保存着，只是"只在此室中，书深不知处"了，有朝一日总会重见天日的。这样一来，我就自认为是锡予先生的私淑弟子，了了一个夙愿。

锡予先生对我的关心是多方面的。他让我从红楼搬到文科研究所的大院子里去住，此地在明朝是令人闻而觳觫的特务机关东厂，是专杀好人折磨好人的地狱，据说当年的水牢还有遗迹保留着。"庭院深深深几许"，我住在最里面一个院子里，里面堆满考古挖掘出土的汉代砖棺，阴气森森，传说是闹鬼的凶宅之一。晚上没有人敢来找我，除非他在门房打听得万分清楚：季羡林确是在家里，才敢迈步走进。我也并非"季大胆"，只是在欧洲十年多，受了"西化"，成了一个"无鬼论"者，所以能处之泰然。夏夜昏黑，我经常在缕缕的马樱花香中，怡然入梦。

当时的北大真正是精兵简政。只有一个校长胡适之先生，还经常不在学校，并没有什么副校长。一个教务长主管全校的教学科研工作。一个秘书长主管全校的后勤工作。六个学院：文、理、法、农、工、医，各设院长一人。也没有听说有什么校院长联席会，什么系主任联席会。专就文学院而论，锡予先生孤身一人，聘人、升职等等现在非开上无数次会不可解决的问题，那时一次会也不开，锡予先生一个人说了算。大概因为他为人正直，办事公道，从来没有出过什么娄子。我们系里遇到麻烦，我总去找锡予先生，他不动声色，帮我解除了困难。他还帮我在学校图书馆中要了一间教授研究室，所有我要用的书都从书库中提到我的研究室里，又派一位研究生马理女士当我的助手，帮我整理书籍。室内窗明几净，我心旷神怡。我之所以能写出几篇颇有点新见解的文章，不能不说是出于锡予先生之赐。我的文章写出后，首先送给锡予先生，请求指正。他的意见，哪怕是片言只语，对我总都是大有帮助的。

就这样，我们共同迎来了1949年北京的解放。在解放军围城期间，南京方面派一架专机，来接几位名单上有名的著名教授到尚未解放的南京去。锡予先生单上有名，但他却坚决不走，他期望看到新中国。有一段时间，锡予先生被任命为北大校务委员会主席，算是一个"过渡政权"。总之，北大师生共同度过了许多初解放后兴奋狂欢的令人难忘的日子。

1952年，我们北大从城里搬到了现在的燕园中来。政府早已任命马寅初先生为北大校长，只有两个副校长，其中一个是党委书记江隆基兼任，实际上主管教学和科研的就是锡予先生一人。马老德高望重，但实际上不大真管事情。江隆基是一个正直正派有理智有良心的老革命家。据我们局外人看，校领导是团结的。当时的北大，同全国各大学和科研机构一样，几乎是天天搞"运动"。然而北大这样一所全国重点大学，一只无形的带头羊，却并没有出什么娄子，这与校领导的团结和江隆基同志的睿智正直是分不开的。

还是讲一讲我自己的情况吧。出城以后，我"官"运亨通，财源大发。先是在城里时工资被评为每月一千一百斤小米，解放前夕那种物价一小时一涨，火箭似的上升的可怕日子一去不复返了。后来按级别评定工资，我依稀记得：马老（马寅初）是三级，等于政府的副总理。以下是汤老（汤用彤）、翦老（翦伯赞）、曹老（曹靖华）等，具体级别记不清了。再以下就是我同其他几位老牌和名牌的教授。到了1956年，又有一次全国评定教授工资的活动，根据我的回忆，这次活动用的时间较长，工作十分细致，深入谨慎。人事处的一位领导同志，曾几次征求我的意见：中文系教授吴组缃是全国著名的小说家、《红楼梦》研究专家、中国作家协会书记处书记，我的老同学和老朋友，他问我吴能否评为一级教授？我当然觉得很够格。然而最后权衡下来，仍然定为二级，可见此事之难。据我所知，有的省份，全省只有一个一级教授，有的竟连一个也没有，真是一级之难"难于上青天"了。

然而，藐予小子竟然被评为一级，这实在令我诚惶诚恐。后来听说，常在一个餐厅里吃饭的几位教授，出于善意的又介乎可理解与不可理解之间的心理，背后赐给我了一个诨名，曰"一级"。只要我一走进食堂，有人就窃窃私语，会心而笑："'一级'来了！"我不怪这些同事，同他们比起来，无论是年龄或学术造诣，我都逊一筹，起个把诨名是应该的。这是由于我的运气好吗？也许是的；但是我知道，背后有一个人在，这个人不是别人，正是锡予先生。

俗话说："福不双至。"可是1956年，我竟是"福真双至"。"一级"之外，我又被评选为中国科学院哲学社会科学学部委员。这是中国一个读书人至高无上的称号，从人数之少来说，比起封建时期的"金榜题名"来，还要难得多。除了名以外，还有颇为丰厚的津贴，真可谓"名利双收"。至于是否又有人给我再起什么诨号，我不得而知，就是有的话，我也会一笑置之。

总之，在我刚过不惑之年没有几年的时候，我还只能算是一个老青年，一个中国读书人所能期望的最高的荣誉和利益，就都已稳稳地拿到手中。我是一个颇有点自知之明的人，我知道，我之所以能够做到这一步，与锡予先生不声不响的提携是分不开的。说到我自己的努力，不能说一点都没有，但那是次要的事。至于机遇，也不能说一点没有，但那更是次要之次要，微不足道了。

从1956年起直到1964年锡予先生逝世，不知道经过了多少次运动，到了1966年"十年浩劫"开始而登峰造极。在这些运动中，在历次的提职提级的活动中，我的表现都还算过得去。我真好像是淡泊名利，与人无争，至今还在燕园内外有颇令人满意的口碑。难道我真就这样好吗？我的道德真就这样高吗？不，不是的。我虽然不敢把自己归入坏人之列，因为除了替自己考虑外，我还能考虑别人。我绝对反对曹操的哲学："宁要我负天下人，不要天下人负我。"但我也决非圣贤，七情六欲，样样都有；私心杂念，一应俱全。可是，既然在名利两个方面，我早已达到了顶峰，我还有什么可争的呢？难道我真想去"九天揽月，五洋捉鳖"吗？我之所以能够获得少许美名，其势然也。如果说我是"浪得名"，也是并不冤枉的。话又说了回来，如果没有锡予先生，我能得到这一点点美名吗？

所以，我现在只能这样说，我之所以崇敬锡予先生，忆念锡予先生，除了那一些冠冕堂皇的表面理由以外，还有我内心深处从来没有对别人说起过的动机。古人说："人生得一知己足矣。"我不敢谬托自己是锡予先生的知己，我只能说锡予先生是我的知己。我生平要感谢的师辈和友辈，颇有几位，尽管我对我这一生并不完全满意，但是有了这样的师友，我可以说是不虚此生了。

我自己现在已经是垂暮之年，活得早早超过了我的期望。因为我的父母都只活了四十多岁，因此，我的最高期望是活到五十岁。可是，到了今天，超过这个最高期望已经快到四十年了。我虽老迈，但还没有昏聩。曹孟德说："老骥伏枥，志在千里。"我窃不自量力，大有"老骥伏枥，志在万里"之势。在学术研究方面，我还有不少的计划。这些计划是否切合实际，可另作别论，可我确实没有攀登八宝山的计划，这一点是完全可以肯定的。

但愿我回忆中那一点最亮的光点，能够照亮我前进的道路。

1997 年 5 月 28 日

悼念邓广铭先生

我认识恭三（邓先生之字）已经很有些年头了。因为同是山东老乡，我们本应该在20年代前期就在济南认识的。但因他长我四岁，中学又不在一个学校，所以在那里竟交臂失之，一直到了30年代前期才在北京相识，仍然没有多少来往。紧接着，我又远适异域，彼此不相闻者十余年。1946年，我从欧洲回国，来北大任教。当时恭三是胡适之校长的秘书。我每每到沙滩旧北大孑民堂前院东屋校长办公室去找胡先生，当然都会见到恭三，从此便有了比较多的来往，成了算是能够知心的朋友了。

恭三是历史学家，专门治宋史，卓有建树，腾誉国内外士林，为此道权威。先师陈寅恪先生有一个颇为独特的见解，他在《邓广铭宋史职官志考证序》中写道："华夏民族之文化，历数千载之演进，造极于赵宋之世。后渐衰微，终必复振。"而"复振"的希望有一部分他就寄托在恭三身上。他接着写道："宋代之史事，乃今日所亟应致力者。"然而这一件工作邓并不容易做，因为《宋史》阙误特多，而在诸正史中，卷帙最为繁多，由此可见，欲治《宋史》，必须有勇气，有学力。"数百年来，真能熟读之者，实无几人。"恭三就属于这仅有的"几人"之列。对于《宋史职官志考证》一书，陈先生的评价是："其用力之勤，持论之慎，并世治宋史者，未能或之先也。"这是极高的评价。熟悉陈先生之为人者，都知道，陈先生从不轻易月旦人物，对学人也从未给予廉价的赞美之词。他对恭三的学术评价，实在值得我们注意和深思的。

近些年来，由于众所周知的原因，国内大学及科研机构中，从事人文社会科学的研究事业者，大都有后继乏人之慨叹。实际情况也确实是这样，确实值得人们的担忧。阻止或延缓这种危机的办法，目前还没有见到。有个别据要津者，本应亡羊补牢，但也迟迟不见行动，徒托空言，无济于事。这决非杞人忧天的想法，而是迫在眉睫的灾难。我辈这一批手无缚鸡之力的知识分子，虽然知之甚急，忧之极切，也只能"惊呼热中肠"而已。

在这样的危机中，宋史研究当然也不会例外。但是，恭三是有福的。他的最小的女儿邓小南，女承父业，接过了恭三研究宋史的衣钵，走上了研究宋史的道路，虽然年纪还轻，却已发表了一些颇见水平的论文，崭露头角，将来大成可期。恭三不出家门，就已后继有人，他可以含笑于九泉之下或九天上了。我也为老友感到由衷的高兴。

恭三离开我们时，已经达到九十岁高龄。在中国几千年的学术史上，我还想不起，哪一个学者曾活到这般年纪。但是，从他的身体状态，特别是心理状态上来看，他本来是还能活下去的。他虽身患绝症——他自己并不知道，但在病床上还讲到要回家来写他的《岳飞传》。我们也都希望，他真能够"岂止于米，相期以茶"。即使达不到一百零八岁的茶寿，但是九十九岁的白寿，或者一百岁的期颐，努一把力，还是有希望的。可是死生之事大矣，是不能由我们自己来决定的。我们含恨同他告别了。

回忆我们长达半个世纪的交谊，让我时有凄凉寂寞之感。

解放前在沙滩时，我们时常在一起闲聊，上天下地，无所不聊；但是聊得最热烈的却是胡校长竞选国民党的国大代表和传说蒋介石放出风来有意推胡为"总统"的事。我们当时政治觉悟都不够高，但是，以我们那种很低的水平，也能够知道蒋介石之心是路人皆知。可笑或可悲的是，聪明如胡先生者竟颇有相信之意。我们共同的结论是，胡毕竟是一个书生，说不好听的，是一个书呆子。

以后不久，我同恭三等一批也是书呆子的人，迎来了解放，一时心情极为振奋。1962年以后，朗润园六幢公寓楼落成，我们相继搬了进来。在风光旖旎的燕园中，此地更是特别秀丽幽静。虽然没有"四时不谢之花，八节长春之草"，却也有茂林修竹，翠湖青山。夏天红荷映日，冬日雪压苍松。这些当然都能令人赏心悦目，这已极为难得。但是，光有好风景，对一些书呆子如不佞者，还是不够的，我需要老朋友，需要素心人。陶渊明诗："闻多素心人，乐与数晨夕。"这正是我所要求的，而我也确实得到了。当年全盛时期，张中行先生住在这里，虽然来往不多，但是早晨散步时，有时会不期而遇，双方相向拱手合十，聊上几句，就各奔前程了。这一早晨我胸中就暖融融的，其乐无穷。组缃是清华老友，也曾在这里住过。常见一个戴儿童遮阳帽的老头儿，独自坐在湖边木椅上，面对半湖朝日，西天红霞。我顾而乐之，认为这应当归入朗润几景之中。"素心人"中，当然有恭三在。我多次讲过，我是最不喜欢拜访人的人，我同恭三，除了在校内外开会时见面外，平常往还也不多。四五年前，我为写《糖史》查资料，我每天到北大图书馆去。回家时，常在路上碰到恭三，他每天上午11点前必到历史系办公室去取《参考消息》。他说，他故意把

　　季羡林与邓广铭交谊甚笃，"解放前在沙滩时，我们时常在一起闲聊，上天下地，无所不聊"，晚年时也是时常与邓广铭、臧克家等一众好友谈天说地。

《参考消息》订在系里,以便每天往还,借以放步,锻炼身体。两个耄耋老人每天在湖边相遇,这也可以算是燕园后湖一景吧。

然而,光阴荏苒,时移世异,曾几何时,中行先生在校外找到房子,乔迁新居。虽然还时通音问,究亦不能在清晨湖畔,合十微笑了。我心头感到空荡荡的,大发思古之幽情。但是,中行先生还健在,同在一城中,楼多无阻拦,因此,心中尚能忍受得住。至于组缃和恭三,则情况迥乎不同。他们已相继走到了那一个长满了野百合花的地方,永远,永远地再也不回来了。此时,朗润园湖光依旧潋滟,山色依旧秀丽,车辆依旧奔驰,人物依旧喧闹。可是在我的心中,我却感到空虚、荒寒、寂寞、凄清,大有"前不见古人,后不见来者"之慨,真想"独怆然而涕下"了。默诵东坡词"人有悲欢离合,月有阴晴圆缺,此事古难全",聊以排遣忧思而已。

中华民族毕竟是一个伟大的民族。四大发明,震撼寰宇,辉耀千古,我们在这里暂且不谈。我只谈一个词儿:"后死者"。在这世界上其他语言中还没有碰到过。从表面上来看,这只是一个非常普通的词儿。但仔细一探究,却觉其含义深刻,令人回味无穷。对已死的人来说,每一个活着的人都是一个"后死者"。可这个词儿里面蕴含着哀思、回忆,抚今追昔,还有责任、信托。已死者活在后死者的记忆中,后者有时还要完成前者未竟之业,接过他们手中曾握过的接力棒,继续飞驰,奔向前方,直到自己不得不把接力棒递给自己的"后死者",自己又活到别人回忆里了。人生就是如此,无所用其愧恨。现在我自己成了一个"后死者",感情中要承担所有沉重的负担。我愿意摆脱掉这种沉重的负担吗?我扪心自问:还不想摆脱,一点摆脱的计划都没有。我愿意背着这个沉重的"后死者"的十字架,一直背下去,直到非摆脱不行的时候。但愿那一天晚一点来,阿门!

1998年2月22日

记张岱年先生

我认识张岱年先生，已有将近七十年的历史了。30年代初，我在清华念书，他在那里教书。但是，由于行当不同，因而没有相识的机会。只是不时读到他用"张季同"这个名字发表的文章，在我脑海留下了一个青年有为的学者的印象，一留就是二十年。

时移世变，沧海桑田，再见面时已是1952年院系调整以后了。当时全国大学的哲学系都合并到北大来，张先生也因而来到了北大。我们当年是清华校友，而今又是北大同事了。仍然由于行当不同，平常没有多少来往。1957年反右，张先生受到了牵连，这使我对他更增加了一种特殊的敬意。我有一个自己认为是正确的意见：凡被划为"右派"者都是好人，都是正直的人，敢讲真话的人，真正热爱党的人。但是，我决不是说，凡没有被划者都不是好人，好人没有被划者遍天下，只是没有得到被划的"幸福"而已。至于我自己，我蹲过牛棚，说明我还不是坏人，是我毕生的骄傲。独有没有被划为右派，说明我还不够好，我认为这是一生憾事，永远再没有机会来补课了。

张先生是哲学家，对于中国哲学史的研究有湛深的造诣，这是学术界的公论。愧我禀性愚鲁，不善于作邃密深奥的哲学思维。因此对先生的学术成就不敢赞一词。独对于先生的为人，则心仪已久。他奖掖后学，爱护学生，极有正义感，对任

季羡林对张岱年先生的道德品行,心仪已久,谓其"奖掖后学,爱护学生,极有正义感,对任何人都不阿谀奉承,凛然一身正气,又绝不装腔作势,总是平等对人",赞其为"士林楷模"。

何人都不阿谀奉承，凛然一身正气，又决不装腔作势，总是平等对人。这样多的优秀品质集中到一个人的身上，再加上真正淡泊名利，唯学是务，在当今士林中，真堪为楷模了。

《论语》中说："仁者寿。"岱年先生是仁者，也是寿者。我读书有一个习惯：不管是读学术史，还是读文学史，我首先注意的是中外学者和文学家生年卒月。我吃惊地发现，古代中外著名学者或文学家中，寿登耄耋者极为稀少。像泰戈尔的八十，歌德的八十三，托尔斯泰的八十二，直如凤毛麟角。许多名震古今的大学问家和大文学家，多半是活到五六十岁。现在，我们已经"换了人间"，许多学者活得年龄都很大，像冯友兰先生、梁漱溟先生等等都活过了九十。冯先生有两句话："岂止于米，相期以茶。""米"是八十八岁，"茶"是一百零八岁。现在张先生已经过米寿两年，距茶寿十八年。从他眼前的健康情况来看，冯先生没有完成的遗愿，张先生一定能完成的。张先生如果能达到茶寿，是我们大家的幸福。"碧章夜奏通明殿，乞赐张老十八春。"

1999 年 1 月 10 日

扫傅斯年先生墓

我们虽然算是小同乡，但我与孟真先生并不熟识，几乎是根本没有来往。原因是年龄有别，辈分不同。我于1930年到北京来上大学的时候，进的是清华大学。当时孟真先生已经是学者，是教育家，名满天下了。我只是一个无名小卒，不可能有认识的机会。

我记得，在我大学一年级或二年级时，不知是清华的哪一个团体组织了一次系列讲座，邀请一些著名的学者发表演说，其中就有孟真先生。时间是在晚上，地点是在三院的一间教室里。孟真先生西装笔挺，革履锃亮。讲演的内容，我已经完全忘记了；但是，他那把双手插在西装坎肩的口袋里的独特的姿势，却至今历历如在目前。

在以后一段长达十五六年的时间中，我同孟真先生互不相知，一没有相知的可能，二没有相知的必要，我们本来就是萍水相逢嘛。

然而天公却别有一番安排，我在德国呆了十年以后，陈寅恪师把我推荐给北京大学。1946年夏，我回国住在南京，适值寅恪先生也正在南京，我曾去谒见。他让我带着我在德国发表的几篇论文，到鸡鸣寺下中央研究院去拜见当时的北大代校长傅斯年，我遵命而去。见了面，没有说上几句话，就告辞出来。我们第二次见面就是这样匆匆。

"二战"期间，我被阻欧洲，大后方重庆和昆明等地的情况，我茫无所知。到了南京以后，才开始零零星星地听到大后方学术文化教育界的一些情况，涉及面非常广，当然也涉及傅孟真先生。他把山东人特有的直爽的性格——这种性格其他一些省份的人也具有的——发挥到淋漓尽致的水平。他所在的中央研究院当然是国民党政府下属的一个机构，但是，他不但不加入国民党，而且专揭国民党的疮疤。他被选为地位很高的参政员，是所谓"社会贤达"的代表。他主持正义，直言无讳，被称为"傅大炮"。国民党的四大家族，在贪赃枉法方面，各有千秋，手段不同，殊途同归。其中以孔祥熙家族名声最坏。那一位"威"名远扬的孔二小姐，更是名动遐迩，用飞机载狗逃难，而置难民于不顾。孟真先生不讲情面，不分场合，在光天化日之下，大庭广众之中，痛快淋漓地揭露孔家的丑事，引起了人民对孔家的憎恨。孟真先生成为"批孔"的专业户，口碑载道，颂声盈耳。

　　孟真先生的轶事很多，我只能根据传说讲上几件。他在南京时，开始任中央研究院历史语言研究所所长。他待人宽厚，而要求极严。当时有一位广东籍的研究员，此人脾气古怪，双耳重听，形单影只，不大与人往来，但读书颇多，著述极丰。每天到所，用铅笔在稿纸上写上两千字，便以为完成了任务，可以交卷了，于是悄然离所，打道回府。他所爱极广，隋唐史和黄河史，都有著述，洋洋数十万言。对历史地理特感兴趣，尤嗜对音。他不但不通梵文，看样子连印度天城体字母都不认识。在他手中，字母仿佛成了积木，可以任意挪动。放在前面，与对音不合，就改放在后面。这样产生出来的对音，有时极为荒诞离奇，那就在所难免了。但是，这位老先生自我感觉极为良好，别人也无可奈何。有一次，他在所里作了一个学术报告，说《史记》中的"禁不得祠明星出西方"，"不得"二字是 Buddha（佛陀）的对音，佛教在秦代已输入中国了。实际上，"禁不得"这样的字眼儿在汉代是通用的。老先生不知怎样一时糊涂，提出了这样的意见。在他以前，一位颇负盛名的日本汉学家藤田丰八已有此说，老先生不一定看到过，孤明独发，闹出了笑话。不意此时远在美国的孟真先生听到了这个信息，大为震怒，打电话给所里，要这位老先生检讨，否则就炒鱿鱼。老先生不肯，于是便卷铺盖离开了史语所，老死不明真相。

但是，孟真先生是异常重视人才的，特别是年轻的优秀人才。他奖励扶掖，不遗余力。他心中有一张年轻有为的学者的名单，对于这一些人，他尽力提供或创造条件，让他们能安心研究，帮助他们出国留学，学成回国后仍来所里工作。他还尽力延揽著名学者，礼遇有加。他创办的《史语所集刊》，在几十年内都是国内外最有权威的人文社会科学的刊物。一登龙门，声价十倍，能在上面发表文章，是十分光荣的事。这个刊物至今仍在继续刊行，旧的部分有人多方搜求，甚至影印，为20世纪中国学术界所仅见。

孟真先生有其金刚怒目的一面，也有其菩萨慈眉的一面。当年在大后方昆明，西南联大的教师和中央研究院史语所的研究员，有时住在同一所宿舍里。在靛花巷（?）宿舍里，陈寅恪先生住在楼上，一些年纪比较轻的教员和研究员住在楼下。有一天晚上，孟真先生和一些年轻学者在楼下屋子里闲谈，说到得意处，忍不住纵声大笑。他们乐以忘忧，兴会淋漓，忘记了时光的流逝。猛然间，楼上发出手杖捣地板的声音。孟真先生轻声说："楼上的老先生发火了。""老先生"指的当然就是寅恪先生。从此就有人说，傅斯年谁都不怕，连蒋介石也不放在眼中，唯独怕陈寅恪。我想，在这里，这个"怕"字不妥，改为"尊敬"，就更好了。

这一次，我由于一个不期而遇的机会，来到了台北，又听到了一些孟真先生的轶事。原来他离开大陆后，来到了台湾，仍然担任"中央研究院"史语所所长，同时兼任台湾大学的校长。他这一位大炮，大概仍然是炮声隆隆。据说有一次蒋介石对自己的亲信说："那里（指台大）的事，我们管不了！"可见孟真先生仍然保留着他那一副刚正不阿的铮铮铁骨，他真正继承了中国历代知识分子最优秀的传统。

根据我上面的琐碎的回忆，我对孟真先生是见得少，听得多。我同他最重要的一次接触，就是我进北大时，他正是代校长，是他把我引进北大来的。据说——又是据说，他代表胡适之先生接管北大。当时日寇侵略者刚刚投降，北大，正确说是"伪北大"教员可以说都是为日本服务的；但是每个人情况又各有不同，有少数人认贼作父，觍颜事仇，丧尽了国格和人格。大多数则是不得已而为之。两者应该区别对待。孟真先生说，适之先生为人厚道，经不起别人的恳求与劝说，可能良莠不分，一律留下在北大任教。这个"坏人"必须他做。他于是大刀阔斧，不留情面，把问题严重的教授一律解聘，他说，这是为适之先生扫清道路，清除垃圾，还北大一片净土，让他的老师胡适之先生怡然、安然地打道回校。我就是在这样一个关键时刻到北大来的。我对孟真先生有知遇之感，难道不是很自然的吗？

这一次我们三个北大人来到了台湾。台湾有清华分校，为什么独独没有北大分校呢？有人说，傅斯年担任校长的台湾大

20世纪90年代,季羡林由于一个不期而遇的机会来到台北。访台期间,他专门到傅斯年先生墓前献花鞠躬,以示悼念。

学就是北大分校。这个说法被认为是完全正确的。我们三个人中,除我以外,他们俩既没有见过胡适之,也没有见过傅孟真。但是,胡、傅两位毕竟是北大的老校长,我们不远千里而来,为他们两位扫墓,也完全是合情合理的。我们谨以鲜花一束,放在墓穴上,用以寄托我们的哀思。我在孟真先生墓前行礼的时候,心里想了很多很多。两岸人民有手足之情,人为地被迫分开了五十多年,难道现在和好统一的时机还没有到吗?本是同根生,见面却如参与商,一定要先到香港才能再飞台湾。这样人为的悲剧难道还不应该结束吗?北大与台大难道还不应该统一起来吗?我希望,我们下一次再来扫孟真先生墓时,这一出人间悲剧能够结束。

1999 年 5 月 5 日

忆念郑毅生先生

一想到郑毅生（天挺）先生，立即展现我眼前的是他那满面春风的笑容。我确实不记得他曾有过疾言厉色的时候。

我同毅生先生不能算是很熟识，却又不能算是很不熟识。我于1946年来北大任教，那时候的北大确实是精兵简政。只有一个校长，是胡适之先生，并不聘什么副校长。胡先生大概有一半时间不在北京，当时还叫北平。他下面有一个教务长，总管全校的科研和教学。还有一个秘书长，总管全校的行政后勤。再就是六个学院的院长。全校的领导仅有九人。绝不像现在的校长一走廊，处长一礼堂，科长一操场这样伟大堂皇的场面。而学校的工作，至少从表面上看起来，依然如"源头活水"，并没有任何停滞的现象。

我进北大时的秘书长就是毅生先生。他是清史专家，蜚声士林。以后有一段时间，北大历史系的教授队伍齐全，水平较高。从古至今，每一个时代都有一位专家担任教授，按时代先后排列起来，有张政烺、翦伯赞、周一良、邓广铭、邵循正、郑天挺等，其中有几位是后来加入的。不管怎样，这个阵容之整齐，在当时，甚至以后，都是难能可贵的。

当时北大校部就设在沙滩子民堂前面的小院子里。东屋不过十几平米，是校长办公室。同样大小的西屋是秘书长办公室，毅生先生就在这里坐镇。六大学院，上万名学生，几千个教员，吃、喝、拉、撒、睡，工作头绪是异常复杂的。虽然六院的院长分担了一部分工作，但剩下的工作也还是够多的。作为这样一个庞大机构的秘书长，其繁忙程度可以想见。我当时是东方语言文学系的系主任。虽然只有四个教员，十几个学生，在八九平米的系主任办公室里就能召开全系大会，但是，正如俗话所说的："麻雀虽小，五脏俱全。"有时也免不了同秘书长打打交道，这就是我认识毅生先生的客观条件。我每次去见他，他总是满面春风，笑容可掬。能办到的，立即办理，从来不推托扯皮。到现在已经过了半个多世纪了，毅生先生也已离开了我们，但是，他留给我的印象，依然宛在目前。只要我还能存在一日，这印象就永远不会泯灭。

按照学术界论资排辈的习惯，毅生先生长我一辈，是我的师辈。但是，对他专长的清史研究，我几乎是完全陌生的。他的文章，我读过几篇，也不甚了了，除了高山仰止之外，实不敢赞一词。院系调整后，留给了我两个疑问：一是，为什么让一个学有专长的学者担任繁忙的行政工作？二是，为什么把阵容整齐的北大历史系人为地搞得支离破碎？这些问题都不是我能回答的。我想，毅生先生也是回答不了的。他调往南开，又给我带来了点欣慰。南开和北大是兄弟学校，友谊极深。他可能把北大的学风带了一点过去，与南开的学风融合在一起，形成了一种崭新的学风。至于这种新学风是什么样子，愧我孤陋，实在说不明白了。

南开和北大的传统友谊将会永远存在下去，而且日益加深。毅生先生满面春风的笑容也会永远留在我的眼前，他会永远活在我的心中。

1999年10月19日

悼念赵朴老

朴老涅槃，我心实悲。我曾在什么地方看过一幅壁画，画的是如来佛涅槃时的情景。如来佛右肋在下侧卧在那里。身旁围了一大群弟子，大多数是痛哭流涕，悲哀难抑。独有一位弟子站在那里，凝然无动于衷。他大概是已经参透了人生奥秘，领悟了无常是生命的正道。他也许正是这一幅壁画的核心人物，他是众僧的榜样，他是众生的楷模。我个人是一个凡夫俗子，远远没能参透人生的奥秘，我宁愿归属痛哭的众僧之列。

提到赵朴老，我真是早已久仰久仰了。他是著名的身体力行的佛教居士，中国佛协的领导人，造诣高深的佛学理论家；他又是蜚声书坛的书法家；他还是有悠久革命经历的国务活动家。赵朴老真正是口碑载道，誉满中外，成为人们景仰的对象。

可就是这样一位名人，一位大人物，却丝毫没有名人的架子，大人物的派头。同他一接触，就会被他那慈祥的笑容所感动，使人们如坐春风，如沐春雨，感到无比的温暖和幸福。我个人同朴老接触不多；但是，每会面一次，就增强一次上述的感觉。

我同朴老相处最长的一次是在1986年。当时，班禅大师奉中央命赴尼泊尔公干，中央派了一架专机，陪同的人很多，赵朴老和夫人陈邦织女士也在其中。我作为全国人大常委敬陪末座。我们坐在飞机最前面的特别包厢里，中间一张小桌，两边各坐二人，朴老和班禅一边，我和陈邦织女士一边。飞机飞临珠穆朗玛峰上空，接到尼泊尔加德满都的电话，说那里晨雾未消，不能降落，请飞机放慢速度。我们刚登上飞机时，飞机起飞，要系好安全带。但是，班禅大师的安全带两端碰不拢，他笑着说："你看我这肚子！"过了不久，加德满都方面来了电话说，飞机可以降落了。我诚敬地对班禅大师说："这是托大师的洪福！"他笑着说："我跟你一样！"可见班禅大师是一位多么平易近人的活佛。

我送给了朴老一本刚出版的《原始佛教的语言问题》，请求指正。朴老还没有来得及看，但是，陈邦织先生却一路手不停披，等到飞机在加德满都机场着陆时，看样子，她已经把全书看得差不多了。我心里暗暗钦佩邦织先生读书之勤。由此可以推断，她大概是同朴老一样"学富五车"的。

在加德满都，我同朴老夫妇和秘书一起被安排住在全城最高级的大概是五星级的一家大饭店里。饭店里有中西许多国家的餐厅。我同人大常委会几位同志经常是吃一顿饭换一个餐厅，遍尝了许多国家的名菜，可谓大快朵颐了。朴老是虔诚的佛教信徒，坚持素食，几十年如一日。他们不同我们一起吃饭。但因同住一层楼，房间相距不远，所以不乏见面的机会。有一天，朴老夫妇忽然来敲我的房门，邦织先生手持一幅朴老刚写好的字送给我。这真是喜从天降，我哪里会想到在异乡作客时竟能获得朴老的墨宝呢？我双手去捧接，心潮腾涌，视墨宝如拱璧，心想家中又得到了一件传家宝，我这个人和我们全家都有福了。

加德满都是一个很奇特有趣的地方，位于一个大山谷中。神话传说，此地原来处于深水中，谷口有巨石挡住，水流不出去。后来文殊菩萨手挥巨剑把巨石劈开,水流了出去,就形成了现在的加德满都。所以尼泊尔人尊文殊为保护神。在中国,文殊菩萨的圣地是五台山,因此尼泊尔朋友也视五台山为圣山,到了中国,多往朝拜。这也可以算是中尼友谊史上的一段佳话吧。

从尼泊尔回来以后,我还曾多次见到过朴老。在人民大会堂招待星云大师的宴会上,在人民大会堂不同的厅里召开的不同的会议上,在广济寺召开的讨论清代大藏经雕版的会上,我都同他见过面。虽然说话不多,但是,他那真正体现了佛教基本精神慈悲为怀的人格的魅力却在无形中净化了我的灵魂。我缺少慧根,毕生同佛教研究打交道,却不能成为真正的佛教信徒。但是,我对佛教的最基本的教义万有无常(sarvam anityam)却异常信服。我认为,这真正抓住了宇宙万有的根本规律,是谁也否定不掉的。

我在上面曾说到,朴老已经参透了人生的奥秘。他在遗嘱中用诗歌表达了他的生死观:"生固欣然,死亦无憾。花落还开,水流不断。我兮何有,谁欤安息。明月清风,不劳寻觅。"谁读了这首诗不会受到真挚的感动呢?我是一个俗人,虽然也向往这种境界,但是却徒劳无功。我达不到如来涅槃壁画上那一位凝然无动于衷的法师的水平,我只能像一般俗人一样悲痛不已。

2000 年 11 月 6 日

痛悼钟敬文先生

昨天早晨，突然听说，钟敬文先生走了。我非常哀痛，但是并不震惊。钟老身患绝症，住院已半年多，我们早有思想准备。但是听说，钟老在病房中一向精神极好，关心国事、校事，关心自己十二名研究生的学业，关心老朋友的情况。我心中暗暗地期望，他能闯过百岁大关，把病魔闯个落花流水，闯向茶寿，为我们老知识分子创造一个奇迹。然而，事实证明，我的期望落了空。岂不大可哀哉！

钟老长我八岁，如果在学坛上论资排辈的话，他是我的前辈。想让我说出认识钟老的过程，开始阶段有点难说。我在读大学的时候，他已经在民俗学的研究上颇有名气。虽然由于行当不同，没有读过他的书，但是大名却已是久仰了。这时是我认识他，他并不认识我。此后，从30年代一直到90年代六十来年的漫长的时期内，我们各走各的路，每个人都有自己的一亩三分地，都在勤恳地耕耘着，不相闻问，事实上也没有互相闻问的因缘。除了大概是在50年代他有什么事到北大外文楼系主任办公室找过我一次之外，再无音讯。

1957年那一场政治大风暴，来势迅猛，钟老也没有能逃过。我一直到现在也不明白，像钟老这样谨言慎行的人，从来不胡说八道，怎样竟也不能逃脱"阳谋"的圈套，堕入陷阱中。自我们相交以来，他对此事没有说过半句抱怨的话，使我在心中暗暗地钦佩。我一向认为，中国知识分子，由几千年历史环境所决定，爱国成性。祖国是我们的母亲。不管受到多么不公平的待遇，母亲总是母亲，我们总是无怨无悔，爱国如故。我觉得，这是中国知识分子最可宝贵的品质，一直到今天，不但没有失去其意义，而且更应当发扬光大。在这方面，钟老是我们的表率。

为什么钟老对我产生了兴趣呢？我有点说不清楚。这大概同我的研究工作有关。我曾用了数年之力翻译了印度两大史诗之一的《罗摩衍那》，也曾对几个民间故事和几种民间习俗，从影响研究的角度上追踪其发展、传播和演变的过程。钟老是民俗学家，所以就发生了兴趣。他曾让我到北师大做过一次有关《罗摩衍那》的学术报告。他也曾让我复印我几篇关于民间故事传播过程的论文。做什么用，我不清楚。对于比较文学，我是浅尝辄止，没有深入钻研。但是，我却倾向于法国学派的影响研究。这种研究摸得着，看得清，是踏踏实实的学问。不像美国学派提倡的平行研究，恍兮惚兮，给许多不学无术之辈提供了藏身洞。钟老可能是倾向于影响研究的，否则他不会复印我的论文。

不管怎样，这样一来，我们就成了朋友，而且是忠诚真挚的朋友。陈寅恪先生《王观堂先生挽词》中说："风义平生师友间"，我同钟老的关系颇有类似之处，我对他尊敬如师长。他为人正直宽厚，蔼然仁者，每次晤对，如坐春风。由于钟老的缘故，我对北师大的事情也积极起来。每次有会，召之即来，来之必说。主要原因是想见上钟老一面。一面之晤，让我像充了电一般，回校后久久兴奋不已，读书写作更加勤奋。我常常自己想，像钟老这样的老人，忠贞爱国，毕生不贰；百岁敬业，举世无双。他是我们中国知识分子的优秀代表，又是我们学习的楷模。中国人民是永远不会忘记他的。

季羡林与钟敬文（右一）的关系，似于"风义平生师友间"，称赞他"为人正直宽厚，蔼然仁者，每次晤对，如坐春风"。

去年，2001年，是我的九十岁生日。一些机关、团体和个人变着花样为我祝寿。我常常自嘲是"祝寿专业户"。每次祝寿活动，我总忘不了钟老，只要有借口，我必设法请他参加，他也是每请必到。至于他自己却缺少官样的借口来祝寿，米寿已过，九十也被他甩在后面，离开白寿（九十九岁）最近，可也还有一些距离。去年年初，我们想了一个主意，把接近九十或九十以上的老朋友六七位邀请到一起，来一个联合祝寿，林庚、侯仁之、张岱年等等都参加了。大家都不会忘记钟老，钟老也来参加了。大家尽欢而散，成为一次难能可贵的盛会。可是走出勺园七号楼的大门时，我看到大红布标仍然写着"庆祝季羡林先生九十华诞"，我心中十分愧怍。9月29日，我又以给钟老祝寿的名义，在勺园举办了一次有将近二百人参加的大会，群贤毕至，发言热烈。

去年下半年，钟老因病住院，我曾几次心血来潮，要到医院里去看他。但是，他正在医生的严密的"控制"下，不许会见老朋友，怕他兴奋激动。到了今年年初，我也因病进了医院，也处在大夫的严密"控制"下。可我还梦想，在预定本月中旬中央几个机构为钟老庆祝百岁华诞时说不定能见他一面。然而他却匆匆忙忙地不辞而别。我见他一面的梦想永远化为幻影了。现在他的面影时时在我眼前晃动，然而面影毕竟代替不了真正的面孔，而真正的面孔却永远一去不复返了，奈之何哉！奈之何哉！

写这篇短文，几次泫然泪下。回想同钟老几年的交往，"许我忘年为气类，北海今知有刘备"。而今而后，哪里再找这样的人啊！茫茫苍天，此恨曷极！

2002年2月12日

痛悼克家

克家走了,永远永远地走了。有人认为是意内之事:一个老肺病,能活到九十九岁,才撒手人寰,不能不算是一个奇迹。在这个奇迹中建立首功者是克家夫人郑曼女士。每次提到郑曼,北大教授邓广铭则赞不绝口。他还利用他的相面的本领,说郑曼是什么"南人北相"。除了相面一点我完全不懂外,邓的意见我是完全同意的。

克家和我都是山东人,又都好舞笔弄墨。但是认识比较晚,原因是我在欧洲滞留太久。从1935年到1946年,一去就是十一年。我们不可能有机会认识。但是,却有机会打笔墨官司。在他的诗集《烙印》中,有一首写洋车夫的诗,其中有两句话:

夜深了不回家,
还等什么呢?

这种连三岁孩子都能懂得的道理——无非是想多拉几次,多给家里的老婆孩子带点吃的东西回去。而诗人却浓笔重彩,仿佛手持宝剑追苍蝇,显得有点滑稽而已。因此,我认为这是败笔。

类似这样的笔墨官司向来是难以做结论的。这一场没有结论的官司导致了我同克家成了终身挚友。我去国十一年,1946

年夏回到上海，没有地方可住，就睡在克家的榻榻米上。我生平第一次，也是唯一的一次喝醉了酒，地方就在这里，时间是1946年的中秋节。

此时，我已应北京大学任教授之聘。下学期开学前，我无事可做。克家是有工作的，只在空闲的时候带我拜见了几位学术界的老前辈。在上海住够了，卖了一块瑞士表，给家寄了点钱，又到南京去看望长之。白天在无情的台城柳下漫游，晚上就睡在长之的办公桌上。六朝胜境，恍如烟云。

到了三秋树删繁就简的时候，我们陆续从上海、南京迁回北平。但是，他住东城赵堂子胡同，我住西郊北京大学，相距大概总有七八十里路。平常日子，除了偶尔在外面参加同一个会，享受片刻的晤谈之乐之外，要相见除非是梦里相逢了。

然而，忘记了是从什么时候起，我们有了一个不言的君子协定：每年旧历元旦，我们必然会从西郊来到东城克家家里，同克家、郑曼等全家共进午餐。

克家天生是诗人，脑中溢满了感情，尤其重视友谊，视朋友逾亲人。好朋友到门，看他那一副手欲舞足欲蹈的样子，真令人心旷神怡。他里表如一，内外通明。你无论如何也不会想到有半句假话会从他的嘴中流出。

就连那不足七八平米的小客厅，也透露出一些诗人的气质。一进门，就碰到逼人的墨色。三面壁上挂着许多名人的墨迹，郭沫若、冰心、王统照、沈从文等人的都有。这就证明，这客厅真有点像唐代刘禹锡的"陋室"，"谈笑有鸿儒，往来无白丁"，这两句有名的话，也确实能透露出客室男女主人做人的风范。

郑曼这一位女主人，我在上面已经说了一些好话，但是

"忘记了是从什么时候起,我们有了一个不言的君子协定:每年旧历元旦,我们必然会从西郊来到东城克家家里,同克家、郑曼等全家共进午餐。"图为季羡林与臧克家(右二)、妻子郑曼(右一)一家。

还没有完。她除了身上有那些美德外,根据我的观察,她似乎还有一点特异功能。别人做不到的事她能做到,这不是特异功能又是什么呢?我举一个小例子——种兰花。兰花是长在南方的植物,在北方很难养。我事前也并不知道郑曼养兰花。有一天,我坐在"陋室"中,在不经意中,忽然感到有几缕兰花的香气流入鼻中。鼻管里没有多大地方,容不下多少香气。人一离开赵堂子胡同,香气就随之渐减。到了车子转进燕园深处后湖十里荷香中时,鼻管里已经恍兮惚兮,但是其中有物无物却不知道了。

明眼人一看就知道,上面的说法,或者毋宁说是幻想,是没有人会认真付诸实践的。既然不能去实行,想这些劳什子干嘛?这就如镜中月、水中花,聊以自怡悦而已。

写到这里我偶然想到克家的两句诗,大意是:有的人在活着,其实已经死了。有的人死了,其实还在活着。

克家属于后者,他永远永远地活着。

2004 年 10 月 22 日

社会图景

季羡林

我们面对的现实

我们面对的现实,多种多样,很难一一列举。现在我只谈两个:第一,生活的现实;第二,学术研究的现实。

一 生活的现实

生活,人人都有生活,它几乎是一个广阔无垠的概念。在家中,天天开门七件事:柴、米、油、盐、酱、醋、茶,人人都必须有的。这且不表。要处理好家庭成员的关系,不在话下。在社会上,就有了很大的区别。当官的,要为人民服务,当然也盼指日高升。大款们另有一番风光,炒股票、玩期货,一夜之间成了暴发户,腰缠十万贯,"春风得意马蹄疾,一日看遍长安花"。当然,一旦破了产,跳楼自杀,有时也在所难免。我辈书生,青灯黄卷,兀兀穷年,有时还得爬点格子,以济工资之穷。至于引车卖浆者流,只有拼命干活,才得糊口。

这都是我们必须面对的生活。我们必须黾勉从事,过好这个日子(生活),自不待言。

但是,如果我们把眼光放远一点,把思虑再深化一点,想一想全人类的生活,你感觉到危险性了没有?也许有人感到,我们这个小小寰球并不安全。有时会有地震,有时会有天灾,刀兵水火,疾病灾殃,说不定什么时候就会驾临你的头上,躲不胜躲,防不胜防。对策只有一个:顺其自然,尽上人事。

如果再把眼光放得更远，让思虑钻得更深，则眼前到处是看不见的陷阱。我自己也曾幼稚过一阵。我读东坡《（前）赤壁赋》："唯江上之清风，与山间之明月，耳得之而为声，目遇之而成色。取之不尽，用之不竭。是造物者之无尽藏也，而吾与子之所共适。"我深信苏子讲的句句是真理。然而，到了今天，江上之风还清吗？山间之月还明吗？谁都知道，由于大气的污染，风早已不清，月早已不明了。与此有联系的还有生态平衡的破坏，动植物品种的灭绝，新疾病的不断出现，人口的爆炸，臭氧层出了洞，自然资源——其中包括水——的枯竭，如此等等，不一而足。我们人类实际上已经到了"盲人骑瞎马，夜半临深池"的地步。令人吃惊的是，虽然有人已经注意到了这个现象；但并没有提高到与人类生存前途挂钩的水平，仍然只是头痛治头，脚痛治脚。还有人幻想用西方的"科学"来解救这一场危机。我认为，这是不太可能的，这一场灾难主要就是西方"征服自然"的"科学"造成的。西方科学优秀之处，必须继承；但是必须从根本上，从思想上，解决问题，以东方的"民胞物与"的"天人合一"的思想济西方"科学"之穷。人类前途，庶几有望。

二　学术研究的现实

对我辈知识分子来说，除了生活的现实之外，还有一个学术研究的现实。我在这里重点讲人文社会科学，因为我自己是搞这一行的。

文史之学，中国和欧洲都已有很长的历史。因两处具体历史情况不同，所以发展过程不尽相同。但是总的研究对象和研季羡林提出:"从根本上,从思想上,解决问题,以东方的'民胞物与'的'天人合一'的思想济西方'科学'之穷。人类前途,庶几有望。"

究方法多有相通之处，对象大都是古典文献。就中国而论，由于字体屡变，先秦典籍的传抄工作不能不受到影响。但是，读书必先识字，此《说文解字》之所以必做也。新材料的出现，多属偶然。地下材料，最初是"地不爱宝"，它自己把材料贡献出来的，有目的有意识的发掘工作是后来兴起的。盗墓者当然是例外。至于社会调查，古代不能说没有，采风就是调查形式之一。有计划有组织有目的的社会调查工作，也是晚起的，恐怕还是多少受了点西方的影响。

古代文史工作者用力最勤的是记诵之学。在科举时代，一个举子必须能背四书、五经，这是起码的条件。否则连秀才也当不上，遑论进士！扩而大之，要背诵十三经，有时还要连上注疏。至于传说有人能倒背十三经，对于我至今还是个谜，一本书能倒背吗？背了有什么用处呢？

社会不断前进，先出了一些类似后来索引的东西，系统的科学的索引，出现最晚，恐怕也是受西方的影响，有人称之为"引得"（index），显然是舶来品。

但是，不管有没有索引，索引详细不详细，我们研究一个题目，总要先积累资料，而积累资料，靠记诵也好，靠索引也好，都是十分麻烦、十分困难的。有时候穷年累月，滴水穿石，才能勉强凑足够写一篇论文的资料，有一些资料可能还是可遇而不可求的。写文章之难真是难于上青天。

然而，石破天惊，电脑出现了，许多古代典籍逐渐输入电脑了，不用一举手一投足之劳，只需发一命令，则所需的资料立即呈现在你的眼前，一无遗漏。岂不痛快也哉！

这就是眼前我们面对的学术现实。最重要最困难的搜集资料工作解决了，岂不是人人皆可以为大学者了吗？难道我们还不能把枕头垫得高高地"高枕无忧"了吗？

我说："且慢！且慢！我们的任务还并不轻松！"我们面临这一场大的转折，先要调整心态。对电脑赐给我们的资料，要加倍细致地予以分析使用。还有没有输入电脑的书，仍然需要我们去翻检。

1997年4月13日

世态炎凉

世态炎凉,古今所共有,中外所同然,是最稀松平常的事,用不着多伤脑筋。元曲《冻苏秦》中说:"也素把世态炎凉心中暗忖。"《隋唐演义》中说:"世态炎凉,古今如此。"不管是"暗忖",还是明忖,反正你得承认这个"古今如此"的事实。

但是,对世态炎凉的感受或认识的程度,却是随年龄的大小和处境的不同而很不相同的,决非大家都一模一样。我在这里发现了一条定理:年龄大小与处境坎坷同对世态炎凉的感受成正比。年龄越大,处境越坎坷,则对世态炎凉感受越深刻。反之,年龄越小,处境越顺利,则感受越肤浅。这是一条放诸四海而皆准的定理。

我已到望九之年,在八十多年的生命历程中,一波三折,好运与多舛相结合,坦途与坎坷相混杂,几度倒下,又几度爬起来,爬到今天这个地步。我可是真正参透了世态炎凉的玄机,尝够了世态炎凉的滋味。特别是"十年浩劫"中,我因为胆大包天,自己跳出来反对"北大"那一位炙手可热的"老佛爷",被戴上了种种莫须有的帽子,被"打"成了反革命,遭受了极其残酷的至今回想起来还毛骨悚然的折磨。从牛棚里放出来以后,有长达几年的一段时间,我成了燕园中一个"不可接触者"。走在路上,我当年辉煌时对我低头弯腰毕恭毕敬的人,那时却视若路人,没有哪一个敢或肯跟我说一句话的。我也不习惯于抬头看人,同人说话。我这个人已经异化为"非-

人"。一天，我的孙子发烧到40度，老祖和我用破自行车推着到校医院去急诊。一个女同事竟吃了老虎心豹子胆似的，帮我这个已经步履蹒跚的花甲老人推了推车。我当时感动得热泪盈眶，如吸甘露，如饮醍醐。这件事、这个人我毕生难忘。

雨过天晴，云开雾散，我不但"官"复原职，而且还加官晋爵，又开始了一段辉煌。原来是门可罗雀，现在又是宾客盈门。你若问我有什么想法没有，想法当然是有的，一个忽而上天堂，忽而下地狱，又忽而重上天堂的人，哪能没有想法呢？我想的是：世态炎凉，古今如此。任何一个人，包括我自己在内，以及任何一个生物，从本能上来看，总是趋吉避凶的。因此，我没怪罪任何人，包括打过我的人。我没有对任何人打击报复。并不是由于我度量特别大，能容天下难容之事，而是由于我洞明世事，又反求诸躬。假如我处在别人的地位上，我的行动不见得会比别人好。

1997年3月19日

趋炎附势

写了《世态炎凉》,必须写《趋炎附势》。前者可以原谅,后者必须切责。

什么叫"炎"?什么叫"势"?用不着咬文嚼字,指的不过是有权有势之人。什么叫"趋"?什么叫"附"?也用不着咬文嚼字,指的不过是巴结、投靠、依附。这样干的人,古人称之为"小人"。

趋附有术,其术多端,而归纳之,则不出三途:吹牛、拍马、做走狗。借用太史公的三个字而赋予以新义,曰牛、马、走。

现在先不谈第一和第三,只谈中间的拍马。拍马亦有术,其术亦多端。就其大者或最普通者而论之,不外察言观色,胁肩谄笑,攻其弱点,投其所好。但是这样做,并不容易,这里需要聪明,需要机警,运用之妙,存乎一心。这是一门大学问。

记得在某一部笔记上读到过一个故事。某书生在阳间善于拍马。死后见到阎王爷,他知道阴间同阳间不同,阎王爷威严猛烈,动不动就让死鬼上刀山,入油锅。他连忙跪在阎王爷座前,坦白承认自己在阳间的所作所为,说到动情处,声泪俱下。他恭颂阎王爷执法严明,不给人拍马的机会。这时阎王爷忽然放了一个响屁。他跪行向前,高声论道:"伏惟大王洪宣宝屁,声若洪钟,气比兰麝。"于是阎王爷"龙"颜大悦,既不罚他上刀山，也没罚他入油锅，生前的罪孽，一笔勾销，让他转生去也。

笑话归笑话，事实还是事实，人世间这种情况还少吗？古今皆然，中外同归。中国古典小说中，有很多很多的靠拍马屁趋炎附势的艺术形象。《今古奇观》里面有，《红楼梦》里面有，《儒林外史》里面有，最集中的是《官场现形记》和《二十年目睹之怪现状》。

在尘世间，一个人的荣华富贵，有的甚至如昙花一现。一旦失意，则如树倒猢狲散，那些得意时对你趋附的人，很多会远远离开你，这也罢了。个别人会"反戈一击"，想置你于死地，对新得意的人趋炎附势。这种人当然是极少极少的，然而他们是人类社会的蛀虫，我们必须高度警惕。

我国的传统美德，对这类蛀虫，是深恶痛绝的。孟子说："胁肩谄笑，病于夏畦。"我在上面列举的小说中，之所以写这类蛀虫，绝不是提倡鼓励，而是加以鞭笞，给我们竖立一面反面教员的镜子。我们都知道，反面教员有时候是能起作用的，有了反面，才能更好地、更鲜明地凸出正面。这大大有利于发扬我国优秀的道德传统。

1997年3月27日

《人世文丛》序

人世多悲欢，珍重生命的人，会寻求一种较合理的人生态度。我所欣赏的人生态度，是道家的一种境界。正如陶渊明诗中所云：

纵浪大化中，
不喜亦不惧。
应尽便须尽，
无复独多虑。

人总希望活下去，生与死是相对的。

印度梵文中的"死"字，是一个动词，而不是名词，变化形式同被动态一样。这说明印度古代的语法学家，精通人情心态。死几乎都是被动的，一个人除非被逼至绝境，他是不会轻易抛弃自己生命的。

我向无大志，是一个很平常的人。我对亲人，对朋友，总是怀有真挚的感情，我从来没有故意伤害过别人。但是，在那段"浩劫"的岁月里，我因为敢于仗义执言，几乎把老命赔上。那时，任何一个戴红箍的学生和教员，都可以随意对我进行辱骂和殴打，我这样一位手无缚鸡之力的老人，被打得一佛出世，二佛升天，这种皮肉上的痛苦给心灵上带来的摧残是终生难忘的。

我的性命本该在那场"浩劫"中结束，在比一根头发丝还细的偶然中我没有像老舍先生那样走上绝路，我侥幸活了下来，我被分配掏厕所，看门房，守电话，我像个患了"麻风"病的人，很少人能有勇气同我交谈，我听从任何人的训斥或调遣，只能规规矩矩，不敢乱说乱动。

我活下来，一种悔愧耻辱之感在咬我的心。

我活下来，一种求生本能之意在唤我的心。

我扪心自问：我是个有教养、有尊严、有点学问、有点良知的人，我能忍辱负重地活下来，根本缘由在于我的思想还在，我的理智还在，我的信念还在，我的感情还在。我不甘心成为行尸走肉，我不情愿那样苟且偷生，我必须干点事情。二百多万字的印度大史诗《罗摩衍那》，就是在那段时期，那个环境，那种心态下译完的。

我活下来，寻找并实现着我的生命价值……

几十年过去了，回忆往昔岁月，依旧历历在目。中国的知识分子，尤其是老知识分子生经忧患，在过去几十年的所谓政治运动中，被戴上许多离奇荒诞匪夷所思的帽子。磕磕碰碰，道路并不平坦。他们在风雨中经受了磨炼，抱着一种更宽厚、更仁爱的心胸看待生活，他们更愿讲真话。

敢讲真话是需要极大的勇气，有时甚至需要极硬的"骨气"。历史上，因为讲真话而受迫害，遭厄运的人数还少吗？

我们北大的老校长马寅初先生，在1957年曾发表过著名的《新人口论》，他讲了真话。但到了1959年，这个纯粹学术探讨的问题，竟变成了全国性的政治讨伐。面对数百人的批判，老马拼上一身老骨头，迎接挑战。他曾著文声明："这个挑战是合理的，我当敬谨拜受。我虽年近八十，明知寡不敌众，自当单身匹马,出来迎战,直至战死为止,决不向专以力压服而不以理说服的那种批判者投降。"马老很快遭了厄运。但他的精神,他的"骨气",为世人所钦仰、所颂扬,因为他敢于维护自己的信念,敢于坚持讲真话。他成为我们这一代知识分子的楷模。

我国著名老作家巴金先生,对30年前那场"浩劫"所造成的灾难,认真地反思,他在晚年,以老迈龙钟之身,花费了整整七年的时间,呕心沥血地写成了一部讲真话的大书《随想录》。这部书的永恒价值,就在于巴老敢于在书里写真话。

当然,只写真话,并不一定都是好文章,好文章应有淳美的文采和深邃的思想。真情实感只有融入艺术性中,才能成为好文章,才能产生感人的力量。我所欣赏的文章风格是:淳朴恬澹,本色天然,外表平易,秀色内涵,有节奏性,有韵律感的文章。我不喜欢浮滑率意,平板呆滞的文章。

现在,善待知识分子已成为我们的国策,我希望中国年轻一代知识分子,不要再经受我们老辈人所经受的那种磨难,他们应该生活在一种更人道的环境里。当然,社会是发展的,他们会在新的环境里,遇到更激烈的竞争。但这是一种智力上的公平竞争,是现代社会中一种高尚的、文明的竞争。它的存在,是社会进步的表现。

有志于使中华民族强盛的人们,尤其是年轻一代知识分子,你们的生命只有和民族的命运融合在一起才有价值,离开民族大业的个人追求,总是渺小的。这就是我,一个老知识分子的心声。

我在写这篇序文时,窗外暗夜正在向前流动着,不知不觉中,暗夜已逝,旭日东升。朝阳从窗外流入我的书房。我静坐沉思，时而举目凝望，窗外的树木枝叶繁茂，那青翠昂然的浓绿扑入眉宇，它给我心中增添了鲜活的力量。

北京师范大学出版社出版由钟敬文先生等担任顾问，张岱年先生、邓九平先生主编的《人世文丛》，将20世纪八百余位学者、作家的千余篇美文佳作汇集成册，这是一件极有价值的工作。我相信，志在弘扬中华优秀文化的人，会喜爱这套丛书的，我乐而为之序。

1997 年 5 月 5 日

漫谈消费

蒙组稿者垂青,要我来谈一谈个人消费。这实在不是最佳选择。因为我的个人消费决无任何典型意义。如果每个人都像我这样,商店几乎都要关门大吉。商店越是高级,我越敬而远之。店里那一大堆五光十色、争奇斗艳的商品,有的人见了简直会垂涎三尺,我却是看到就头痛,而且窃作腹诽:在这些无限华丽的包装内包的究竟是什么货色,只有天晓得,我觉得人们似乎越来越蠢,我们所能享受的东西,不过只占广告费和包装费的一丁点儿,我们是让广告和包装牵着鼻子走的,愧为"万物之灵"。

谈到消费,必须先谈收入。组稿者让我讲个人的情况,而且越具体越好。我就先讲我个人的具体收入情况。我在50年代被评为一级教授,到现在已经四十多年了,尚留在世间者已为数不多,可以被视为珍稀动物,通称为"老一级"。

在北京工资区——大概是六区——每月345元。再加上中国科学院哲学社会科学部委员,每月津贴一百元。这个数目今天看起来实为微不足道。然而在当时却是一个颇大的数目,十分"不菲"。我举两个具体的例子:吃一次"老莫"(莫斯科餐厅),大约一元五到两元,汤菜俱全,外加黄油面包,还有啤酒一杯。如果吃烤鸭,不过六七块钱一只。其余依次类推。只需同现在的价格一比,其悬殊立即可见。从工资收入方面来看,这是我一生最辉煌的时期之一。这是以后才知道的,"当时只道是寻常"。到了今天,"老一级"的光荣桂冠仍然戴在头上,沉甸甸的,又轻飘飘的,心里说不出是什么滋味。实际情况却是"昔人已乘黄鹤去,此地空余老桂冠"。我很感谢,不知道是哪一位朋友发明了"工薪阶层"这一个词儿。这真不愧是天才的发明。幸乎?不幸乎?我也归入了这一个"工薪阶层"的行列。听有人说,在某一个城市的某大公司里设有"工薪阶层"专柜,专门对付我们这一号人的。如果真正有的话,这也不愧是一个天才的发明,俗话说:"识时务者为俊杰。"他们都是不折不扣的"俊杰"。

我这个"老一级"每月究竟能拿多少钱呢?要了解这一点,必须先讲一讲今天的分配制度。现在的分配制度,同50年代相比,有了极大的不同,当年在大学里工作的人主要靠工资生活,不懂什么"第二职业",也不允许有"第二职业"。谁要这样想,这样做,那就是典型的资产阶级思想,是同无产阶级思想对着干的,是最犯忌讳的。今天却大改其道。学校里颇有一些人有种种形式的"第二职业",甚至"第三职业"。原因十分简单:如果只靠自己的工资,那就生活不下去。以我这个"老一级"为例,账面上的工资我是北大教员中最高的。我每月领到的工资,七扣八扣,拿到手的平均约七百至八百。保姆占掉一半,天然气费、电话费等等,约占掉剩下的四分之一。我实际留在手的只有三百元左右,我要用这些钱来付全体在我家吃饭的四个人的饭钱,这些钱连供一个人吃饭都有点捉襟见肘,何况四个人!"老莫"、烤鸭之类,当然可望而不可即。

可是我的生活水平,如果不是提高的话,也决没有降低。难道我点金有术吗?非也。我也有第X职业,这就是爬格子。

社会图景 159

格子我已经爬了六十多年，渐渐地爬出一些名堂来。时不时地就收到稿费，很多时候，我并不知道是哪一篇文章换来的。外文楼收发室的张师傅说："季羡林有三多，报刊杂志多，有十几种，都是赠送的；来信多，每天总有五六封，来信者男女老幼都有，大都是不认识的人；汇单多。"我决非守财奴，但是一见汇款单，则心花怒放。爬格子的劲头更加昂扬起来。我没有作过统计，不知道每月究竟能收到多少钱。反正，对每月手中仅留三百元钱的我来说，从来没有感到拮据，反而能大把大把地送给别人或者家乡的学校。我个人的生活水平，确有提高。我对吃，从来没有什么要求。早晨一般是面包或者干馒头，一杯清茶，一碟炒花生米，从来不让人陪我凌晨4点起床，给我做早饭。午晚两餐，素菜为多。我对肉类没有好感。这并不是出于什么宗教信仰，我不是佛教徒，其他教徒也不是。我并不宣扬素食主义。我的舌头也没有生什么病，好吃的东西我是能品尝的。不过我认为，如果一个人成天想吃想喝，仿佛人生的意义与价值就在于吃喝二字。我真觉得无聊，"斯下矣"，食足以果腹，不就够了吗？因此，据小保姆告诉，我们平均四个人的伙食费不过五百多元而已。

至于衣着，更不在我考虑之列。在这方面，我是一个"利己主义者"。衣足以蔽体而已，何必追求豪华。一个人穿衣服，是给别人看的。如果一个人穿上十分豪华的衣服，打扮得珠光宝气，天天坐在穿衣镜前，自我欣赏，他（她）不是一个疯子，就是一个傻子。如果只是给别人去看，则观看者的审美能力和审美标准，千差万别，你满足了这一帮人，必然开罪于另一帮人，决不能使人人都高兴，皆大欢喜。反不如我行我素，我就是这一身打扮，你爱看不看，反正我不能让你指挥我，我是个完全自由自主的人。

因此,我的衣服,多半是穿过十年八年或者更长时间的,多半属于博物馆中的货色。俗话说:"人靠衣裳马靠鞍。"以衣取人,自古已然,于今犹然。我到大店里去买东西,难免遭受花枝招展的年轻女售货员的白眼。如果有保卫干部在场,他恐怕会对我多加小心,我会成为他的重点监视对象。好在我基本上不进豪华大商店,这种尴尬局面无从感受。

讲到穿衣服,听说要"赶潮",就是要赶上时代潮流,每季每年都有流行型式或款式,我对这些都是完全的外行。我有我的老主意:以不变应万变。一身蓝色的卡其布中山装,春、夏、秋、冬,永不变化。所以我的开支项下,根本没有衣服这一项。你别说,我们那一套"三十年河东,三十年河西"的"哲学",有时对衣着型式也起作用。我曾在解放前的1946年在上海买过一件雨衣,至今仍然穿。有的专家说:"你这件雨衣的款式真时髦!"我听了以后,大惑不解。经专家指点,原来五十多年流行的款式经过了漫长的沧桑岁月,经过了不知道多少变化,现在又在螺旋式上升的规律的指导下,回到了五十年前款式。我恭听之余,大为兴奋。我守株待兔,终于守到了。人类在衣着方面的一点小聪明,原来竟如此脆弱!

我在本文一开头就说,在消费方面我决不是一个典型的代表。看了我自己的叙述,一定会同意我这个说法的。但是,人类社会极其复杂,芸芸众生,有一箪食一瓢饮者;也有食前方丈,一掷千金者。绫罗绸缎、皮尔·卡丹,燕窝鱼翅、生猛海鲜,这样的人当然也会有的。如果全社会都是我这一号的人,

社会图景　161

说到穿衣,季羡林"以不变应万变,一身蓝色的卡其布中山装,春、夏、秋、冬,永不变化"。图为身着蓝色卡其布中山装的季羡林,在湖边小憩。

则所有的大百货公司都会关张的,那岂不太可怕了吗?所以,我并不提倡大家以我为师,我不敢这样狂妄。不过,话又说了回来,我仍然认为:吃饭穿衣是为了活着,但是活着决不是为了吃饭穿衣。

原载《东方经济》1997年第4期

论 包 装

我先提一个问题：人类是变得越来越精呢？还是越来越蠢？答案好像是明摆着的：越来越精。

在几千年有文化的历史上，人类对宇宙，对人世，对生命，对社会，总之对人世间所有的一切，越来越了解得透彻、细致，如犀烛隐，无所不明。例子伸手可得。当年中国人对月亮觉得可爱而又神秘，于是就说有一个美女嫦娥奔入月宫。连苏东坡这个宋朝伟大的诗人，也不禁要问出："明月几时有？把酒问青天。不知天上宫阙，今夕是何年？"可是到了今天，人类已经登上了月球，连月球上的土块也被带到了地球上来。哪里有什么嫦娥？有什么广寒宫？

人类倘不越变越精，能做到这一步吗？

可是我又提出了问题，说明适得其反。例子也是伸手即得，我先举一个包装。

人类在社会上活动，有时候是需要包装的。特别是女士们，在家中穿得朴朴素素；但是一出门，特别是参加什么"派对"（party，借用香港话），则必须打扮得珠光宝气、花枝招展，浑身洒上法国香水，走在大街上，高跟鞋跟敲地作金石声，香气直射十步之外，路人为之"侧目"。这就是包装，而这种包装，我认为是必要的。

可是还有另外一种包装，就是商品的包装。这种包装有时也是必要的，不能一概而论。我从前到香港，买国产的商品，比内地要便宜得多。一问才知道，原因是中国商品有的质量并不次于洋货，只是由于包装不讲究，因而价钱卖不上去。我当时就满怀疑惑，究竟是使用商品呢？还是使用包装？

我因而想到一件事，我们楼上一位老太太到菜市场上去买鸡，说是一定要黄毛的。卖鸡的小贩问老太太："你是吃鸡？还是吃鸡毛？"

到了今天，有一些商品的包装更达到了匪夷所思的地步。外面盒子，或木，或纸，或金属，往往极大。装扮得五彩缤纷，璀璨耀目。摆在货架上时，是庞然大物；提在手中或放在车中，更是运转不灵，左提，右提；横摆，竖摆，都煞费周折。及至拿到或运到家中，打开时也是煞费周折。在庞然大物中，左找，右找，找不到商品究在何处。很希望发现一张纸条上面写着：此处距商品尚有十公里！庶不致使我失去寻找的信心。据我粗略的统计，有的商品在大包装中仅占空间十分之一、二十分之一，甚至五十分之一。我想到那个鸡和鸡毛的故事，我不禁要问：我们使用的是商品，还是包装？而负担那些庞大的包装费用的，羊毛出在羊身上，还是我们这些顾客，而华美绝伦的包装，商品取出后，不过是一堆垃圾。

如果我回答我在开头时提出的问题：人类越变越蠢。你怎样反驳？！

1997 年 8 月 18 日

一个值得担忧的现象

——再论包装

我在这里写的"值得担忧",不限于中国,而是全世界。

我曾在本刊上写过一篇《论包装》的文章,内容主要是谈外面包装极大而里面的商品极小的问题。现在这一篇《再论包装》,主要谈的是外面包装和里面商品的价值问题。重点有所不同,而令人担忧则一也。

我先举一个小例子。

最近有友人从山东归来,带给我了一些周村烧饼。这是山东周村生产的一种点心。作料异常简单,只不过一点面粉、一点芝麻,再加上一点糖或盐,用水和好,擀成薄皮,做成圆饼,放在炉中烤干,即为成品,香脆可口,远近闻名,大概已经有几百年的历史了。因为成本极低,所以价钱不高。过去只是十个或八九个一摞,用白纸一包,即可出售。烧饼吃完,把纸一揉,变成垃圾,占地也不多。

常言道:"士别三日,当刮目相看。"岂知这一句话也能应用到周村烧饼身上。现在友人送给我的这些烧饼,完全换了新装,不是白纸,而是铁盒,彩绘烫金,光彩夺目。夥颐!我的老朋友阔起来了!我不禁大为惊诧。

在惊诧之余,我又不禁忧心忡忡起来。我不是经济学家,这里也用不着经济学。只草草地估算一下,那几个烧饼能值几个钱？这金碧辉煌的铁盒又能值多少钱？显然后者比前者要贵得多。可是哪一个有使用价值呢？又显然只是前者。烧饼吃下去，可以充饥，可以转变成营养成分，增强人的身体。铁盒，如果只有一两个的话，小孩子可以拿着玩一玩。如果是成千上万的话，却只能变成了垃圾，遭人遗弃。《论包装》中提到的那一些大而无当的包装，把其中小小的一点商品取出来后，也都成为垃圾。

这有点像中国古书上的一个典故："买椟还珠。"但是，这个典故不过是讥笑舍本逐末，取舍不当而已，那个椟还是有用的，决不会变成垃圾。

古代人生活简朴，没有多少垃圾，也决不会自己制造垃圾。到了今天，人类大大地进步了。然而却越来越蠢了，会自己制造垃圾，以致垃圾成为一个世界性问题。每一个国家的政府都为处理垃圾而大伤脑筋，至今也还没有能找到一个行之有效的办法。如此持续下去，将来的人类只能在垃圾堆里讨生活了。

但是，还有更严重的问题。人类衣、食、住、行的资料都取之于大自然。但是，小小的一个地球村里资源毕竟是有限的。当年苏东坡说："惟江上之清风，与山间之明月，耳得之而为声，目遇之而成色，取之无禁，用之不竭，是造物之无尽藏也。"东坡认为造物无尽藏，是不正确的。造物是有尽藏的，用之是有竭的。可惜到了今天，世人还多是浑浑噩噩，懵懵懂懂，毫无反思悔改之意。尤其是那一个以世界警察自居的大国，在使用大自然资源方面，肆无忌惮地浪费，真不禁令人发指。有识之士已经感觉到，人类已经是"盲人骑瞎马，夜半临深池"，但感觉到这种危险者不多。这是事实，并不是我一个人的杞忧。

我希望有聪明智慧的中国人,悬崖勒马,改弦更张,再也不制造那一种大而无当的商品包装和那种金碧辉煌的商品铁盒,给我们的子孙后代多留下一点大自然的资源。

2002 年 5 月 10 日

论 广 告

论了包装，又论广告，两者实有联系。

在当今社会上，每个人都是消费者，都需要商品。衣、食、住、行，吃、喝、玩、乐，都与商品有联系。而商品又变化极大，日新月异。因此，出了一种新商品，为了让消费者都能及时了解商品的性能，无论采取什么形式，利用报刊杂志以及电视台等等，实事求是地介绍一下新（甚至旧）产品的情况，是必要的，是无可厚非的。但我们消费者千万不要忘记，不管这样的广告是生产者来做，还是流通者来做，广告费用不管大小都会化入商品的价格中，羊毛出在羊身上，最终都落到消费者身上。

可是，根据我个人的感觉，近几年来，广告中出现了一些令人担忧的现象。广告次数越来越多，规模越来越大，手段越来越花样翻新，构思越来越独出心裁。打开电视，广告之多令人目不暇接。甚至在所谓"黄金时刻"，也往往是广告独占鳌头。知情人说，此时的广告收费特别多。至于内容，则往往并不实事求是，老王卖瓜者实不在少数。设计五彩缤纷，令观者眼花缭乱。间有请出著名的艺术家，特别是一些美若西施的美人，出现在荧屏上，着三不着两地扯上几句淡。于是，商品的知名度就会猛增。据说报酬极为"不菲"，为我辈教授们所不敢望其项背。

效果怎样呢？据说极为显著。一登龙门，身价百倍。名人

社会图景　169

和美人一沾边，不少消费者就心甘情愿地掏自己的腰包。俗话说："周瑜打黄盖，一个愿打，一个愿挨。"这是个人的自由，为法律所保护者，谁也无权干涉。

听说某省一个著名的酒厂，所生产的酒销售量在全国名列前茅。有人说，这个厂每天开进广告宣传部门一辆桑塔纳，而开出来一辆奥迪。意思是比较明白的，就是付出的广告费虽极大，但收到的经济效益却更大。我对于汽车完全是外行，只知道桑塔纳车虽然销售价格也不算低，但是奥迪的售价更高。这当然只是一个形象的比喻，那一个酒厂并不会真把汽车开进广告部门，也决不会从里面开出什么汽车来。

现在一打开报刊，包括某一些杂志，连篇累牍的大小广告，赫然在目。有的生产者或流通者不惜使用大报纸的整张的篇幅，来宣传一种产品。有的设计图案石破天惊，看了令人瞠目结舌，借此来触动消费者的神经——我想问一个怪问题，是否有专管花钱的神经？——让他们像着了魔似的完全主动地把手伸向自己的腰包，把钱掏出来。

我在上面已经说到，广告费用决不会是生产者或流通者慷慨捐献，它都化入商品的价格中，承担者仍然是消费者。商品的情况很不相同。我不知道，我们日常消费的商品价格中广告费占多大的百分比。不管占多大百分比，对我们消费者来说都是毫无意义的牺牲。

我仍然像在《论包装》中那样问一句：人类是越变越精呢，还是越变越蠢？

1997 年 8 月 28 日

对广告的逆反心理

我没有研究过广告学。我只是朦朦胧胧地知道,商品一产生,就会有广告。常言道:"老王卖瓜,自卖自夸。"不然:"人家的卖了,自己的剩下。"这是人之常情。

到了今天,在所谓信息爆炸的时代里,广告的作用更是空前高涨。一走出家门,满世界皆广告也。在摩天大楼上,在比较低的房屋上,在路旁特别搭建的牌子上,在旮旮旯旯令人不太注意的地方,在车水马龙中的大小汽车上,在一个人蹬车送货的小平板车上,总之,说不完,道不尽,到处都是广告。广告的制作又是五花八门,五光十彩,让人看了,目不暇接,晕头转向。制作者都是老王,没有老张和老李。你若都信,必将无所适从,堕入一个大糊涂中。

回到家里,打开报纸,不管是日报、晨报、晚报;也不管是大型的一天几十版,还是小型的一天只有几版,内容百分之六七十至八九十都是广告。大的广告可以占一个整版;小的则可怜兮兮地只有几行,挤在密密麻麻的广告丛林中,活像一个瘪三。大的广告固然能起作用,小的也会起的。听说广告费是很高的,不起作用,谁肯花钱?

一打开电视,又是广告的一统天下。人们之所以要看电视,主要是想对国家大事和世界大事有所了解。至于商品或其他广告,虽然也能带来信息,但不能以此为主。可是现在的电视,除了"广告时间"以外,随时都能插入广告。有时候,在宣布了消息内容之后即将播报之前，突然切入广告，据说这个出钱最多，可是对我这样的想听消息者，却如咽喉里卡上了一块骨头。

广告之多，我举一个小例子。北京市电视台一台，每晚六点至六点半是体育新闻。我先声明一句，这不是唯一的一次，后面还有。但是，仅就这一次而论，在半小时内，前面卡头，是十分钟的广告时间，然后是真正的体育新闻。播了不久，忽然出现了"广告之后，马上回来"的字样，于是又占去几分钟。最后还要去尾，一去又是十分钟，当然都是广告。观众同志们！你们想一想：这叫什么"体育新闻"！

最令人难以承受的，还数不上广告多，而是广告重复。一个晚上重复几次，有时候还是必要的。但几分钟内就重复二三次，实在难以忍受。重复的主题，时常变换。眼前的主题是美国的×××牙膏。让几个天真无邪的中国小孩，用铜铃般清脆悦耳的声音，高声赞美×××牙膏，并打出字幕：××公司"美（国）化"你的生活。一次出现，尚能看下去，一二分钟后，立即又出现，实在超出了我的忍耐的限度。我双手捂耳，双眼紧闭，耳不听不烦，眼不见为净。嘴里数着一二三四，希望在二十以内，熬过这一场灾难。

为什么这样重复呢？从前听一位心理专家说，重复的频率越高，对记忆越有好处。等到频率达到了一定的高度，记忆就永志不忘了。

说不说由你，听不听由我。我不知道，广告学中有没有逆反心理这样一章。我也不知道，逆反心理是否每一个人都有。反正我自己是有的，而且很强烈。碰到我这样的牛皮筋，重复得越多，也就是说，广告费花得越多，效果反而越低。最后低到我发誓永远不买这种牙膏，不管它有多好。我现在不知道，广告学家，以及兜售商品的专家看了我这个怪论作何感想。

不管做什么样的广告，也不管出现的频率多少，其目的无非是美化自己的商品，唤起消费者的注意，心甘情愿地挖自己的腰包，结果是产品商人赚了钱。至于商品究竟怎样，商人心里有数，而消费者则心中无底，一切尽在不言中了。

广告真能赚钱吗？斩钉截铁地说一句：真能赚钱，甚至赚大钱。空口无凭，举例为证。前几年，山东出了一种名酒，一时誉满京华，大小宾馆，凡宴客者无不备有此酒。自称是深知内情的人说——当然是形象的说法——山东这个酒厂一天开进电视台一辆桑塔纳，开出的却是一辆奥迪。然而曾几何时，这一切都已烟消云散，现在北京知道那一种名酒的人，恐怕不太多了。

我之所以写这一篇短文，决不是想反对广告。到了今天，广告的作用越来越大，当顺其势而用之，决不能逆其势而反之。这里有两点要绝对注意：第一，对商品要尽量说实话，决不假冒伪劣。第二，广告做得不得当，会引起逆反心理。我在别的地方曾讲到要有品牌意识。一个名牌，往往是几代人惨淡经营的结果，来之不易，破坏起来却不难。我注意到，在今天包装改革的大潮中，外面的包装一改，里面的商品就可能变样变味。我认为，这是眼前的重大问题，希望商品生产者，特别是名牌的生产者，切莫掉以轻心。

2002年8月31日

衣着的款式

在衣着方面，我是著名的顽固保守派。我有几套——套数不详——深蓝色卡其布的中山装。虽然衣龄长短不一，但是最年轻的也有十年以上的历史了。虽然同为深蓝，但其间毕竟还有细微差别。可是年深日久，又经过多次洗濯，其差别越来越难辨析。我顺手抓来，穿在身上。明眼人一看，就能看出是张冠李戴，我则老眼昏花，不辨雌雄，怡然自得。

对此我有自己的哲学基础：吃饭是为了自己，而穿衣则是为了别人。道理自明，不用辩证。哪有一个人穿着华丽，珠光宝气，天天坐在菱花镜前，顾影自怜？如果真正有的话，他或她距入疯人院的日期也不会远了。

谈到衣着的款式，我有一个非常具体的经验。五十多年前，回国初到上海，买了一件风雨衣，至今虽然袖子已经磨破，我仍然照穿不误。不意内行人忽然对我说：这正是当今最流行的款式！乍听之下，大吃一惊。继而思之，极有道理。要举例子，就在手边。若干年前曾一度流行穿喇叭裤，一夜之间，仿佛有神力催动，满街盈巷，人山人海中无不喇叭矣。然而"蟪蛄不知春秋"，又在一夜之间，又仿佛有神风劲吹，喇叭一下子都销声匿迹了。我现在敢于预言：有朝一日，说不定在哪一天，喇叭又会君临大地。

我觉得，人类很注意衣着款式，这无关天下安危，可以不必去管。但是，人类在这一方面所表现出来的智慧却低得令我吃惊。什么皮尔·卡丹，什么这国巧匠，什么那国大师，挖空心思，花样翻新，翻来翻去，差别甚微。又来了我那句老话：三十年河东，三十年河西。你等着瞧吧。到了三十年，肯定翻了回来。如果真有一个造物的智者，他会从宇宙黑洞里什么地方，笑看我们这个小球上的自以为极其聪明的芸芸众生，就像我们看猴山的群猴。

这种极低的智慧还表现在另一个方面。同样一件衣服，从小商店里买，比从燕莎、蓝岛等商城里买，价钱会相差十倍二十倍。然而非工薪阶层的大款们却一定会弃小就大。衣服上又很难大书燕莎、蓝岛等字样，这会有碍美观。前几年有人戴舶来品的眼镜，会把原来的商标保留在镜片上，宁愿目光被挡，也在所不惜。这同某一些农民身着西装，打好领带，到田中去干活，同样让人感到不那么舒服。我真想成为一名服装设计师，把燕莎、蓝岛一类的字眼蕴藏在衣服的某一部分内，隐而不发，彰而不露。我一定能取得专利，成为大师。可惜我是志大才疏。像我这样的人，只配穿蓝卡其布的中山装。

1997 年 4 月 23 日

论伪造证件

伪造证件的风气不自今日始，可以说是"古已有之"的。历史我们不必去查了，只说我记得的。十几年前，当我到北平来投考大学的时候，就听说，琉璃厂有什么地方专门印制中学毕业证书。价钱也似乎不太贵。还有几个中学和大学公然出卖毕业证书。据说只要能交一年的学费，就算上了一年学，可以立刻升入二年级。交足两年的学费，就立刻升入三年级。倘把四年级的学费交足了，那就不必到学校里来，马上就毕业了。

这究竟是过去的事情，而且我自己没有看到过，详情有点儿说不上来。但现在怎样呢？我只能引一句老调，就是"自古已然，于今为甚"。

今年夏天我回到十二年没有回去的故乡去，会见了许多老朋友。其中有几个是现任的专科学校或中学校的校长。据他们说，今年投考的新生有很多是拿伪造的证书去的。有一天，有二十个学生去报名；但他们当场就查出十二张假文凭来。这里面并没有什么诀窍，其实很简单。只要照着文凭上所载的，问学生几句，马脚立刻就可以露出来了。譬如一个学生是北平崇实中学毕业的，你问他：崇实中学在北平哪一部分？他立刻瞠目不知所对，因为他根本没来过北平，虽然他在这里毕了业。又如文凭上明明写着校长是张三，但倘若你突然一问：你的校长叫什么名字？他也会红了脸说不出话来，这表示他在家里把这张证书没有念熟。再如你问他是哪一年毕业的，他有时候也会说不上来。还有很多学生拿了绥远、云南、黑龙江，甚至于新疆中学的毕业证书去报名，而且证书上就写着，是上学期刚毕业的，黑龙江是共军区，他一点都不知道。东北现在在战争中，他也不知道。倘若你问新疆毕业的学生怎样到这里来的，他会说是坐火车。再问绥远毕业的学生为什么到绥远去念书，什么时候到那里去的，他在红脸之余，会说，他回家去问一问他爸爸再回来答复。

我上面虽然举了许多例子，但我并不是说，这伪造证件的风气只限于青年同学。在成年的教员和公务员中间这风气也很普遍。我的许多亲戚，我知道，他们连中学都没有上过，有的甚至连小学都没有毕业；但现在一别十几年，他们有的大学已经毕了业，手里拿着很堂皇的证书。勇气最小的也高中毕业了。古人说："士别三日，当刮目相待。"我现在又体验到这句话的真实。但这里面也有运气。其中有一位大概运气不大好。当他把大学毕业证书呈上去检验的时候，他的上司竟告诉他，这证书是伪造的；因为他毕业的那一年，那个大学还没有成立。我这位亲戚才恍然大悟，原来这里面也有这样多的花样。但这又有什么关系呢？"此处不毕业，自有毕业处。"他只好再到别的大学去毕业了。

还有我一位中学的同学，有一天去找我，希望我能替他谋一个中学教员的位置。我们是多年的老朋友，我当然答应他。他立刻给了我一张简历片，上面工工整整地写着：北平孔教大学毕业。这使我有点糊涂。孔教大学我当然知道。我每次走过西单，抬头就可以看到陈焕章写的几个大金字，在发着黯淡然而却炫目的光。但我从没听说过孔教大学招过新生，开过课。眼前我的老朋友却就在这个大学里毕了业。我仿佛自己在做梦,又像在听一个传奇的故事,不糊涂又有什么办法呢?

伪造当然并不只限于毕业证书,别的证件同样可以伪造。倘若每件都举出来,不但占篇幅过多,而且我也有点做不到。我现在只举出一件"应运而生"的伪证件来谈一谈。我们现在抗战是胜利了。政府正在努力做两件事情,一件是"赏善",一件是"罚恶"。这善恶的分野就看你是不是抗过战,或参加过伪组织,两样都要证件。一要证件,我们中国人就来了他的拿手好戏:伪造。真正抗过战的当然不必发愁,但有时候也还觉得不足。最好能找到被日本宪兵逮捕过坐过监牢的证件,那才够味。倘若再能有受酷刑灌凉水的照片,那就再好没有,很可以放在皮夹里,到处随身带着,预备随时拿出来给人看了。参加过伪组织的也不必发愁。事实上连以前替日本宪兵队当走狗的特务陷害了不知道多少同胞的,现在都摇身一变成了地下工作者。你不信吗?他们有的是证件。

倘若有人要问:这些伪造的证件能行得通吗?那我就可以回答说:不但行得通,而且有时候非这样不行。我没研究过政治,铨叙部里面的情形我不大清楚。据说铨叙有一定的章程和格式。他们要求的是合于这章程和这格式。至于证件的真伪好像他们没大注意。只要格式合了,就可以通过。要求铨叙的人注意的也就是这格式。有时候有真的证件,但不合这格式,他们也只好再伪造合格式的证件了。

这样表面上看起来,当然很好看,整齐划一,一点也没有缺欠,全国所有的厅长局长都是大学毕业,所有的科员书记都是高中毕业,真是"猗欤盛哉"。倘若魏德迈特使,或别的国的什么特使,再奉命到中国来"调查",走到铨叙部,一看中国官吏这样的出身,学业这样的整齐充实,我想他们一定大吃一惊，会五体投地地佩服的。中国说不定又成了 X 强之一。而我们中国的大学和中学都可以关门，只剩下琉璃厂几家印制证书的铺子。国家省很多的钱，岂非一举两得？

我并不是道德家，慨叹什么"人心不古，世风日下"。但这确是一个很严重的问题，值得我们大家注意的。以前我们都知道中国人两大敌人是贪污（就是所谓揩油）和马虎。现在我想加上一个第三个，就是作伪，伪造证件就属于这一项。假设我们对中国还没有完全绝望，我们还希望中国能慢慢好起来，那么我们大家就应该注意这风气，应该努力来扑灭这个敌人！

1947 年 9 月

中餐与西餐

中国是文明古国，有四大发明或者更多的发明，震撼世界，对人类的进步和福利，作出了无法代替无可怀疑的贡献，至今我们引以自豪。可惜这些都已经是过去的辉煌，"俱往矣"掩盖不住我们今天的技术落后。

今天，在全世界范围内，我们引以自豪的，只剩下了饮食一项。世界上几乎所有的大城市都有中国餐馆，有的餐馆主人并不是中国人，然而也假中国之名以招徕食客。中国人在国外混不下去的时候，也往往以餐馆为最后逋逃薮。据说，前几年，北京饭馆还不算太多的时候，巴黎中餐馆有一千多家，超过北京。我曾在世界上许多国家的中国饭馆里吃过饭，老外——按事实来讲，应该说是"老内"，因为毕竟是他们自己的国家嘛——总是趋之若鹜，看起来是吃得津津有味。看到了这现象，我心里很不是滋味，又喜又悲：现在好像只有饭馆能为国争光了！

然而在我们国内怎样呢？看了不禁令人气短。在我们国内，至少是在北京，在餐饮业界横冲直撞的是肯德基、麦当劳、比萨饼、加州牛肉面，现在又来了什么澳式快餐。喝的是可口可乐、百事可乐、雪碧等等，统统是舶来品。我不能说这些东西都不能吃，它们也确有一些自己的特点，不能一概抹煞。然而这些特点却确实没有什么了不起，比起中国饭菜饮料之博大精深，历史之悠久来，简直如小巫之见大巫。著名的英籍女作家韩素音坚决不喝可口可乐，我现在已经成了她的忠实信徒。

我们的广告宣传在这方面不能不负责任。记得电视广告中有一个宣传肯德基的广告，一个小孩坐在餐桌旁，父母殷殷勤勤端来了各种中国的美味佳肴，端一样上来，小孩眉头一皱，怒气冲冲地说："不吃！"又端一样上来，仍然是个"不吃！"最后端来了肯德基家乡鸡，小孩立即转怒为喜，眉开眼笑，说："我就吃这个！"试问这样一个广告，除了电视台大收广告费之外，会起什么作用？会对我们的儿童，决定我国未来的命运的这些祖国的花朵起什么影响？我真不寒而栗。

直白地说，现在国内确实弥漫着一种无孔不入的崇洋羡（我不用"媚"字）外的风气。这种风气来源已久，冰冻三尺，非一日之寒。但是，我们必须正视这种风气的恶劣影响，不能回避。一个失去民族自信心的民族是一个没有出息的民族！

我相信，这只能是暂时的现象。还是那一句老话："三十年河东，三十年河西。"将来一定会改变的。有朝一日风雷动，离开河西到河东。

1997年4月9日

从哲学的高度来看中餐与西餐

中餐与西餐是世界两大菜系。从表面上来看，完全不同。实际上，前者之所以异于后者几希。前者是把肉、鱼、鸡、鸭等与蔬菜合烹，而后者则泾渭分明地分开而已。大多数西方人都认为中国菜好吃。那么你为什么就不能把肉菜合烹呢？这连一举手一投足之劳都用不着，可他们就是不这样干。文化交流，盖亦难矣。

然而，这中间还有更深一层的理由。

到了今天，烹制西餐，在西方已经机械化、数字化。连煮一个鸡蛋，都要手握钟表，计算几分几秒。做菜，则必须按照食谱，用水若干，盐几克，油几克，其他佐料几克，仍然是按钟点计算，一丝不苟。这同西方的基本的思维模式，分析的思维模式，紧密相联。我所说的"哲学的高度"，指的就是这种现象。

而在中国，情况则完全不同。中国菜系繁多，据说有八大菜系或者更多的菜系。每个系的基本规律是完全相同，这就是我在上面所说的：蔬菜与肉、鱼、鸡、鸭等等合烹，但是烹出来的结果则不尽相同。鲁菜以咸胜，川菜以辣胜，粤菜以生猛胜，苏沪菜以甜淡胜，如此等等，不一而足。我于此道并非内行里手，说不出多少名堂。至于烹调方式，则更是名目繁多，什么炒、煎、炸、蒸、煮、汆、烩等等，还有更细微幽深，可惜我的知识和智慧有限，就只能说这么多了。我从来没见哪一个掌勺儿的大师傅手持钟表,眼观食谱,按照多少克添油加醋。他面前只摆着一些油、盐、酱、醋、味精等佐料。只见他这个碗里舀一点,那个碟里舀一点,然后用铲子在锅里翻炒,运斤成风,迅速熟练,最后在一团瞬间的火焰中,一盘佳肴就完成了。据说多炒一铲则太老,少炒一铲则太嫩,运用之妙,存乎一心,谁也说不出一个道道来。老外观之,目瞪口呆,莫名其妙。其中也有哲学。这是东方基本思维模式,综合的思维模式在起作用。有"科学"头脑的人,也许认为这有点模糊。然而,妙就妙在模糊,最新的科学告诉我们,模糊无所不在。

听说,若干年前,一位著名的美籍华人学者的夫人,把《随园食谱》译成了英文,也按照西方办法,把《食谱》机械化、数字化了,也加上了几克等等。有好事者遵照食谱,烹制佳肴。然而结果呢?炒出来的菜实在难以下咽,谁都不想吃。追究原因,有可能是袁子才英雄欺人,在《食谱》中故弄玄虚。我认为,最大的可能是,这位夫人去国日久,忘记了中国哲学的精粹,上了西方思维模式的当,上了西方哲学的当。

1997年5月12日

起名的学问

生了孩子,必须起个名,这是社会常规,无可非议。解放前,农村贫困人家的女孩子往往有姓无名。连肚子都填不饱,名有何用?我母亲就是一生连个名都没有的人。

中国姓究竟有多少?过去有《百家姓》《千家姓》等书,其实中国姓绝不止百家、千家。根据最近出版的《中华姓氏大辞典》,中国古今各民族用汉字记录的姓氏共11969个。数目已经够大,似乎已经够用了。然而不然。原因之一就是,有的姓氏过于集中,比如,在汉族(其实不限于汉族)姓氏中,李、王、张三大姓占的比例过大。李姓占全人口总数的7.9%,王占7.4%,张占7.1%,三家共占22.4%,约有二亿六千多万人,这已经够多了。

但是,问题还不出在姓上,而出在名上。名有单名、复名之别。《三国演义》中,除了黄承彦(诸葛亮的岳父)一人外,其余皆为单名。这是后汉、三国,以至六朝时代的风气。当时人口不多,姓名相重所产生的影响还不大。不过,研究中国历史的学者大概已经感到同姓名的干扰。因此有人撰写了二十几史同姓名表,以避免张冠李戴。

在过去,起名几乎可以成为一门学问,有很多讲究。有所排行的措施,同一辈分的人的名字中有一字相同。比如有名的中国圣人孔子的后代,不知从什么时候起,就预先想好了排行的字的顺序。据我所知,从清末到现在,排行的顺序是:繁、祥、令、德。有名的孔繁森，排行"繁"字，辈分相当高了。现在住在台湾的"衍圣公"孔德成，排行"德"字，见了孔繁森，应当叩头三呼"老爷爷"。孟家也仿效孔家，全国排行都有顺序。

我并不想介绍大家都作东施，效颦圣贤。可是在当前许多事情都简化，都"快餐化"的时候，许多人，特别是公安部门、邮电部门，以及学校、机关等等，却感到有点挠头。我也有点忧心忡忡。现在仿佛又回到了后汉、三国时代，家长给孩子多起单名。而且这些单名又不同于《三国演义》。在那里，关羽字云长，张飞字翼德，赵云字子龙，等等，全国并无重复者，产生不了矛盾和干扰。

但是现在呢，不但给孩子起单名，而且单名又多集中在几个字上。全国的"王宁"至少有若干万，"张军"也决不会少。有时一个班上有两个王军，三个李宁。一个机关单位，有时也会有这种现象。这会酿成多大的困难。

因此，我建议，给孩子起复名，不要再"军"，不要再"宁"。也可以多创些复姓，最简而易行的是，把父母双方的姓合为一个姓。这样再加复名，重姓名之弊，就多少可以避免了。

1997 年 8 月 28 日

语言混乱数例

写文章，是交流思想，传达信息的重要手段。要想交流、传达得准确忠实，就必须注意语法修辞，不能望文生义，数典忘祖，甚至生编硬造，写出一些除了自己谁也不懂的词句。

我先举几个例子。

今年2月20日，一家大报在头版刊出一篇文章：《盼着减少这类现象》。内容是：饭馆取消了酒升酒杯的押金，储蓄所里准备了老花镜，"值得称赞"。作者笔锋一转，写道："不过，在服务性行业的工作前进一步之后，差强人意的现象时有发生，朝外大街民众饺子馆的一半酒升不翼而飞，三里屯储蓄所里的三副花镜也长了翅膀。"问题出在"差强人意"这四个字上。这个典故出于《后汉书》卷十八《吴汉传》，《现代汉语词典》的解释是："大体上还能使人满意。"酒升被偷，花镜被窃，还能令人大体上满意，岂不骇人听闻！要给作者上一上纲的话，他不是在号召鼓励大家来干这种"大体上还能使人满意的"勾当吗？

第二个例子出在本年5月18日另一家报纸上，文章的题目是《莫要"等到整党时再说"》。其中有一句话："此言差矣，不足为取"。我猜想，作者是想说："不足为训"或者"殊不可取"。结果把二者混了起来，写出了"不足为取"这样怪的句子。

第三个例子也出在一家大报上，时间是今年5月24日。

有一篇文章叫《春天的风》。讲的是小学生正在召开中队会:"一张张红扑扑的面庞神情专注,扑朔迷离。""扑朔迷离",在这里是什么意思呢?我真有点扑朔迷离了。大家都知道,这个典故出于《木兰诗》,意思是"比喻事物错综复杂,难于辨别"。同小学生的面庞联系在一起,我百思不得其解。

语言总是在不断地变化着,要它不变是不可能的。但是人们也总是在想方设法,使它规范化;否则各行其是,语言就陷入混乱,不再成为交流思想的工具。一方面要变,一方面又要规范化,这就是语言发展的矛盾。对我们来说,应该力求遵守规范,避免混乱。

1984年6月9日

给"拆"字亮红灯

根据我长期的观察和思考，我认为，必须立刻给"拆"字亮红灯。"拆"者，拆古迹也，拆城墙也，拆比较大的建筑也。

在飞速建设我们国家的时候，拆一些东西是不可避免的。但是，我认为，现在是拆过了头。

我之所谓"古迹"，并不专指名胜古迹，一个城市的原始风貌，也属于古迹一类。试问，如果一个外国人要了解我们这一座世界名城北京的原始风貌，你除了故宫、天坛、颐和园等地以外，还能领他到什么地方去呢？

在这方面，我们不是没有前车之鉴的。当年拆北京城墙的时候，虽然也有不少人反对；但是在拆风劲吹之下，还是拆掉了。后来这一位主持拆墙的市长，自己也承认，城墙是完全可以不拆的。在城外找个地方发展经济，是并不困难的。

北京城墙事件发生以后，有什么机构做了一次调查，全国城墙保存完整的不多，最著名的是湖北的江陵。西安拆城墙保留了四分之一，也受到了关注和表扬。我并不主张城墙非保留不行。如果不妨碍大局，保留一下，留一点旧日的风貌，也是有益无害的。

我曾访问过亚、欧、非三洲的许多著名的古老的大学。在几所长达六七百年的大学中，古树参天，浓荫匝地，在古老建筑物的窗子上，碧萝密布，草色当然不能入帘青了，但仍能让人感到草色的存在，在这样的大厅里读书、写文章，书焉能读不进去，文章又焉能不梦笔生花呢？

中国办教育有几千年的历史，兴办最高学府太学、国子监等等，至少也有两千来年的历史了。上述外国大学的情况到哪里去找呢？

这只能归罪于一个"拆"字。

今年是北京城建城850周年，试问我们今天到北京什么地方能感受到这样古老历史的气氛呢？

这又不能不归罪一个"拆"字。

我不鼓励人们到处发思古之幽情。总起来说，我们应该向前看，向未来看，那里才是我们希望之所在。但是，在紧张劳动之余，能够有机会发点思古之幽情，能使我们头脑清醒，灵魂沉静。清醒与沉静大有利于再战。

根据我的观察，现在拆势未减，似乎也没有人想到这个问题。

我们必须给"拆"字亮红灯。

2003 年 9 月 24 日

送 礼

我们中国究竟是礼义之邦，所以每逢过年过节，或有什么红白喜事，大家就忙着送礼。既然说是"礼"，当然是向对方表示敬意的。譬如说，一个朋友从杭州回来，送给另外一个朋友一只火腿，二斤龙井；知己的还要亲自送了去，免得受礼者还要赏钱，你能说这不是表示亲热么？又如一个朋友要结婚，但没钱，于是大家凑个份子送了去，谁又能说这是坏事呢？

事情当然是好事情，而且想起来极合乎人情，一点也不复杂；然而实际上却复杂艰深到万分，几乎可以独立成一门学问：送礼学。第一，你先要知道送应节的东西，譬如你过年的时候，提了几瓶子汽水，一床凉席去送人，这不是故意开玩笑吗？还有五月节送月饼，八月节送粽子，最少也让人觉得你是外行。第二，你还要是一个好的心理学家，能观察出对方的心情和爱好来。对方倘若喜欢吸烟，你不妨提了几听三炮台恭恭敬敬送了去，一定可以得到青睐。对方要是喜欢杯中物，你还要知道他是维新派或保守派。前者当然要送法国的白兰地，后者本地产的白干或五加皮也就行了。倘若对方的思想"前进"，你最好订一份《文汇报》送了去，一定不会退回的。

但这还不够，买好了应时应节的东西，对方的爱好也揣摩成熟了，又来了怎样送的问题。除了很知己的以外，多半不是自己去送，这与面子有关系；于是就要派听差，而这个听差又必须是个好的外交家，机警、坚忍、善于说话，还要一付厚脸皮；这样才能不辱使命。拿了东西去送礼，论理说该到处受欢迎，但实际上却不然。受礼者多半喜欢节外生枝。东西虽然极合心意，却偏不立刻收下。据说这也与面子有关系。听差把礼物送进去，要沉住气在外面等。一会，对方的听差出来了，把送去的礼物又提出来，说："我们老爷太太谢谢某老爷太太，盛意我们领了，礼物不敢当。"倘若这听差真信了这话，提了东西就回家来，这一定糟，说不定就打破饭碗。但外交家的听差却绝不这样做。他仍然站着不走，请求对方的听差再把礼物提进去。这样往来斗争许久。对方或全收下，或只收下一半，只要与临来时老爷太太的密令不冲突，就可以安然接了赏钱回来了。

上面说的可以说是常态的送礼。可惜（或者也并不可惜）还有变态的。我小的时候，我们街上住着一个穷人，大家都喊他"地方"，有学问的人说，这就等于汉朝的亭长。每逢年节的早上，我们的大门刚一开，就会看到他笑嘻嘻地一手提了一只鸡，一手提了两瓶酒，跨进大门来。鸡咯咯地大吵大嚷，酒瓶上的红签红得眩人眼睛。他嘴里却喊着："给老爷太太送礼来了。"于是我婶母就立刻拿出几毛钱来交给老妈子送出去。这"地方"接了钱，并不像一般送礼的一样，还要努力斗争，却仍旧提了鸡和瓶子笑嘻嘻地走到另一家去喊去了。这景象我一年至少见三次，后来也就不以为奇了。但有一年的某一个节日的清晨，却见这位"地方"愁容满面地跨进我们的大门，嘴里不喊"给老爷太太送礼来了"，却拉了我们的老妈子交头接耳说了一大篇，后来终于放声大骂起来。老妈子进去告诉了我婶母，仍然是拿了几毛钱送出来。这"地方"道了声谢，出了大门，老远还听到他的骂声。后来老妈子告诉我，他的鸡是自己养了预备下蛋的，每逢过年过节，就暂且委屈它一下，被缚了双足倒提着陪他出来逛大街。玻璃瓶子里装的只是水，外面红签是向铺子里借用的。"地方"送礼，在我们那里谁都知道他的用意。所以从来没有收的。他跑过一天，衣袋塞满了钞票才回来，把瓶子里的水倒出来，把鸡放开。它在一整天"陪绑"之余，还忘不了替他下一个蛋。但今年这"地方"倒运。向第一家送礼，就遇到一家才搬来的外省人。他们竟老实不客气地把礼物收下了。这怎能不让这"地方"愤愤呢？他并不是怕瓶子里的凉水给他泄漏真相，心痛的还是那只鸡。

另外一种送礼法也很新奇，虽然是"古已有之"的。我们常在笔记小说里看到，某一个督抚把金子装到坛子里当酱菜送给京里的某一位王公大人。这是古时候的事，但现在也还没有绝迹。我的一位亲戚在一个县衙门里做事，因了同县太爷是朋友，所以地位很重要。在晚上回屋睡觉的时候，常常在棉被下面发见一堆银元或别的值钱的东西。有时候不知道，把这堆银元抖到地上，哗啦一声，让他吃一惊。这都是送来的"礼"。

这样的"礼"当然不是每个人都有资格接受的。他一定是个什么官，最少也要是官的下属，能让人生，也能让人死，所以才有人送这许多金子银元来。官都讲究面子，虽然要钱，却不能干脆当面给他。于是就想出了这种种的妙法。我上面已经提到送礼是一门学问，送礼给官长更是这门学问里面最深奥的，须要经过长期的研究简练揣摩，再加上实习，方能得到其中的奥秘。能把钱送到官长手中，又不伤官长的面子，能做到这一步，才算是得其门而入了。也有很少的例外，官长开口向下面要一件东西，居然竟得不到。以前某一个小官藏有一颗古印，他的官长很喜欢，想拿走。他跪在地上叩头说："除了我的太太和这块古印以外，我没有一件东西不能与大人共享的。"官长也只好一笑置之了。

普通人家送礼没有这样有声有色，但在平庸中有时候也有杰作。有一次我们家把一盒有特别标志的点心当礼物送出去。隔了一年，一个相熟的胖太太到我们家来拜访，又恭而敬之把这盒点心提给我们，嘴里还告诉我们：这都是小意思，但点心是新买的，可以尝尝。我们当时都忍不住想笑，好歹等这位胖太太走了，我们就动手去打开。盒盖一开，立刻有一股奇怪的臭味从里面透出来。再把纸揭开，点心的形状还是原来的，但上面满是小的飞蛾，一块也不能吃了，只好掷掉。在这一年内，这盒点心不知代表了多少人的盛意，被恭恭敬敬地提着或托着从一家到一家，上面的签和铺子的名字不知换过了多少次，终于又被恭而敬之提回我们家来。"解铃还是系铃人"，我们还要把它丢掉。

我虽然不怎样赞成这样送礼，但我觉得这办法还算不坏。因为只要有一家出了钱买了盒点心就会在亲戚朋友中周转不息，一手收进来，再一手送出去，意思表示了，又不用花钱。不过这样还是麻烦，还不如仿效前清御膳房的办法，用木头刻成鸡鱼肉肘，放在托盘里，送来送去，你仍然不妨说："这鱼肉都是新鲜的。一点小意思，千万请赏脸。"反正都是"彼此彼此，诸位心照不宣"。绝对不会有人来用手敲一敲这木头鱼肉的。这样一来，目的达到了，礼物却不霉坏，岂不是一举两得？在我们这喜欢把最不重要的事情复杂化了的礼义之邦，我这发明一定有许多人欢迎，我预备立刻去注册专利。

1947 年 7 月

清官更要兼听

在中国老百姓嘴里经常能够听到"清官"和"赃官"这样的词儿，这在别的国家是没有的，至少是少见的。

原因何在呢？我认为，这是由于中国几千年的奴隶制政府和封建制政府从皇帝到官僚狼狈为奸欺压老百姓的缘故。他们对老百姓敲骨吸髓，残酷剥削，老百姓经常处于水深火热之中，叫天天不应，叫地地不灵，盼星星，盼月亮，好容易盼到了一个好官，不贪污受贿，比较公正、廉明，能为老百姓办点事，申点冤，老百姓敬重其人，呼之曰"清官"。这种"清官"并不是每一个时代都有的，一二百年才能出上最突出的一个，是官儿里面的稀有品种，像宋朝的包拯，明朝的海瑞，至今仍为广大人民所崇敬。他们一生并不易过，敢于犯颜直谏，惹得皇帝老子龙颜大怒，遭打，遭贬，好不容易保留住一条小命，成为千秋的典范。其余的官则大多数是贪污犯，吃老百姓的肉，喝老百姓的血，眼中只有天子一人，逢迎拍马，献金献宝，图的只是个升官发财，这样的官滔滔者天下皆是矣，老百姓无以名之，名之曰"赃官"。

古往今来，人们当然会褒扬"清官"而贬斥"赃官"的，这是人之常情，用不着解释的。独有"四人帮"在那"黄钟毁弃，瓦釜雷鸣"的时代，大大地对赃官加以表扬，对清官加以贬低，说什么"清官"是封建统治者的帮凶。其荒谬达到了令人发指的程度，这一段公案，年轻人多已不甚清楚了。

"清官"有没有缺点，甚至危害呢？绝大多数的"清官"是不会有的。但确也有极少数的"清官"，以"清"自命，以"清"自负，绝对相信自己的"清"，下意识里认为，一"清"百清，从而刚愎自用，听不进别人的忠言，不调查，不研究，认准了一个理儿，一头撞到南墙上，断案时，任意而行，受冤者不招认，则施以酷刑。而自己的良心反而则感觉很好，可是老百姓则大大苦矣。这样的例子，历史上是有过的。记得鲁迅在一篇文章里也讲过清官杀人的话。

到了今天，时代是全变了。在国泰民安中，究竟是"清官"多呢？还是"赃官"多？我没有调查研究，不敢瞎说，老百姓自己会去判断的。但是"清官"肯定是有的，这一点也不容怀疑。今天的"清官"同旧日的"清官"有很多不相同之处。今天的"清官"不是官，而是人民的公仆，有的人确也做到了这一点。但是，我仍然想"以小人之心，度君子之腹"。我想向清官们提个醒儿，古人说："兼听则明，偏信则暗。"请你们千万要警惕，千万不要刚愎自用，固执己见，请你们千万要"兼听"，为了国家的利益，为了人民的利益。

1999年1月20日

医生也要向病人学点什么

现在住在医院里,天天见到医生,因此想到了一些与医生有关的问题。

医生是人类生命的最高保护神,人们对他们怎样崇敬都不为过。

中国古代,巫、医并提。在原始社会里,巫是有地位的,治病也用巫术。神农尝百草的故事,象征着的大概是用草药治病的开始。以后,随着社会的前进,学科和职业分工越来越细。即以医学这一门学科而论,现在已经分得五花八门,让外行人眼花缭乱了。每一个部门的专家差不多都是悬梁刺股,囊萤映雪,十年,几十年,才成了真正的专家。

成了专家,当然是好事。但是,事情也往往有它的另一面。在这样的环境里,极少数的人,包括医生在内,逐渐形成了一种超自信的心理状态。自信是必要的,超自信就往往能带来危害。

我讲一个小故事。1978年,我随中国对外友协代表团访问印度。团员中有解放军石家庄医院的院长和一位高级大夫。我们天天在一起闲聊,简直可以说是无话不谈。有一次,我们谈到了安眠药。那位大夫一听说到了本行,便口若悬河滔滔不绝,给我仔细讲解各种各样的安眠药的性能,唯恐我不明白,一定要让我这块顽石点头。大夫这种认真态度,实在让我非常感动。最后,我问他患没患过失眠症,他说,从来没有。我暗自窃笑。我患失眠症，已有几十年的历史，看来比他的年龄还长。理论我不懂，实践却是大大地有。我在德国时服用的安眠药小瓶，装满了半个抽屉，可见我的"战绩"之丰厚。这位大夫竟在我面前大摆老资格，我难道会没有"江边卖水，圣人门前卖字"之感吗？如果现在创设一个二级或三级学科的比较安眠药学，我自信能成为博导的。

从这一件小事情，我又浮想联翩。我想到，医生和病人组成了一个矛盾的两个方面，缺一不可，从表面上来看，医生是治疗者，而病人则是被治疗者，主动权操在前者手里。这里也有一个正确处理两者关系的问题。根据我个人的观察，极少数医生的超自信，在处理这种关系的问题上产生了点副作用。医生的名声越大，这种超自信就越强，能够产生的副作用也就越多。医生应该能够激发病人全心全意地，自觉自愿地，积极主动地参加到治疗活动中来。这样对治疗会有很大的好处。

我有一个真正是荒谬的想法：如果一个医生对他自己所研究所治疗的那种病也患上一点的话，他对那种病会有切肤的感性认识，同病人有共同的语言，治疗起来会更方便。这种想法确实是荒谬的。癣疥之疾患上一点当无大害，如果连可怕的病都患上，医生自顾不暇，哪里还能来给病人治病呢？

写到这里，我自己也糊涂了，越说越不明白。反正，我有一个极为淳朴的信念：医生也应该而且可能向病人学点什么。

2002 年 8 月 27 日

谈所谓"老龄化社会"

我觉得,"老龄化社会"这一个词儿像是一个舶来品。几十年前,我没有听说过。

谈论人的老龄化,不是一件坏事。在人类社会中,除了那些夭折和中年早逝者外,每个人都有一个老年。一般说来,人到了老年,血气已衰,行动不会像青少年那样矫健,有时会需要一点照顾,这是人之常情。如果从这个意义上谈论"老龄化",不但未可厚非,而且符合中国尊老的美德。因此,最初在报章杂志上碰到"老龄化"这个词儿时,心里颇有点甜滋滋的感觉,因为,我自己早已就算是个老人了。

但是,随着时间的推移,这种谈论在报刊上出现的次数多了起来,而且给"老年"也下了定义:60岁以上就算是老年。我不知道,这个规定是从哪里来的?是不是国际上公认的?谈论的口气也严肃了起来。我曾读到一些报道,说某某城市到了多少多少年,"老龄人"达到全体居民的多少多少百分比,它就算是一个"老龄化城市"。虽然没有明说其后果,然而语气之中隐隐埋藏着一点"忧患意识"。也许因为自己是老年人,难免有点神经过敏。我隐约感觉到,社会已经把老年人视为一种包袱、一种负担。他们自己已不能生产、劳动,需要别人——当然是年轻人——来养活他们了。将来老年人越多,则问题越多。偏偏建国以来,人均寿命已经增加了一倍多,看来将来还会提高。这就意味着,社会的包袱将会越来越重了。这岂不是一件非常危险的事情吗？

恕我愚陋，我不理解，这样喧嚷不休地大谈"老龄化社会"，究竟有什么意义？规定60岁为老年，在旧社会是可以的。然而，到了今天，专就我们搞人文社会科学的人来说，60岁正是黄金时期。读书多了，资料掌握也多了，正面和反面的经验和教训都已经有了，正是写作的最佳时刻。然而社会却突然告诉你：你已经"老"了！不中用了！成为社会的负担了！"老龄化"一个"化"字就把你打入另册。谈老色变，好像是谈艾滋病、环境污染、生态平衡破坏等等威胁着人类生存前途的祸害一般，老龄人也威胁着人类的生存。

我真正不了解，谈论"老龄化"究竟想干什么？事实上，今天60岁以上的老年人还能干事、想干事、肯干事的大有人在。老在他们耳边聒噪什么"老龄""老龄"，搅得他们不得安宁，这对社会不利，对中青年人也不利。这不是一清二楚的吗？

我的话能代表一部分老人的心情。我说得可能有激烈的地方，请非老人原谅包涵。

1997年9月5日

西化问题的侧面观

什么是西化问题呢？这我似乎有点明白，又似乎不明白。理论方面我总觉得有点深奥；所以十几年前当许多名流学者热烈讨论这问题的时候，我从来没有这样大的勇气和决心把一篇讨论西化问题的文章从头到尾看完过。只知道最初有什么全盘西化的论调，后来又有人出来提倡中国本位文化，真可以说是热闹。但我却像一个看足球决赛的旁观者，陪球员高兴一阵，甚至手舞足蹈的时候都有；终于还是回家睡大觉，人家的胜负与我毫不相干。不过我想在这里附带说一句：倘若当时参加讨论的名流学者们能把一百年以前俄国学者讨论西化或斯拉夫本位文化的文章拿来看一看，也许可以省下许多笔墨纸张。

理论既然不明白，那么我们就谈几个实际的例子吧！不过我仍然要声明，连这几个实际例子我也未必真明白，只是觉得似乎有点明白了而已。

我们先谈飞机。倘若真正要西化的话，无论是不是"全盘"，飞机大概总要"化"过来的。我这话似乎又有语病，因为一直到现在还有人认为飞机也是"古已有之"的。据说孙膑或墨子曾制过能在空中飞行的木鸢，这就是现代飞机的始祖。这样一来，似乎西洋的飞机还是从我们中国"化"去的。我不反对这说法，这是替我们黄帝子孙们增光的事情。不过，我们的木鸢不但没变成飞机，甚至连木鸢现在也看不见了。人家的飞机却天天在我们的天空里飞。没有办法，只好还是到西方去学，而且现在也就正在学中。

学成了会成什么样子呢？这我有点说不上来。我虽然上下古今乱谈，但究竟没学过算卦，现在不能预言。无已，我们就先谈从外国买来的飞机吧！

飞机买来的时候，大概还是新的。于是就有人来驾驶，天天在天空里飞。我们的驾驶员并不笨，也能像西洋人一样耍出许多花样，或者还更多。当飞机落到地上，他们从里面走下来的时候，样子异常地神气。穿了全副的美式配备，臂上挂了如花的少女，高视阔步，昂然走在街上。虽然他们现在是在地面上，但看神气却仍然仿佛从天空里往下看一样，这些凡人们在他们眼里都只像蚂蚁一般大小。世界是属于他们的。

就这样，一天天地下去。他们愈来愈神气，飞机也愈来愈旧。间或这里掉了一个螺旋，那里缺了点什么，或者什么地方应该擦一点油了，普通大概是不会发现的；因为飞机买来是在天空里飞的，既然落到地上，管它干什么？而且我们的驾驶员们还有别的心事，每天看报纸，先要看黄金的涨落，上海比北平究竟差多少，值不值一带，这些都需要很多的精神。即便碰巧发现了飞机有点小毛病，觉得也没有什么严重，掉了个小螺旋有什么关系呢？模模糊糊对付着能飞就行了。像西洋人那样在飞机起飞前严密的检查更没有必要了。于是照常驾驶，飞机也就照常飞。然而说不定哪一天这飞机忽然"失事"了。于是报纸用大字登出来，这里打电报，那里作报告，连"最高当局"也"震怒"了，当然又下了"手令"。一时真像煞有介事。但过了不久，除了受难者的家属以外，人们对这事情都渐渐淡漠下来。报纸上也就再没有下文。当然更不会有人追问。反正自己没有被难，管这些闲事干什么？不久这件事就被埋在遗忘里。于是，天下太平，皆大欢喜。又有新买来的飞机在天空里飞。

从飞机我想到钟表。时间本来是很神秘的东西，是连绵不断的，钟表就是用来把时间分割开来的。这当然是一个很笨的无可奈何的办法，一定要有一个先决的条件，就是分割应该统一。一个地方或一个城市的时间无论如何应该一致。倘若你的表是五点，我的是十点，另外一个第三者的是十二点，那么钟表还有什么意义呢？

钟表是欧洲人发明的，关于时间统一这一点他们总算做到了。有些需要精确时间的地方甚至一分一秒都不差。但自从明末天主教士把钟表带到中国来以后，钟表大概也震惊于我们精神文化的伟大，把在欧洲时的作风渐渐改变了。清朝皇宫里和贵族家里的钟表，譬如说贾府上的，改变到什么程度，因为我究竟不是历史家，有点考据不上来。没有办法，只好举眼前的例子。北平一个学校里当然有很多的钟，几乎每间办公室里都有。数目虽然多，但没有两个钟的时间是一样的。工友拿来当作标准摇铃的一个钟，也许有点年高德劭了，每天总慢走五分钟。三天以后就会慢到一刻钟。然而这就是这一院的标准时间。有人告诉工友，工友说他知道。问他为什么不拨正了，他说，只差一刻钟有什么关系呢？反正上课时间总会是五十分钟的。同时另外一个离这里不远的院里的钟，大概走得比较对一点。结果是两院摇铃的时间相差一刻钟，这里还没下课，那里已经上课了。在两院都有课的同学就真有点"伤脑筋"了。一天我看到一位德国先生用了跑百米的姿势冲进学校里来，头上满是汗。到了，他才知道，原来学校里连预备铃还没有摇。另一天，我下了课去赶汽车。计算时间可以赶得上，但汽车却早已开走了。

在北平这古城里,像这样的钟还多得很。大马路旁的所谓标准钟,银行大楼上的大钟,样子都很堂皇神气;但倘若仔细观察就都有问题。有的从不知什么时候起就干脆不走。有的性急,总是走在时间前面,让时间在后面拼命追。有的性慢,反正据哲学家说,时间是永恒的,马路上又终天有热闹可看,有美国吉普车撞三轮,有军人打汽车售票生,慢慢地走着瞧吧!慌什么呢?于是这些堂皇的钟就各自为政起来。

倘若干脆不走,我不反对。因为从不知多久以来,钟表对许多人们就只是一件装饰品,像钻石戒指什么的,虽然他们原来不是用来作装饰品的。这次大战的时候,德国人有几年没有看到咖啡,一个杂志就提议把咖啡豆镶在白金戒指上代替钻石。咖啡豆都有当装饰品的资格,何况钟表呢?欧洲的,恐怕我们中国的也一样,贵夫人赴夜会的时候,穿了晚礼服,脖子上挂了真的或假的珠子,手腕上带了金表,珠光宝气,炫人眼睛。但一说到时间,就回头问自己的丈夫。原来她们的表从买来后就没有走过。所以有一个时期我想提议:以后替女太太们制手表,里面不必用机器,只用一块金子,作成表形,用笔画上钟点就行了。倘若这位太太喜欢八点钟,就画上八点;倘若她喜欢九点钟,就画上九点;依此类推,无论什么时候看,都只是一个样,这多有意思?还可以从她们喜欢的钟点上替她们起浑名,譬如八点太太九点太太等等。心理学家可以从这里推测这些太太们的个性。象征派诗人也可以从这些钟点上幻想出这些太太们的灵魂是红的,或是绿的,岂不很热闹有趣?反正人们都知道太太们的金表多半是不走的,不会误事。

但我们的钟表却偏不这样简单,它们也走也不走。我们不知道它们什么时候走，什么时候不走；哪一只走，哪一只不走。在钟表没有输入以前，我们中国人大概是颇快乐的。"日出而作，日入而息"，这多么简单明白？太阳反正不会罢工，而且有目共睹。当时虽然也有什么漏，但也只是贵族人家的玩意儿，与一般平民无干。"山中无历日，寒尽不知年"，不是一直到现在还有许多人向往这境界么？但钟表却偏要挤进来。据一位哲学家说，我们中国的思想是有"完整性"的，用我的话说，就是混沌一团。可惜自从钟表挤进来以后，这"完整性"有点难于保持了。这真是大可哀的事情。

另外一件大可哀的事情就是抽水马桶的输入。以前我在北平读书的时候，常听到刚回国的留学生们的伟论，读到他们的文章。既然镀过金了，再看到我们这古老的国家，就难免有许多感慨。但第一件让他们不满意的却是在中国有很多地方没有抽水马桶。这当然有很充足的理由。谁不知道坐抽水马桶的干净方便呢？但也有一个先决条件，就是用过后一定要拉一拉链子，或按一按钮子，让水流下来，把马桶冲洗干净，不要让后来的人掩鼻而过之。这件事看来虽简单，但却复杂。连认为中国没有抽水马桶就是野蛮的象征的留学生们，当他们还没回国的时候，就常常因为用过马桶后不放水冲洗因而被外国房东赶出来。他们回国后怎么样呢？这我有点说不上来。反正在我们中国，只要有抽水马桶的地方——我先声明，这种地方恐怕只有上等人才能住——就难免有上面说的那种现象。从前一位厕所诗人有两句名句："板斜尿流急，坑深粪落迟。"这多么有诗意？拉链子，按钮子，抽水，真未免有点太"散文的"了。虽然有点气味，但"入鲍鱼之肆"，久了也就嗅不到了。我想恐怕只有这样有诗意的地方才是我们中国人安身立命之处。

同抽水马桶可以相提并论的是有自来水的白瓷洗脸盆。这也是从西方来的玩意儿。脸盆当然我们从很早就有，虽然不是像西洋一样装在墙上上面有冷热水龙头的。顾名思义，脸盆当然是用来洗脸的。但据我所知道，正像中国的许多官吏，它也有兼差。普通是用来盛什么东西，也可以用来洗菜和面。有的人早晨用它来洗脸，晚上再用来洗脚。这我总觉得有点不雅，大概可以算是很下乘的了。不过比这更下乘的还有。我在中学的时候有一位住同屋的同学，他的脸盆，早晨用来洗脸，晚上洗脚，夜里小便。每天早晨起来的时候，先到厕所把小便倒掉，稍稍用水一洗，立刻就再倒上水洗脸。一天早晨他起得比较晚一点。工友进来送脸水，看到脸盆里面有黄色的液体，以为不过是茶水什么的，就把热水倒在里面。这位同学起来一看，心里当然比谁都明白；但又懒得再喊工友。于是拿过毛巾肥皂来，就用手往脸上捧水。脸上的汗毛一根都不动。我一直到现在还佩服这位英雄。

西洋来的有自来水的白瓷洗脸盆到了中国以后是不是得到同样的命运，我没有看见，不能乱说。但它们的命运却也不太好。我们中国同胞强迫它们兼差。兼了多少差，我没有统计，也不能乱说。有一种差使却很普遍，到处可以发现。我去年夏天在南京一个国立什么馆住的时候，最初因为人还不多，大体还过得去。后来人渐渐多了，每天早晨到盥洗室去洗脸的时候，总发现白洋瓷盆里面满是水果皮，花生皮，喝过的茶叶；开了自来水，不用胶皮塞，水也不会流下去。下面装的泄水的管子等于虚设。到了北平也发现同样的现象。我们宿舍里盥洗室里的白洋瓷盆也永远不往下漏水，里面仍然是水果皮，花生皮，喝过的茶叶。贴了布告，仍然没用。看来恐怕还是我们的国粹老瓦盆好，可以随处挪动。即便里面丢上水果皮什么的，只须拿出来一倒，立刻就又干净了。这不比装在墙上有冷热水龙头的永远不能挪动的白洋瓷盆好得多么？

我开头说到，我不懂什么是西化问题，只能举几个实际的例子。现在例子举出来了；但这与西化问题究竟有没有关系呢？我想不出来。想来想去，自己也有点糊涂起来了。在糊涂之余，我忽然做了一个梦。在梦里有人告诉了我下面的故事：

有一位外国教授，因为看到人们天天吃猪肉，但猪的本身和它住的地方却实在有点不干净，这样的肉吃到肚子里当然不会好的，于是就替猪们建筑了一座屋子，四壁洁白，光线充足，空气流通，地上还铺了洋灰。洗澡吃东西都有一定的地方，器具也都漂亮洁净。把猪们引进去以后，满以为大功告成，心里异常高兴。但过了不久，猪却接二连三地死起来。他以为猪本身有了病，于是把这群死猪拖出来，把屋子消过毒，又引进一群新的去。但过了不久，猪又接二连三地死起来。现在这位教授只好去找兽医了。检查的结果是因为过于兴奋不安，心脏扩大而死。原来猪们看了这样洁白的墙，这样干净的地，这样充足的光线，心里怕起来，日夜坐卧不宁，终于死掉。

故事到这里为止。但这故事离题却有点太远了。难道这也会同西化问题有什么关系么？这我说不上来。正面看西化问题，我没有这能力。侧面看呢，仍然没看出什么道理来。既然在糊涂之余在梦里听到这故事，就把这故事写下来作个结束吧。

1947年1月16日　北平

一点关于"美"化的杞忧

这里的"'美'化",不是我们平常所说的"美化",而是"美国化"的缩写。

我因为眼睛不好,晚上看电视只看"北京新闻",加上前面的"体育新闻",前后不过一小时。但是,在这短短的一小时内,广告却占了相当长的时间。我并不反对电视播放广告,这是对观众和电视台都有利的事情。我只是感觉到,现在的电视,还有报纸,上面的广告过多,多到干扰观者和读者的观看和阅读的兴趣的程度。我不否认,广告也有信息量的。但是这种信息与国家大事或世界大事还是有区别的,不能一概而论。

我现在要谈的不是广告的量,而是广告的内容。在北京电视台一个小时节目的广告中,内容很大一部分是讲美国货的。保健和美容商品几乎为美国货所垄断。专就牙膏一项而论,前一阵子宣传的是高露洁,描绘得有声有色,即使是没有牙齿的不需要刷牙的人也会为之动容。不知道是从什么时候起,一变而为佳洁士了,又描绘得有声有色。不知究竟谁优谁劣。是不是一种货而改用两个名字?我没有去考证过,反正都是美国货,这用不着怀疑。

我并不反对美国货。现在是市场经济时代,谁的货好,谁吆喝得厉害,我就用谁的。倘若质量差不多,我当然会用中国货的。这恐怕不能上纲到狭隘民族主义的高度吧。就拿牙膏来说,以前中国的牙膏现在到哪里去了呢?在辽阔的中国市场上竟让美国牙膏唯我独尊。我真是疑虑重重，忧心忡忡。再讲到食品，麦当劳、肯德基，飞扬跋扈，中国以食品名重天下，现在竟也节节败退，此理真不可解。再看一看其他方面的情况，在很多方面都是唯美国马首是瞻，我真不禁有点杞人忧天了。

我最近在许多报刊杂志上都谈到，"中国制造"（made in China）的字样在许多国家引起了恐慌。有人告诉我，在美国唐人街以外的地方也能买到中国货。这一点我们中国人当然会感到骄傲和高兴的。自从改革开放以来，我们国家国势日隆，国际地位日益提高。在全世界经济普遍不景气的情况下，我国一枝独秀，经济持续发展。我们原来是无声的中国，现在我们的声音响彻全球。这当然使我们中国人都十分兴奋和骄傲。但是，我觉得，北京电视台广告所提供的情况，我们可万不能掉以轻心。这是给我们敲响了警钟。我决不相信，made in China 的牙膏会在 China 消逝而流向美国市场。

增强国与国之间的理解与友谊，进行国与国之间的文化交流，包括化妆品与饮食，是绝对必要的，我是完全赞成的。但是，中国有一句老话："螳螂捕蝉，黄雀在后。"我们要记住这一句老话，不要让我们在潜移默化中"美"化了。

2002 年 5 月 6 日

宗 教

我首先要声明，我不是任何宗教的信徒，可是我对世界上所有的正大光明的宗教都十分尊重。原因并不复杂，除了奥姆真理教、太阳神殿教等一批邪教外，各大宗教都劝人做好事，不干坏事，这不正是我们正直的人类所需要的吗？不管他们的教义如何，所崇拜的神灵如何，除了间或被别有用心的人或组织利用外，这些宗教是无可指责的。如果不同宗教的信徒们能互相尊重，互不相妨，则中国社会必能安定团结，世界人民也必能安定团结。

任何一个宗教的教义和教规，对本教的信徒来说都是持之有故、言之成理的，都是天经地义，信徒们信从，是他们的权利和义务。但是对其他宗教的信徒来说，则另是一码事。对于这样的分歧，最好不要辩论，也不必争论，这样做，只能伤和气，也无济于事。最好能够认为，自己的教义只是相对真理，绝对真理只有他们崇拜的最高神灵才能掌握。能做到这一步，就能够你好、我好、大家都好了。大家以各自喜爱的方式来满足宗教的需要，岂不猗欤休哉！

说到"宗教需要"，恩格斯使用过这个词儿。世界上确实有有宗教需要的人；另一方面，世界上也确实有没有宗教需要的人，敲锣吹号，各有一套。最好是各不相犯，自从所好。人类最重要的是求生存，生存得越美满越好。自己生存，也让别人生存，这是最上策。有宗教需要的和没有宗教需要的人；在有宗教需要的人中，信这种教和信那种教的人，可以不谈宗教问题，而共同携手，齐心协力，为了改善人类生存的条件而努力奋斗，这是人生第一义。一定要强迫别人信教，或一定要强迫别人不信教，都只能制造矛盾，两败俱伤。

世界上有规定国教的国家，也有不规定国教的国家。有民族与宗教完全一致的国家，也有民族与宗教不一致的国家。有必须有宗教信仰的国家，也有不规定人民宗教信仰的国家。我到德国时，登记表上有"宗教信仰"一栏，我没有法子填写，那位德国办事员就说："不填这一栏可不行！给你填上佛教吧！"我笑而从之，反正我知道我不是佛教徒，这只不过是官样文章而已。在有国教的国家中，无神论也是有的。他们脑袋里没有上帝，可是星期天也进礼拜堂，说是到那里去听听庄严肃穆的音乐，使自己的心神安静一下。宗教之为用大矣哉！

总之，我认为，信不信宗教完全是个人的事，别人不必过多地去干预，只要他遵守法纪，就是一个好公民。想人为地消灭宗教，也是办不到的。

1997 年 4 月 25 日

大自然的报复

恩格斯在《自然辩证法》一书中说过一段话，意思是说：我们不要过分陶醉于我们对自然的胜利，因为每一次大自然都进行了报复。

这一段话说得何等好啊！何等准确，何等透彻！一直到今天，一百多年以后了，读起来还那样虎虎有生气。

从历史上来看，人类最初也属于大自然。一种什么动物（猿之类？）闹独立性，终于变成了人，公然与大自然分庭抗礼了。在中国思想史上，这称之为天人关系，"天"在这里代表的就是大自然。我在别的地方讲过：人一生有三大任务，正确处理天人关系，正确处理人与人的关系，也就是所谓社会关系，正确处理个人心中思想感情的矛盾问题。

人类要想生存，必须有衣食住行等方面的物质供应，这种供应只取之于大自然。这里就出现了一个对待大自然的态度问题。态度千差万别；但是综而观之，不出两途：一东一西。东方主张天人合一，人与大自然要成为朋友，不要成为敌人。宋代大儒张载说："民，吾同胞；物，吾与也。"充分体现了这种精神。西方一般倾向于"征服自然"。这是由东西两文化体系的根本思维模式所决定的。

西方，特别是在产业革命以后，热衷于征服自然。征服的确有成绩，科学技术飞速发展，人民生活迅速改善。但是，大自然的报复也随之而来。例子俯拾皆是，比如物种灭绝、生态失衡、人口爆炸、地球变暖、淡水匮乏、新疾病产生、臭氧出洞等等。这些弊端发展下去,将会影响人类发展的前途,这是十分明显的。前一阵子,世界上一些国家遭受"非典"的袭击,不也应该看做是大自然的报复手段之一吗?

救之之方并不复杂,无非是改弦更张,改恶向善,同大自然交朋友,不再征服自然。

2003 年 6 月 24 日

谈 礼 貌

眼下，即使不是百分之百的人，也是绝大多数的人，都抱怨现在社会上不讲礼貌。这完全有事实做根据的。前许多年，当时我腿脚尚称灵便，出门乘公共汽车的时候多，几乎每一次我都看到在车上吵架的人，甚至动武的人，起因都是微不足道的：你碰了我一下，我踩了你的脚，如此等等。试想，在拥拥挤挤的公共汽车上，谁能不碰谁呢？这样的事情也值得大动干戈吗？

曾经有一段时间，有关的机关号召大家学习几句话："谢谢！""对不起！"等等，就是针对上述的情况而发的。其用心良苦，然而我心里却觉得不是滋味。一个有五千年文明的堂堂大国竟要学习幼儿园孩子们学说的话，岂不大可哀哉！

有人把不讲礼貌的行为归咎于新人类或新新人类。我并无资格成为新人类的同党，我已经是属于博物馆的人物了。但是，我却要为他们打抱不平。在他们诞生以前，有人早著了先鞭。不过，话又要说回来。新人类或新新人类确实在不讲礼貌方面有所创造，有所前进，他们发扬光大这种并不美妙的传统，他们（往往是一双男女）在光天化日之下，车水马龙之中，拥抱接吻，旁若无人，洋洋自得，连在这方面比较不拘细节的老外看了都目瞪口呆，惊诧不已。古人说："闺房之内，有甚于画眉者。"这是两口子的私事，谁也管不着。但这是在闺房之内的事，现在竟几乎要搬到大街上来，虽然还没有到"甚于画眉"的水平，可是已经很可观了。新人类还要新到什么程度呢？

如果一个人孤身住在深山老林中，你愿意怎样都行。可我们是处在社会中，这就要讲究点人际关系。人必自爱而后人爱之。没有礼貌是目中无人的一种表现，是自私自利的一种表现，如果这样的人多了，必然产生与社会不协调的后果。千万不要认为这是个人小事而掉以轻心。

现在国际交往日益频繁，不讲礼貌的恶习所产生的恶劣影响，已经不局限于国内，而是会流布全世界。前几年，我看到过一个什么电视片，是由一个意大利著名摄影家拍摄的，主题是介绍北京情况的。北京的名胜古迹当然都包罗无遗，但是，我的眼前忽然一亮：一个光着膀子的胖大汉骑自行车双手撒把，作打太极拳状，飞驰在天安门前宽广的大马路上，给人的形象是野蛮无礼。这样的形象并不多见，然而却没有逃过一个老外的眼光。我相信，这个电视片是会在全世界都放映的。它在外国人心目中会产生什么影响，不是一清二楚了吗？

最后，我想当一个文抄公，抄一段香港《大公报》上的话："富者有礼高贵，贫者有礼免辱，父子有礼慈孝，兄弟有礼和睦，夫妻有礼情长，朋友有礼义笃，社会有礼祥和。"

2001年1月29日

同胞们说话声音放低一点

这是多么怪的问题。

但是请先冷静一下，别先进行批判。听我慢慢道来。

先举例子。事实胜于雄辩嘛。

好多年前，我在《参考消息》上读到中国一个小有名气的音乐家，是什么院长，率领一个音乐家代表团到澳大利亚去访问。当然是住在高级饭店里。不久住同一楼的外籍人士就反应，他们要搬家。因为住同一层楼的中国客人说话声音实在太高，让人无法忍受。

我在德国的时候，一对中国夫妇生的一个小女孩，大概三岁了吧。一天忽然对父母说：Ihr zankt（你们吵架）。大概父母尚保留"国习"，而女孩则由德国保姆带大，对"国习"很不习惯了。

我初到德国时，在柏林待了几个礼拜。我很少到中国饭馆去吃饭。因为此处是蒋宋孔陈冯居等要人的纨绔子弟或千金小姐会聚的地方。这批人我不敢说都不念书。但是，如果说，绝大部分不念书则是名副其实的。中国餐馆就是他们聚会之处。每到开饭时，一进门，一股乌烟瘴气，扑面而来。里面人声鼎沸，呱嗒嘴的声音，仿佛是给这个大混乱敲着鼓点。这情况在国内司空见惯，不图又见于异域柏林。我在大吃一惊之余，赶快逃走，另找一个德国饭馆去吃饭。

年来多病，频频住院。按道理说，医院是最需要肃静的地方。然而在住的医院中，男大夫们往往说话声音极高，护士们是女孩子，说话轻声细语。

我个人认为，说话是传递思想必要的工具。说话声音高到只要让对方（聋子除外）听懂就行了，不必要求每个人都是帕瓦罗蒂。

指责中国人民陋习的文章，古今中外，所在都有。有的是真正的陋习，如随地吐痰。有的也出于偏见。但是，不管有多少陋习，也无法掩去中华民族之伟大。可是，话又说了回来，有陋习，改掉之，不更能显出我们民族的伟大吗？

陋习的种类极多极多。不过把说话声音高也算作陋习，过去却没有见过。有之自不佞始。

2003年6月14日

公德（一）

什么叫"公德"？查一查字典，解释是"公共道德"。这等于没有解释。继而一想，也只能这样。字典毕竟不是哲学教科书，也不是法律大全。要求它做详尽的解释，是不切实际的。

先谈事实。

我住在燕园最北部，北墙外，只隔一条马路，就是圆明园。门前有清塘一片，面积仅次于未名湖。时值初夏，湖水潋滟，波平如镜。周围垂杨环绕。柳色已由鹅黄转为嫩绿，衬上后面杨树的浓绿，浓淡分明，景色十分宜人。北大人口中称之为后湖。因为僻远，学生来者不多，所以平时显得十分清净。为了有利于居住者纳凉，学校特安上了木制长椅十几个，环湖半周。现在每天清晨和黄昏，椅子上总是坐满了人。据知情人的情报，坐者多非北大人，多来自附近的学校，甚至是外地来的游人。

这样一个人间仙境，能吸引外边的人来，我们这里的居民，谁也不会反对，有时还会窃喜。我们家住垂杨深处，却如入芝兰之室，久而不闻其香。有外来人来共同分享，焉得而不知喜呢？

然而且慢。这里不都是芝兰，还有鲍鱼。每天十点，玉洁来我家上班时，我们有时候也到湖边木椅上小坐。几乎每次都看到椅前地上，铺满了瓜子皮、烟头，还有不同颜色的垃圾。有时候竟有饭盒的残骸，里面吐满了鸡骨头和鱼刺。还有各种的水果皮，狼藉满地，看了令人头痛生厌，屁股再也坐不下去。有一次我竟看到，附近外国专家招待所的一对外国夫妇，手持塑料袋和竹夹，在椅子前面，弯腰曲背，捡地上的垃圾。我们的脸腾地一下子红了起来。看了这种情况，一个稍有公德心的中国人，谁还能无动于衷呢？我于是同玉洁约好：明天我们也带塑料袋和竹夹子来捡垃圾，企图给中国人挽回一点面子。捡这些垃圾并不容易。大件的好办，连小件的烟头也并不困难。最难捡的是瓜子皮，体积小而薄，数量多而广，吐在地上，脚一踩，就与泥土合二而一，一个个地从泥土中抠出来，真是煞费苦心。捡不多久，就腰酸腿痛，气喘吁吁了。本来是想出来纳凉的，却带一身臭汗回家。但我们心里却是高兴的，我们为我们国家做了一件小到不能再小的事情。此外，我们也有"同志"。一位邻居是新华社退休老干部。他同我们一样，对这种现象看不下去。有一次，我们看到他赤手空拳、搜捡垃圾。吾道不孤，我们更高兴了。

中华民族是伟大的民族，这一点，全世界谁也不敢否认。可是，到了今天，由于种种原因，一部分人竟然沦落到不知什么是公德，实在是给我们脸上抹黑。现在许多有识之士高呼提高人民素质，其中当然也包括道德素质。这实在是当务之急。

2002年5月28日

公德（二）

标题似乎应作"风化"，但是，因为第一，它与《公德（一）》所谈到的湖边木椅有关；第二，在这里，"有伤风化"与"有损公德"实在难解难分，因此仍作《公德》，加上一个（二）字。

话题当然要从木椅谈起。木椅既是制造垃圾的场所，又是谈情说爱的胜地。是否是同一批人同时并举，没有证明，不敢乱说。

在光天化日之下，大庭广众之中，亲人们，特别是夫妇们由于某种原因接一个吻，在任何文明国家中都允许的，不以为怪的。在中国古代，是不行的，这大概属于"非礼"的范围。

可是，到了今天，中国"现代化"了。洋玩意儿不停地涌入，上述情况也流行起来。这我并不反对。不过，我们中国有一部分人，特别是青年人，一学习外国，就不但是"弟子不必不如师"，而且有出蓝之誉。要证明嘛，远在天边，近在眼前，就在燕园后湖边木椅子上。

经常能够看到，在大白天，一对或多对青年男女，坐在椅子上。最初还能规规矩矩，不久就动手动脚，互抱接吻，不是一个，而是一串。然后，一个人躺在另外一个的怀里，仍然是照吻不已。最后则干脆一个人压在另一个的身上。此时，路人侧目，行者咋舌，而当事人则天上天下，唯我独尊，岿然不动，旁若无人。招待所里住的外国专家们大概也会从窗后外窥，自愧不如。

汉代张敞对宣帝说："闺房之内，夫妇之私，有过于画眉者。"但那是夫妇之间暗室里的事情。现在移于光天化日之下，岂能不令人吃惊！我不是说，在白天椅子上竟做起了闺房之内的事情来。但我们在捡垃圾时确实捡到过避孕套。那可能是夜间留下的，我现在不去考证了。

燕园后湖这一片地方，比较僻静。有小山蜿蜒数百米，前傍湖水，有茂林修竹，绿草如茵。有些地方，罕见人迹。真正是幽会的好地方。傍晚时见对对男女青年，携手搂腰，迤逦走过，倩影最终消失在绿树丛中。至于以后干些什么，那只能意会，而不必言传了。

一天晚上，一位原图书馆学系退休的老教授来看我，他住在西校门外。如果从我家走回家，应该出门向右转，走过我上面讲的那一条倚山傍湖的小径。但他却向左转，要经过未名湖，走出西门，这要多走好多路。我怪而问之。他说，之所以不走那一条小路，怕惊动了对对的野鸳鸯。对对者，不止一对也，我听了恍然大悟，立即想起了我们捡垃圾时捡到的避孕套。

故事讲完了，读者诸君以为这是"有伤风化"呢？还是"有损公德"？恐怕是二者都有吧。

2002 年 5 月 29 日

公德(三)

已经写了两篇《公德》,但言犹未尽,再添上一篇。

改革开放以来,我国经济发展了,人民生活水平提高了,钱包鼓起来了。于是就要花钱。花钱花样繁多,旅游即其中之一。于是空前未有的旅游热兴起来了。国内的泰山、长城、黄山、张家界、九寨沟、桂林等逛厌了,于是出国,先是新、马、泰,后又扩大到欧美。大队人马出国旅游,浩浩荡荡,猗欤休哉!

我是赞成出国旅游的。这可以开阔人们的眼界,增长人们的见识,有百利而无一弊。而且,我多年来就有一个想法:西方人对中国很不了解。他们不懂"士别三日,当刮目相看"的道理,至今仍顽固抱住"欧洲中心主义"不放。这大大地不利于国际的相互了解,不利于人民之间友谊的增长。所以我就张皇"送去主义",你不来拿,我就送去。然而送去也并不容易。现在中国人出国旅游,不正是送去的好机会吗?

然而,一部分中国游客送出去的不是中国文化,不是精华,而是糟粕。例子繁多,不胜枚举。我干脆做一次文抄公,从《参考消息》上转载的香港《亚洲周刊》上摘抄一点,以概其余。首先我必须声明一下,我不同意该刊"七宗罪"的提法。这只是不顾国格,不讲公德,还不能上纲到"罪"。这七宗是:

第一宗:脏。不讲公德,乱扔垃圾。拙文《公德(一)》讲的就是这个问题。

第二宗：吵。在飞机上，在火车上，在餐厅中，在饭店里，大声喧哗。

第三宗：抢。不守规则，不讲秩序，干什么都要抢先。

第四宗：粗。不懂起码的礼貌，不会说："谢谢！""对不起。"

第五宗：俗。在大饭店吃饭时，把鞋脱掉，赤脚坐在椅子上，或盘腿而坐。

第六宗：窘。穿戴不齐，令人尴尬。穿着睡衣，在大饭店里东奔西逛。

第七宗：泼。遇到不顺心的事，不但动口骂人，而且动手打人。

以上七宗，都是极其概括的。因为，细说要占极多的篇幅。不过，我仍然要突出一"宗"，这就是随地吐痰，我戏称之为"国吐"，与"国骂"成双成对。这是中国相当大一部分人的痼疾，屡罚不改。现在也被输出国外，为中国人脸上抹黑。

处在这种情况下，我们应该怎么办呢？想改变以上几种弊端，是长期的工作，国内尚且如此，何况国外。我们决不能因噎废食，停止出国旅游。出国旅游还是要继续的。能否采取一个应急的办法：在出国前，由旅游局或旅行社组织一次短期学习，把外国习惯讲清，把应注意的事项讲清。或许能起点作用。

2002 年 5 月 30 日

公德（四）

已经写了三篇《公德》，但仍然觉得不够。现在再写上一篇，专门谈"国吐"。

随地吐痰这个痼疾，过去已经有很多人注意到了。记得鲁迅在一篇杂文中，谈到旧时代中国照相，常常是一对老年夫妇，分坐茶几左右，几前置一痰桶，说明这一对夫妇胸腔里痰多。据说，美国前总统访华时，特别买了一个痰桶，带回了美国。

中国官方也不是没有注意到这个现象。很多年以前，北京市公布了一项罚款的规定：凡在大街上随地吐痰者，处以五毛钱的罚款。有一次，一个人在大街上吐痰，被检查人员发现，立刻走过来，向吐痰人索要罚款。那个人处变不惊，立刻又吐一口痰在地上，嘴里说："五毛钱找钱麻烦，我索性再吐上一口，凑足一元钱，公私两利。"这个故事真实性如何，我不是亲身经历，不敢确说，但是流传得纷纷扬扬，我宁信其有，而不信其无。

也是在很多年以前，北大动员群众，反击随地吐痰的恶习。没有听说有什么罚款。仅在学校内几条大马路上，派人检查吐痰的痕迹，查出来后，用红粉笔圈一个圆圈，以痰迹为中心。这种检查简直易如反掌，隔不远，就能画一个大红圈。结果是满地斑斓，像是一幅未来派的图画。

结果怎样呢？在北京大街上照样能够看到和听到，左右不远，有人吭、咔一声，一团浓痰飞落在人行道上，熟练得有如大匠运斤成风，北大校园内也仍然是痰迹斑驳陆离。

我们中华民族是伟大的民族，是英勇善战的民族，我们能够以弱胜强，战胜了武装到牙齿的外敌和国内反动派，对像"国吐"这样的还达不到癣疥之疾的弊端竟至于束手无策吗？

更为严重的是，最近几年来，国际旅游之风兴。"国吐"也随之传入国外。据说，我们近邻的一个国家，为外国游人制定了注意事项，都用英文写成，独有一条是用汉文："请勿随地吐痰！"针对性极其鲜明。但却决非诬蔑。我们这一张脸往哪里摆呀！

治这样的顽症有办法没有呢？我认为，有的。新加坡的办法就值得我们参考。他们用的是严惩重罚。你要是敢在大街上吐一口痰，甚至只是丢一点垃圾，罚款之重让你多年难忘。如果在北京有人在大街上吐痰，不是罚五毛，而是罚五百元，他就决不敢再吐第二口了。但这要有两个先决条件：一是耐心的教育，不厌其烦地说明利害，苦口婆心。二是要有国家机关、法院和公安局等的有力支持，决不允许任何人耍赖。实行这个办法，必须持之以恒，而且推向全国。用不了几年的时间，"国吐"这种恶习就可以根除。这是我的希望，也是我的信念。

2002 年 6 月 4 日

家国情怀

季羡林

中国的民族性

我一向认为，世界上不同的民族都有不同的民族性。那么，我们中华民族怎样呢？我们中华民族当然不能例外。

中华民族是一个伟大的民族，勤劳、勇敢、智慧，对人类作出了巨大的贡献。这是谁也否认不掉的。我自以生为中国人为荣，生为中国人自傲。如果真正有轮回转生的话，我愿生生世世为中国人。

但是——一个很大的"但是"，环视我们四周，当前的社会风气，不能说都是尽如人意的。有的人争名于朝，争利于市，急功近利，浮躁不安，只问目的，不择手段。大抢大劫，时有发生；小偷小摸，所在皆是。即以宴会一项而论，政府三令五申，禁止浪费；但是令不行，禁不止，哪一个宴会不浪费呢？贿赂虽不能说公行，但变相的花样却繁多隐秘。我很少出门上街；但是，只要出去一次，必然会遇到吵架斗殴的。在公共汽车上，谁碰谁一下，谁踩谁一脚，这是难以避免的事，只须说上一句："对不起！"就可以化干戈为玉帛；然而，"对不起！""谢谢！"这样的词儿，我们大多数人都不会说了，必须在报纸上大力提倡。所有这一切，同我国轰轰烈烈、红红火火的伟大建设工作，都十分矛盾，十分不协调。同我们伟大民族的光荣历史，更是非常不相称。难道说我们这个伟大民族"撞"着什么"客"了吗？

鲁迅先生是最热爱中华民族的，他毕生用他那一支不值几文钱的"金不换"剖析中国的民族性，鞭辟入里，切中肯綮，对自己也决不放过。当你被他刺中要害时，在出了一身冷汗之余，你决不会恨他，而是更加爱他。可是他的努力有什么结果呢？到了今天，已经"换了人间"，而鲁迅点出的那一点缺点，不但一点也没有收敛，反而有增强之势。

有人说，这是改革开放大潮社会转轨之所致。我看，恐怕不是这个样子。前几年，我偶尔为写《糖史》搜集资料读到了一本19世纪中国驻日本使馆官员写的书，里面讲到这样一件事。这一位新到日本的官员说：他来日本已经数月，在街上没有看到一起吵架的。一位老官员莞尔而笑，说：我来日本已经四年，也从来没有看到一起吵架的。我读了以后，不禁感慨万端。不过，我要补充一句：日本人彬彬有礼，不吵架，这十分值得我们学习。对广大日本人民来说，这是完全正确的。但是对日本那一小撮军国主义侵略分子来说，他们野蛮残暴，嗜血成性，则完全是另一码事了。

不管怎样，中国民族性中这一些缺点，不自改革开放始，也不自建国始，更不自鲁迅时代始，恐怕是古已有之的了。我们素称礼义之邦，素讲伦理道德，素宣扬以夏变夷；然而，其结果却不能不令人失望而且迷惑不解。难道我们真要"礼失而求诸野"吗？这是我们每一个中国人所面临的而又必须认真反省的问题。

1998年7月16日

长城与中华民族的民族性

我觉得，真正的爱国主义是一不允许别的国家侵略自己，二是也决不侵略别的国家，所以我说，真正的爱国主义与国际主义是密切相连的。

我讲这些话同长城有什么关系呢？同我讲的真正的爱国主义又有什么关系呢？我认为，二者之间有密切的联系。

既然中国在几千年的历史上时时都有外敌，应付的方法只有两种：一种是不顾自己人民的死活，当然更不顾敌方人民的死活，破釜沉舟，与敌人血战，争个你死我活。一种是防御退避，尽量挡住外敌的入侵，让自己的人民过上太平的日子。中国人在几千年中所采取的对策基本上是后者，是第二种：防御退避。

长城就是这种政策的最具体的表现。

如果还不明白的话，我可以举一个近代的欧洲的例子。法国为了防御入侵，费了极大的力量，花了极多极多的钱，用了很多年的时间，修筑了举世闻名的马其诺防线。但是希特勒等法西斯头子，侵略成性，他决不会修什么防线，而是处心积虑，只想进攻，只想侵略，只想杀人。我并无意谴责德国人民。我只是说，法西斯头子是侵略成性，至于德国人民，他们同法国人民一样，也是爱好和平的民族。

讲到这里，我的主题已经非常清楚了：中华民族由于爱好和平成性，才在极长的历史时期，一个朝代接一个朝代，在北方修筑了万里长城，成为世界上的奇迹。长城充分地体现了中华民族爱好和平的本性。这并不是我作为一个中国人的自吹自擂，理智和常识会告诉任何一个国家的人：这是事实。

今天我们正处在 20 世纪的世纪末。大家都看到了，全世界多处战火飞腾，有些国家的人民处于水深火热之中。这个事实是完全违反全世界爱好和平的人民的意愿的。我们中华民族本着我们根深蒂固的爱好和平的民族性，热烈拥护和平。我们的社会制度决定了我们决不会侵略别人。但是，我们也决不能容忍别人侵略自己。我们现在开这样一个会，其目的无非是促进友谊，促进了解，促进合作，促进和平，为中国人民造福，为世界各国人民造福。我相信，这是今天到会的各国代表们的共识。让我们共同携手前进，为了一个共同的目标而努力吧。

1994 年 9 月 6 日

我们的民族性出了问题

我以前最讨厌"危机"两个字。我以为,使用这两个字的人,至少有一部分是危言耸听。但是,最近一段时间以来,我改变了想法,而且是来了一个180度的大转变。我觉得,我们眼前面对着的社会,其中的"危机",也包括文化危机在内,比任何"危机"都更"危机"——我们的民族性出了问题。

民族性当然不是一朝一夕所能形成的,是几百年甚至几千年逐渐积淀起来的。我们的民族性里面当然也积淀了一些好东西;但是不好的、有害的东西,其数量不少,其危害极大。犯罪的情况是任何时代任何社会都有的。有一点,用不着大惊小怪。但是,像中国现在这样,大规模地制造假农药、假种子、假化肥,一旦使用,将流毒千百万亩耕地,影响千百万人民的生命,这却决非小事了。至于偷窃农村的变压器,割掉电线,其影响农业生产,决不是小规模的。还有集体地、明目张胆地砍伐山上的树林,使长江变成黄河。这不但流毒眼前,而且影响后世子孙。这样的事情,报纸上披露的还少吗?再看我们社会风气之坏,一些人道德水平之低,这简直不像是一个有文化的民族,说这样一批人是野蛮民族,难道还算过分吗?

鲁迅当年指出的我们民族性中的很多问题,至今不但没有改变,还大有变本加厉之势。真不能不令人忧心忡忡。我有时甚至有病入膏肓之感,甚至感到自己身上也有鬼气,真使我不寒而栗。我希望，我们在讨论文化危机之余，抽出一点时间，看一看，想一想我上面提出来的问题。听说王元化先生主张彻底批判旧文化，我是赞成的。但是，根据过去40年的经验，我又怀疑批判的用处。万应灵药，我眼前是没有的。

1988年12月29日

沧桑阅尽话爱国

我1946年回到北大任教,至今有53年是在北大度过的。在北大53年间,我走过的并不是一条阳光大道。有光风霁月,也有阴霾漫天;有"山重水复疑无路",也有"柳暗花明又一村"。一个人只有一次生命,我不相信什么轮回转生。在我这仅有的可贵的一生中,从"春风得意马蹄疾"的少不更事的青年,一直到"高堂明镜悲白发"的耄耋之年,我从未离开过北大。追忆我的一生,"虽九死其犹未悔",怡悦之感,油然而生。

前几年,北大曾召开过几次座谈会,探讨的问题是:北大的传统到底是什么?参加者很踊跃,发言也颇热烈。大家的意见不尽一致。我个人始终认为,北大的优良传统是根深蒂固的爱国主义。

倘若仔细分析起来,世上有两类截然不同的爱国主义。被压迫、被迫害、被屠杀的国家和人民的爱国主义是正义的爱国主义,而压迫人、迫害人、屠杀人的国家和人民的"爱国主义"则是邪恶的"爱国主义",其实质是"害国主义"。远的例子就不用举了,只举现代的德国的法西斯和日本的军国主义侵略者,就足够了。当年他们把"爱国主义"喊得震天价响,这不是"害国主义"又是什么呢?

而中国从历史一直到现在的的爱国主义则无疑是正义的爱国主义。我们虽是泱泱大国,实际上从先秦时代起,中国的"边患"就连绵未断。一直到今天,我们也不能说,我们毫无"边患"了，可以高枕无忧了。

历史事实是，绝大多数时间，我们是处在被侵略的状态中。在这样的情况下，我们中国在历史上涌现的伟大的爱国者之多，为世界上任何国家所不及。汉代的苏武，宋代的岳飞和文天祥，明代的戚继光，清代的林则徐等等，至今仍为全国人民所崇拜，至于戴有"爱国诗人"桂冠的则不计其数。唯物主义者主张存在决定意识，我们祖国几千年的历史这个存在决定了我们的爱国主义。

在古代，几乎在所有国家中，传承文化的责任都落在知识分子的肩上。在欧洲中世纪，传承者多半是身着黑色长袍的神父，传承的地方是在教堂中。在印度古代，文化传承者是婆罗门，他们高居四姓之首。东方一些佛教国家，古代文化的传承者是穿披黄色袈裟的佛教僧侣，传承地点是在僧庙里。中国古代文化的传承者是"士"。传承的地方是太学、国子监和官办以及私人创办的书院。在世界各国文化传承者中，中国的士有其鲜明的特点。早在先秦，《论语》中就说过："士不可以不弘毅，任重而道远。"士们俨然以天下为己任，天下安危系于一身。在几千年的历史上，中国知识分子的这个传统一直没变，后来发展成为"天下兴亡，匹夫有责"。后来又继续发展，一直到了现在，始终未变。

不管历代注疏家怎样解释"弘毅"，怎样解释"任重道远"，我个人认为，中国知识分子所传承的文化中，其精髓有两个鲜明的特点：一个是爱国主义，一个就是讲骨气、讲气节。换句话说，也就是在帝王将相的非正义的面前不低头；另一方面，在外敌的斧钺面前不低头，"威武不能屈"。苏武和文天祥等等一大批优秀人物就是例证。这样一来，这两个特点实又有非常

在世界各国文化传承中,中国的士以天下为己任,将天下安危系于一身,践行"士不可以不弘毅,任重而道远"之训。季羡林自谓"爱国不敢人后",曾于1954年、1959年、1964年、1978年先后当选为第二、三、四、五届全国政协委员,1983年当选为全国人大常委。图为1983年4月季羡林在人民大会堂前留念。

密切的联系了，其关键还是爱国主义。

中国的知识分子有源远流长的爱国主义传统，是世界上哪一个国家也不能望其项背的。尽管眼下似乎有一点背离这个传统的倾向，例证就是苦心孤诣千方百计地想出国，有的甚至归化为"老外"不归。我自己对这个问题的看法是：这只能是暂时的现象，久则必变。就连留在外国的人，甚至归化了的人，他们依然是"身在曹营心在汉"，依然要寻根，依然爱自己的祖国。何况出去又回来的人渐渐多了起来呢？我们对这种人千万不要"另眼相看"，也不要"刮目相看"。只要我们国家的事情办好了，情况会大大地改变的。至于没有出国也不想出国的知识分子占绝对的多数。如果说他们对眼前的一切都很满意，那不是真话。但是爱国主义在他们心灵深处已经生了根，什么力量也拔不掉的。甚至泰山崩于前，迅雷震于顶，他们会依然热爱我们这伟大的祖国。这一点我完全可以保证。对广大的中国老、中、青知识分子来说，我想借用一句曾一度流行的，我似非懂又似懂的话：爱国没商量。

我生平优点不多，但自谓爱国不敢后人。即使把我烧成了灰，我的每一粒灰也还会是爱国的，这是我的肺腑之言。

1999 年

无敌国外患者国恒亡

这是一句颇常引用的古语,一般人很难理解透彻的。试想一个国家,不管是历史上的,还是现在的,外无敌国外患,边境一片平静,内则人民和睦,政治清明,民康物阜,不思忧患,这难道不是人间乐园吗?

然而,一部人类历史却证明了另外一个真理。人们嘴里常说的一些俗话,也证明了另外一种情况。常言道:"人无远虑,必有近忧。"这一句简单明了的话,几乎每个人都有这种经验。至于一个国家,例子也可以举出一些来。唐明皇时代经过了开元、天宝之治,天下安康,太仓里的米都多得烂掉。举国上下,忘乎所以。然而"渔阳鼙鼓动地来",唐明皇仓皇逃蜀,杨贵妃自缢马嵬,几乎亡了国。安禄山是胡人,现在胡人已多半融入中华民族大家庭中,当时却只能算是敌国。明皇的朝廷上下缺少了敌国外患的忧患意识,结果是皇帝被囚废,人民遭了大殃。对我们来说,这实在是一面明镜,也充分证明了"无敌国外患者国恒亡"这个真理。

当前,我国人民,在改革开放以来,生产有了发展,生活有了提高;但是,根据我的观察和我自己的亲身体验,忧患意识却大大地衰退,衰退到快要消失的地步。有的人争名于朝,争利于市,好像是真正天下太平,可以塞高了枕头,酣然大睡了。

从国际上来看,原来的两个超级大国只剩下了一个,它已忘乎所以，以国际警察自命，到处挥舞大棒，干涉别人的内政。但是，一些人，包括我自己在内，下意识里认为，大棒反正不敢挥舞到我们头上来，我们一点忧患意识也用不着有了，心安理得地大唱卡拉OK，大吃麦当劳。环顾世界，怡然自得。

然而，正在这千钧一发的关头上，宛如石破天惊一般，以美国为首的北约，竟敢冒天下之大不韪，用导弹轰炸了我们的驻南使馆，造成了人员伤亡，房舍破坏。这本是一件极坏的事情；然而，坏事变成了好事，一声炸弹响，震醒了我们这些酣睡的人们，震清了我们的脑袋瓜，使我们憬然省悟，世界原来并不和平，敌国外患依然存在。这一声炸弹震醒了我们的忧患意识，使我们举国上下奋发图强，同仇敌忾，团结更加强固，这大大有利于我们国家的进步与建设。

现在回到本文的标题上，我们真不得不从内心深处感激我们的古人。他们充满了辩证思维，显示了无比的智慧。我想，我们全体炎黄子孙都会为此而感到无尚的骄傲的。

1999年5月13日

再谈爱国主义

爱国主义这样一个题目,不知道有多少人写了文章,做过发言。我自己在过去的一些文章中也曾谈到过这个题目。如果说我对这个题目有什么贡献的话,那就是,我曾指出来,不要一看爱国主义就认为是好东西。爱国主义有两种:一种是正义的爱国主义,一种是邪恶的爱国主义。日寇侵华时中日两国都高呼爱国,其根本区别就在于一个是正义的,一个是邪恶的。如果有人已经做过这样的论断,那就怪我老朽昏庸,孤陋寡闻,务请普天下大方家原谅则个。

我既不是哲学家,也不是思想家,但好胡思乱想。俗话说:愚者千虑,必有一得。我希望,这一句话能在我身上兑现。简短直说,我想从国籍这个角度上来探讨爱国主义。按现在的国际惯例,每个人都必须有一个国籍。听说有人有双国籍,情况不明,这里不谈。国际法大概允许无国籍。"二战"期间,我滞留德国。中国南京汪伪政府派去了大使。我是绝对不能与汉奸沾边的,我同张维到德国警察局去宣布自己无国籍。

爱国的国字,如果孤立起来看,是一个模糊名词。哪里的国?谁的国?都不清楚。但是,一旦同国籍联系在一起,就十分清楚了。国就是这个国籍的国。再讲爱国的话,指的就是爱你这个国籍的国。

如果一个国家热爱和平,决不想侵略、剥削、压迫、屠杀别的国家,愿意同别的国家和平共处,这样的国家是值得爱的，非爱不行的。这样的爱国主义就是我上面所说的正义的爱国主义。反之，如果一个国家，特别是它的领导人，专心致志地侵略别的国家，征服别的国家，最终统一全球，天上天下，唯我独尊，这样的国家是绝对不能爱的，爱它就成了统治者的帮凶。爱国主义与国际主义是相通的，是互有联系的。保卫世界和平是两者共同的愿望。

要举具体的例子嘛，就在眼前。二战期间，西方一个德国，领袖是希特勒。东方一个日本，头子是东条英机。两国在屠杀别国人民的时候，都狂呼爱国主义。这当然就是我上面所说的邪恶的爱国主义。两个国家，两个头子的下场是众所周知的。

这种情况已经是俱往矣。然而到了今天，居然还有一个大国，亦步亦趋地步希特勒、东条英机的后尘，手舞大棒，飞扬跋扈，驻军遍世界，航空母舰游弋于几大洋。明明知道，别的国家是不可能从外面进攻它的，却偏搞什么导弹防御系统。任何国家屁大的事，它都要过问。不经过它的批准，就是非圣无法。联合国它根本看不起，它就是天下的主人。

有这个国家国籍的人们的爱国主义怎样表现？这个国家，特别是它的领导人值不值得爱？这是有这个国家国籍的人们要慎重考虑的问题。我一个局外人不敢越俎代庖。

2002 年 12 月 27 日

充满了信心，迎接1955年

中国解放已经五年多了，每到旧年结束新年开始回顾过去的时候，我总觉得过去一年生活很充实，比以往的任何一年都更充实。五年以来，年年如此，今年也不例外。

为什么有这样的感觉呢？说起来可就话长了。我们先从眼前的事物说起吧！今年夏天，我们学校的印度教员陪一位访问中国的印度朋友参观校园。走到离他们宿舍不远的地方，我们的印度教员忽然感觉像是迷了方向，眼前矗立着一座崭新的、他们从没有注意到的金碧辉煌的大楼，仿佛是魔术师一夜之间从地里面咒出来似的挺立在那里。印度朋友们都大为吃惊。他们吃惊的是中国人民建设的能力和建设的速度。他们再三说：假如不是亲眼看到，亲身经验到，无论谁也不会相信这是事实。

这是一件小事情，但是因小可以见大。我们的学校这样，我们人民的首都——北京也是这样。只要我一个星期不进城，再进城就会发现沿途有一些地方变了样子。再扩大一下范围，我们全国各地也都是这样。我们不是天天在报上读到各地建设的消息吗？我们全国人民一齐努力，为和平而建设，为社会主义而建设。我们修建学校、医院、工厂、文化宫；我们也修建巨大的水利工程，修建铁路。一切有利于人民的，有利于和平的我们都修建。过去一年内，我们就修建了不知多少。我说过去一年的生活是空前地充实，难道不是普遍的感觉吗？

但是，这不过是一方面。在其他方面，我们也获得了空前的成就。全国人民代表大会召开了，新的国家领导工作人员选举出来了，保证我们胜利地完成过渡时期的任务的根本大法《中华人民共和国宪法》制订了，我们以五大国之一的身份出席了日内瓦会议，我们的国际地位大大地提高了。这一点大概远在国外的华侨同胞更容易感觉到。谁还会否认我们过去在一年内的生活特别充实这个事实呢？

三年多以前，我听过一位负责同志的报告，他说的几句话我永远不会忘记。他说："中华民族是勤劳、勇敢，具有高度智慧的民族。过去受了封建主义和帝国主义的压迫，力量都潜藏着没有发挥出来。毛主席就像是一把钥匙，他一开，我们的力量都给他开出来了。"这几句话虽是一个比喻，但却是真理，我们中国人民现在之所以能蓬蓬勃勃像生龙活虎一般从事于各种建设事业，使我们的祖国天天在改变着面貌，我们之所以能取得上面那些胜利，是和毛主席和中国共产党的领导分不开的。有了这样的领导，再加上全国人民的努力，我们一定能建设成社会主义社会，这就是我自己，也就是全国人民在这新旧年交替时所想到的。

伟大的1954年过去了，1955年将会带给我们更辉煌、更伟大的胜利。在这新的一年内，我们的生活将会比过去的一年更充实。我充满了信心，迎接1955年。

1954年11月

为我们伟大的节日而欢呼

伟大的国庆节就要来到了。我们全国人民、全体华侨都将为这个普天同庆的节日而欢呼。我们虽然一年一度地庆祝国庆，但是每年的意义都不相同。这就说明，我们的祖国每年都有新的成就，它正在我们的人民政府和毛主席的领导之下日新月异地向着光辉灿烂的社会主义社会迈进。每一个国庆都是前进的路上的一个新的里程碑。

在过去一年我们有哪些成就呢？我们的成就是说也说不完的。在工业和农业方面，规模宏大的新厂建立起来了，丰富的资源被发现了，铁路线延长了，水库修成了，荒地开垦了，产量普遍提高了。在文化教育方面，教学改革有了新的进展，科学研究工作普遍展开了，为国家建设培养干部的质量和数量都有所提高。我们在任何方面都有了进步，有了光辉的成就。至于我们身边又添了几座大楼，修了几条新的马路，那更是司空见惯，谁也不会再觉得奇怪了。

假如要我们说出一件突出的事情，谁也立刻就会想到第一届全国人民代表大会第二次会议通过的第一个五年计划。这第一个五年计划是为我们社会主义工业化和社会主义改造事业创建基础的发展国民经济的计划。这个计划的提出给全国人民明确地指出了努力的方向。它有无比重要的意义。自从这个伟大的计划公布以后，全国各地各阶层的人民都欢欣鼓舞，劳动热情空前地提高，纷纷表示决心，要提前实现这个计划。在今后几年内，它将会成为我们工作的主要动力。

以上谈的是国内的情形。国际上的情形怎样呢？我们在过去一年内在国际上同样获得极其光辉的成就。去年夏天周恩来总理访问印度和缅甸的时候，同印度总理尼赫鲁和缅甸总理吴努先后共同发表了和平共处的五项原则，并且首先把这些原则应用于中印、中缅关系之中。从那时以后，中国同印度、缅甸和印度尼西亚的关系就成为世界上不同社会制度的国家和平共处的范例。铁一般的事实证明了帝国主义分子宣传的那一套全是谎话。今年4月周恩来总理亲自出席了亚非会议。他抱着真诚坦白的态度，坚持求同存异的原则，同亚洲和非洲的二十几个国家的领导人物会谈，终于使亚非会议获得最后的胜利。虽然在会议文件的辞句上没有用五项原则，实际上五项原则的精神在这个会议上也得到贯彻。许多以前不了解新中国甚至对新中国有某些误解的国家都开始了解了新中国。即使还没有建立正常的外交关系，我们同许多国家都成了朋友。埃及就是一个显著的例子。

要想详细叙述过去一年内我们和平外交政策的成就是需要很多篇幅的。我们在这里只能极简略地谈一下。侨胞们身处国外，一方面关心国内的建设；另一方面也同样关心我们的国际关系的进展，这样谈一谈还是非常有必要的。一谈到国际关系，恐怕我们首先想到的就是埃及。解放后，我们同埃及一直还没有建立正常的外交关系。但是在过去一年内，埃及部长级的领导人物却曾两度访华；第一次是宗教事务部长艾哈迈德·哈萨尼·巴库尔，第二次是工商部长穆罕默德·阿卜·努赛尔。这充分说明了中埃两国的友谊日益增长。至于日本，过去一年内我们来往也很频繁。李德全、廖承志、雷任民、刘宁一都访问过日本。日本各阶层领导人物到中国来的更是不胜枚举。同我们的老朋友印度、缅甸、印度尼西亚的来往不用说是愈来愈多，我们同这些国家人民的友谊愈来愈厚。这三个国家的政府领袖都来访问过中国，受到中国政府和人民的极热烈的欢迎。文化交流工作也加强了。以郑振铎为首的中国文化代表团曾于去年年底访问印度、缅甸，今年6月26日又到印度尼西亚去访问。以阿尼尔·库马尔·钱达为首的印度文化代表团也于今年6月8日来到我国，到全国各大城市去演出，都受到热烈的欢迎。

  一年的时间并不算长，但是现在我们回想起过去一年在各方面的成就来，就会觉得这一年还算不短。这样许多伟大光辉的成就难道真是在短短的一年内完成的吗？我们不相信什么奇迹，地球上一切事情都是人做出来的。过去一年内我们这些近于奇迹的成就就是中国六亿人民在人民政府和毛主席领导之下勤勤恳恳不屈不挠地做出来的。经过一年的愉快的劳动，现在我们又走了一个新的里程碑，我们发现，我们的生活愈来愈愉快，我们的前途愈看愈光明，我们愈来愈接近光辉灿烂的社会主义社会。谁能抑制住心头的愉快和兴奋呢？让我们为这伟大的节日而欢呼罢！

1955年9月

又是光辉的胜利的一年
——国庆日的感想

又是光辉的胜利的一年。

祖国的面貌在日新月异地改变着。

现在,在国庆日的时候,要想给过去的一年算一笔细账,对我来说,几乎是不可能的。因为每天都从各个战线上传来各种各样的胜利的消息——从工业战线上,从农业战线上,从科学研究的战线上,每天都有令人兴奋的消息,一年365天,天天这样,一时要让我从脑筋里把这些旧账都翻一遍,我实在不知道应该怎样下手。

但是,在过去365天内,我看到、听到或者读到这些令人兴奋的胜利时,我的心情的激动,却是在任何时候都能清晰地回忆起来而且描绘出来的。我现在每天都感觉到,生命愈来愈充实,愈来愈有意义了。

这是不是只是我一个人的感觉呢?我想不是的。因为我相信,每个人每天都有看到、听到或者读到祖国各方面伟大的胜利的幸福。就拿海外的侨胞来说吧!他们虽然身在海外,但是却心悬祖国,他们眼前看到的当然不是天安门,他们眼前可能是金光闪闪的佛塔,可能是茏葱苍翠的椰子林,可能是汪洋浩瀚的大海,也可能是四季如春的绿岛。眼前看到的尽管有所不同,心里想到的终归还是一样。他们也一定是每天都要从报纸上读到祖国建设的消息。他们也一定为了这些胜利的消息而欢欣鼓舞、而手舞足蹈。海外的侨胞同祖国的兄弟姐妹们,尽管相距百里、千里,甚至万里,但是我们的思想感觉是一样的,我们的心是挨得很近的。

前几天,我去看北京大学副校长汤用彤先生。我对这一位老人一向有很高的敬意。特别是在解放以后,他无形中给了我许多启发和教育。他对我们的党、我们的毛主席的热爱,对新社会一切伟大的成绩、一切可歌可泣的事迹的欢欣鼓舞,使我非常感动。这一天,我走进门,他正在同别人谈话。他谈的是他们的一个学生,这个学生不久以前来看过他。因为才从西藏回来,就谈到路上的情形。这个学生说,他坐着中国自己制造的解放牌的汽车,走过新开辟的公路,七八天的时间就从拉萨到了青海的省会。这位老人回忆起自己童年时走过这地方的情形,今昔一对比,高兴得站起来热烈地拥抱他的学生。他再三说:"我是很少拥抱人的。"然而这一次,他竟忍不住拥抱了。用不着多说,他的心情我们每个人都可以体会到。如果我们身处其境,我们不是也会不自主地站起来拥抱别人吗?

说实话,在现在的新中国,值得拥抱一下的事情也实在太多了。每天从工业战线上,从农业战线上,从科学研究的战线上传来的那一些大大小小各种各样的胜利的消息,都值得我们相互拥抱的。远的不必说了,只说近的吧!尽管今年许多地区有不同程度的自然灾害,但是南方许多省份稻米又获丰收;听到这样的消息不值得我们相互拥抱吗?祖国最大的河流长江几千年几万年以来,从来没有什么人能够在它身上架上一座桥。但是新中国的人竟有这个胆量。几天以前,第一列火车已经胜利地通过了长江大桥;听到这样的消息不值得我们相互拥抱吗?

这种事情真是俯拾即是，说也说不完的。在这国庆日的时候，我实在没有法子给过去一年的辉煌的胜利来算一笔细账。但是，有一点我是知道的，不管这些胜利是大是小，也不管它们是来自哪个方面，当我看到、听到或者读到的时候，我的心就经过一番震动；它们又带给我更大的信心，更多的勇气；我将工作得更带劲。祖国的面貌在日新月异地改变着。在这个伟大的工作里面，每一个劳动的中国人民都尽了一番力量。我自己也献出了自己的绵力。我坚决相信，在明年国庆节的时候，海外的侨胞们和国内的兄弟姐妹们，会看到、听到或者读到更光辉更伟大的胜利，我们祖国的面貌会改变得更迅速。

1957 年 9 月

血浓于水
——《中国的声音》主编寄语

香港回归,百年耻雪。普天同庆,四海共欢。古人说:天下大势,分久必合,合久必分。征之中国史籍,确有此理。但是,综观中国几千年的历史,总是合多而分少。这是中华民族的传统的凝聚力所决定的,不能作其他的解释。

明末葡人占澳门。清末英人据香港。50年前又有美人阻挠中国之统一,形成了大陆与台湾的分离。这些虽然都是大合中之小分,而其为分则一也。这都是违反中华民族大家庭的意愿的,也是为我们所不能长期忍受的。

现在,香港回归在即。这可以说是结束小分局面之滥觞,完全符合中国历史发展的规律,也完全顺应全中华民族之心愿。

在这个关键时刻,北京大学出版社积极筹措,出版了《中国的声音》这一部书,明确无误地、具体生动地表达了全体中华民族的声音。这真是顺天应时之举。在征稿过程中已经得到了海峡两岸的学人、香港学人、澳门学人,以及遍布全球的炎黄子孙的衷心赞赏与支持。只要看一看本书的目录,就立即可以看出:地无分南北,人无分老少,政无分国共,族无分大小,他们的声音都汇集到了一起,汇成了一无比响亮的声音,"上穷碧落下黄泉",能使魑魅战栗,能使魍魉现形:我们中国人民站起来了,我们中国人民真正站起来了!

今年香港回归,后年澳门回归。至于海峡两岸的问题,虽然目前尚未能解决;但是,有朝一日总会解决的。血浓于水,两岸炎黄子孙血管里流的是同一种血,不管一小撮跳梁小丑还想怎样兴风作浪,"蚍蜉撼大树,可笑不自量"。两岸的广大人民厌分爱合的心愿是无法抗御的。行将见金瓯无缺之时即至,合浦珠还之日可期,振中华之天声,比光芒于日月,我们中华民族扬眉吐气的时刻,必将到来。跂予望之矣。

1997 年 2 月 15 日

中国人民站起来了

香港回归,百年耻雪,普天同庆,薄海共欢。将近半个世纪前,毛泽东说:"中国人民从此站起来了!"这一句朴素简明的话,上震碧落,下撼黄泉,激起了全球炎黄子孙的自豪感。当时在天安门广场听到这话的人,无不热血沸腾,喜极泪流。

但是,实际上,我们还没有能真正地完全地站了起来,我们神圣的土地上还留有外国殖民主义者留下的伤痕,香港就是其中之一。

回顾中国立国以来五六千年的历史,我们不难发现一个独特的历史现象:尽管中国向来就是一个大国,按照今天西方霸权主义者的"理论",国一强大,必然侵略。但是,在中国漫长的历史上,我们不能说没有侵略过别的国家,可被侵略的情况大大地超过侵略。我们历史上每一个朝代都有外敌压境,掠夺我们的土地,杀戮我们的人民,逼得我们不得不奋起自卫。几个开国的英主,都有被围困或秘密称臣的耻辱。我们的"天子",也有几个被外敌掳去,青衣行酒,备受凌辱。

存在决定意识。中国的爱国主义思想,源远流长,根深蒂固。这种爱国主义思想,表现在中国文学创作上,最为显著。一部中国文学史,代代有脍炙人口、妇孺传诵的爱国主义诗篇,为他国文学史所不见。这种爱国主义思想同样表现在人们的身上。我们每一个朝代都有一些"大名垂宇宙"的爱国者,比如汉代的苏武，唐代以杜甫为首的一大批诗人，宋代岳飞、文天祥、陆游等等，明代的史可法，清代的林则徐等等，我们中国是出爱国者最多的国家。反之，如果想在欧美历史上找一个真正的爱国者，亘如凤毛麟角。我决无意说，欧美人不爱国。爱国是人人的天职，不过由于存在的环境不同，从而产生的结果也就不同而已。

我常常说，中国的知识分子同全世界的知识分子比较起来，是最爱国的，一直到今天仍然如此。我不想说，中国知识分子天生的基因的不同，那样说完全是唯心主义。其根源也不外是，存在决定意识。我们中国的知识分子，在几千年的政治条件下，又受了中国传统文化的潜移默化，不得不爱国也。

话再回到香港上来。英国人，同其他国家的普通老百姓一样是好的。但是他们中的殖民主义分子，则完全是两码事。英国东印度公司的创建，最初目的只在掠夺殖民地的资源。后来才发现，贩卖鸦片有大利可图，最终导致了鸦片战争，占领香港。清代末叶，所有的侵华战争，英国殖民主义者无不参加。应该说，他们对中国人民是欠下了血债的。然而一直到今天，却毫无改悔认罪之意。不但如此，反而在香港回归问题上，要他们一贯对殖民地，比如印度，所惯耍的手段，制造不团结，留下祸根，以便将来再收渔人之利。

从中国方面来讲，以我们眼前所处的有利地位，解决香港问题不费吹灰之力。我们的一个邻国大国就曾用武力轻而易举地铲除了留在他们国家的最后的一小块殖民地。可是我们中华人民共和国是最信守信义，最尊重对外条约的国家。我们不使用武力，也不使用其他制裁的手段，而是心平气和地坐在谈判桌前，充分尊重香港人民的意志，采用了前无古人的"一国两制"的办法，同英国商定香港回归的具体措施。真理毕竟会胜利的，正义毕竟会成功的，在不到一百天的时间内，香港就会在分离一百多年以后回归祖国了。这是我国近代史上的一件大事，全国各族人民，以及全世界的炎黄子孙，无不欢腾振奋，意气风发。我们可以说，中国人民真正站起来了。

1997 年 3 月 25 日

颂中华民族故土园

中华民族，立国于东亚大地，垂五千年。文化昌明，光华复旦；对全人类之文化，贡献至大。在先秦时期，周室陵夷，群雄割据，实有类于今日之欧洲。但自秦皇统一，直至中华人民共和国之建立，两千余年间，征诸史实，实合多而分少，至今仍为统一之大国。近日香港复归，澳门回归有日，全国真正之统一，亦指日可待。其故焉在？不出两端，一曰爱国之心切，二曰凝聚之力强。前者实为后者之基础，而后者则为前者之表现，斯两者又均源于中华文化积淀之既厚且深。三者实一而三三而一者也。

值此中华民族故土园创建之际，恭撰颂词曰：

山高水长，中华之风。
功被寰宇，勋此彪炳。
镌芳名于石壁，表国土之共拥。
扬炎黄之国威，振华夏之无声。
承先民之余绪，开万世之太平。
树兹石于吉地，共三光而永明。

1997年7月1日

碑文

中华民族故园落成纪念碑

中华民族立国于亚地东方已五千年。中华文化昌明光辉彼异勤至人类文化之一支主峰。千百年来入侵之敌寇久自春望远一夏至于素人民浴血奋战终以御之。其间三遍主国亚子祥平向复清实赏受今多而好少此日否港已回归祖国澳门回归之日指可期至其胜戒思悍惜隆外不生知耶一回抱爱国之心物三座装……乃经前者嘉杉後者之三基，其修者则名之志，现期三者之，均源于中华文化裸视三歉房，且洋三省爱一而三三而一者也。

季羡林

《牛棚杂忆》自序

《牛棚杂忆》写于1992年,为什么时隔六年,到了现在1998年才拿出来出版。这有点违反了写书的常规。读者会怀疑,其中必有个说法。

读者的怀疑是对的,其中确有一个说法,而这个说法并不神秘,它仅仅出于个人的"以小人之心度君子之腹"的一点私心而已。我本来已经被"革命"小将——其实并不一定都小——在身上踏上了一千只脚,永世不得翻身了。可否极泰来,人间正道,浩劫一过,我不但翻身起来,而且飞黄腾达,"官"运亨通,颇让一些痛打过我、折磨过我的小将们胆战心惊。如果我真想报复的话,我会有一千种手段,得心应手,不费吹灰之力,就能够进行报复的。

可是我并没有这样做,我对任何人都没有打击,报复,穿小鞋,耍大棒。难道我是一个了不起的宽容大度的正人君子吗?否,否,决不是的。我有爱,有恨,会妒忌,想报复,我的宽容心肠不比任何人高。可是,一动报复之念,我立即想到,在当时那种情况下,那种气氛中,每个人,不管他是哪一个山头,哪一个派别,都像喝了迷魂汤一样,异化为非人。现在人们有时候骂人为"畜生",我觉得这是对畜生的污蔑。畜生吃人,因为它饿。它不会说谎,不会耍刁,决不会先讲上一大篇必须吃人的道理,旁征博引,洋洋洒洒,然后才张嘴吃人。而人则不然。我这里所谓"非人",决不是指畜生,只称他为"非人"而已。我自己在被打得"一佛出世,二佛升天"的时候还虔信"文化大革命"的正确性,我焉敢苛求于别人呢?打人者和被打者,同是被害者,只是所处的地位不同而已。就由于这些想法,我才没有进行报复。

但是,这只是冠冕堂皇的一面,这还不是一切,还有我私心的一面。

了解"十年浩劫"的人们都知道,当年打派仗的时候,所有的学校、机关、工厂、企业,甚至某一些部队,都分成了对立的两派,每一派都是"唯我独左""唯我独尊"。现在看起来两派都搞打、砸、抢,甚至杀人,放火,都是一丘之貉,谁也不比谁强。现在再来讨论或者辩论谁是谁非,实在毫无意义。可是在当时,有一种叫做"派性"的东西,摸不着,看不见,既无根据,又无理由,却是阴狠、毒辣,一点理性也没有。谁要是中了它,就像是中了邪一样,一个原来是亲爱和睦好端端的家庭,如果不幸而分属两派,则夫妇离婚者有之,父子反目者有之,至少也是"兄弟阋于墙",天天在家里吵架。我读书七八十年,在古今中外的书中还从未发现过这种心理状况,实在很值得社会学家和心理学家认真探究。

我自己也并非例外。我的派性也并非不严重。但是,我自己认为,我的派性来之不易,是拼着性命换来的。运动一开始,作为一系之主,我是没有资格同"革命群众"一起参加闹革命的。"革命无罪,造反有理",这呼声响彻神州大地,与我却无任何正面的关系,最初我是处在"革命"和"造反"的对象的地位上的。但是,解放前,我最厌恶政治,同国民党没有任何沾连。大罪名加不到我头上来。被打成"走资派"和"资产阶级反动学术权威",是应有之义,不可避免的。这两阵狂风一过，我又恢复了原形，成了自由民，可以混迹于革命群众之中了。

如果我安分守己、老老实实的话，我本可以成为一个逍遥自在的逍遥派，痛痛快快地混上几年的。然而，幸乎？不幸乎？天老爷赋予了我一个犟劲，我敢于仗义执言。如果我身上还有点什么值得称扬的东西的话，那就是这一点犟劲。不管我身上有多少毛病，有这点犟劲，就颇值得自慰了，我这一生也就算是没有白生了。我在逍遥中，冷眼旁观，越看越觉得北大那一位炙手可热的"老佛爷"倒行逆施，执掌全校财政大权，对力量微弱的对立派疯狂镇压，甚至断水断电，纵容手下喽啰用长矛刺杀校外来的中学生。是可忍，孰不可忍？我并不真懂什么这路线、那路线，然而牛劲一发，拍案而起，毅然决然参加了"老佛爷"对立面的那一派"革命组织"。"老佛爷"有名的心狠手毒。我几乎把自己一条老命赔上。详情书中都有叙述，我在这里就不再啰唆了。

不加入一派则已，一旦加入，则派性就如大毒蛇，把我缠得紧紧的，说话行事都失去了理性。"十年浩劫"一过，天日重明；但是，人们心中的派性仍然留下了或浓或淡的痕迹，稍不留意，就会显露出来。同我一起工作的同事一多半是"十年浩劫"中的对立面，批斗过我，诬蔑过我，审讯过我，踢打过我。他们中的许多人好像有点愧悔之意。我认为，这些人都是好同志，同我一样，一时糊涂油蒙了心，干出了一些不太合乎理性的勾当。世界上没有不犯错误的人，这是大家都承认的一个真理。如果让这些本来是好人的人知道了，我抽屉里面藏着一部《牛棚杂忆》，他们一定会认为我是秋后算账派，私立黑账，准备日后打击报复。我的书中虽然没有写出名字——我是有意这样做的——但是，当事人一看就知道是谁，对号入座，易如反掌。怀着这样惴惴不安的心理，我们怎么能同桌共事呢？为了避免这种尴尬局面，所以我才虽把书写出却秘而不宣。

那么，你为什么不干脆不写这样一部书呢？这话问得对，问得正中要害。

实际上，我最初确实没有写这样一部书的打算。否则，"十年浩劫"正式结束于1976年，我的书十六年以后到了1992年才写，中间隔了这样许多年，所为何来？这十六年是我反思、观察、困惑、期待的期间。我痛恨自己在政治上形同一条蠢驴，对所谓"无产阶级文化大革命"这一场残暴、混乱、使我们伟大的中华民族蒙羞忍耻、把我们国家的经济推向绝境、空前、绝后——这是我的希望——至今还没人能给一个全面合理的解释的悲剧，有不少人早就认识了它的实质，我却是在"四人帮"垮台以后脑筋才开了窍。我实在感到羞耻。

我的脑筋一旦开了窍，我就感到当事人处理这一场灾难的方式有问题。粗一点比细一点好，此话未必毫无道理。但是，我认为，我们粗过了头。我在上面已经说到，绝大多数的人都是受蒙蔽的。就算是受蒙蔽吧，也应该在这个千载难遇的机会中受到足够的教训，提高自己的水平，免得以后再重蹈覆辙。这样的机会恐怕以后再难碰到了。何况在那些打砸抢分子中，确有一些禽兽不如的坏人。这些坏人比好人有本领，"文革"中有一个常用的词儿：变色龙，这一批坏人就正是变色龙。他们一看风头不对，立即改变颜色。有的伪装成正人君子，有的变为某将军、某领导的东床快婿，在这一张大伞下躲避了起来。有的鼓其如簧之舌，施展出纵横捭阖的伎俩，暂时韬晦，窥探时机,有朝一日风雷动,他们又成了人上人。此等人野心大,点子多,深通厚黑之学,擅长拍马之术。他们实际上是我们社会主义社会潜在的癌细胞,迟早必将扩张的。我们当时放过了这些人,实在是埋藏了后患。我甚至怀疑,今天我们的国家和社会,总起来看,是安定团结的,大有希望的。但是社会上道德水平有问题,许多地方的政府中风气不正,有不少人素质不高,若仔细追踪其根源,恐怕同"十年浩劫"的余毒有关,同上面提到的这些人有关。

上面是我反思和观察的结果,是我困惑不解的原因。可我又期待什么呢?

我期待着有人会把自己亲身受的灾难写出来。一些元帅、许多老将军,出生入死,戎马半生,可以说是为人民立了功。一些国家领导人,也是一生革命,是人民的"功臣"。绝大部分的高级知识分子,著名作家和演员,大都是勤奋工作,赤诚护党。所有这一些好人,都被莫名其妙地泼了一身污水,罗织罪名,无限上纲,必欲置之死地而后快。真不知是何居心。中国古来有"飞鸟尽,良弓藏;狡兔死,走狗烹"的说法。但干这种事情的是封建帝王,我们却是堂堂正正的社会主义国家。所作所为之残暴无情,连封建帝王也会为之自惭形秽的。而且涉及面之广,前无古人。受害者心里难道会没有愤懑吗?为什么不抒一抒呢?我日日盼,月月盼,年年盼;然而到头来却是失望,没有人肯动笔写一写,或者口述让别人写。我心里十分不解,万分担忧。这场空前的灾难,若不留下点记述,则我们的子孙将不会从中吸取应有的教训,将来气候一旦适合,还会有人发疯,干出同样残暴的蠢事。这是多么可怕的事情啊!今天的青年人,你若同他们谈"十年浩劫"的灾难,他们往往吃惊地又疑惑地瞪大了眼睛，样子是不相信，天底下竟能有这样匪夷所思的事情。他们大概认为我在说谎，我在谈海上蓬莱三山，"山在虚无缥缈间"。虽然有一段时间流行过一阵所谓"伤痕"文学。然而，根据我的看法，那不过是碰伤了一块皮肤，只要用红药水一擦，就万事大吉了。真正的伤痕还深深埋在许多人的心中，没有表露出来。我期待着当事人有朝一日会表露出来。

此外，我还有一个十分不切实际的期待。上面的期待是对在浩劫中遭受痛苦折磨的人们而说的。折磨人甚至把人折磨至死的当时的"造反派"实际上是打砸抢分子的人，为什么不能够把自己折磨人的心理状态和折磨过程也站出来表露一下，写成一篇文章或一本书呢？这一类人现在已经四五十岁了，有的官据要津。即使别人不找他们算账，他们自己如果还有点良心、有点理智的话，在灯红酒绿之余，清夜扪心自问，你能够睡得安稳吗？如果这一类人——据估算，人数是不老少的——也写点什么东西的话，拿来与被折磨者和被迫害者写的东西对照一读，对我们人民的教育意义，特别是我们后世子孙的教育意义，会是极大极大的。我并不要求他们检讨和忏悔，这些都不是本质的东西，我只期待他们秉笔直书。这样做，他们可以说是为我们民族立了大功，只会得到褒扬，不会受到谴责，这一点我是敢肯定的。

就这样，我怀着对两方面的期待，盼星星，盼月亮，一盼盼了十二年。东方太阳出来了，然而我的期待却落了空。

可是，时间已经到了1992年。许多当年被迫害的人已经如深秋的树叶，渐趋凋零；因为这一批人年纪老的多，宇宙间生生死死的规律是无法抗御的。而我自己也已垂垂老矣。古人说:"俟河之清,人寿几何。"在我的两个期待中,其中一个我无能为力,而对另一个,也就是对被迫害者的那一个,我却是大有可为的。我自己就是一个被害者嘛。我为什么竟傻到守株待兔专期待别人行动而自己却不肯动手呢?期待人不如期待自己,还是让我自己来吧。这就是《牛棚杂忆》的产生经过。我写文章从来不说谎话,我现在把事情的原委和盘托出,希望对读者会有点帮助。但是,我虽然自己已经实现了一个期待,对别人的那两个期待,我还并没有放弃。在期待的心情下,我写了这一篇序,期望我的期待能够实现。

1998年3月9日

风雨同舟五十年

——我和民盟的关系

我参加民盟将近五十年了,这是我生平第一次参加一个政治组织。

50年代,在反右之前,是中国知识分子的黄金时期。虽然差不多已经年年都有运动,但同后来比较起来,真可以说是小巫见大巫。同全国人民一样,知识分子心情舒畅,感觉到自己真正是站起来了,前途一片锦绣,走的路上仿佛都铺满了玫瑰花瓣。

我有几年的时间在民盟北京市委工作。当时市委还没有搬家,在东四北大街一条胡同里,详细地名已经记不清了。共同工作的同志有吴晗、华罗庚、冯亦代、沈一帆、金若年、关世雄、王麦初等等,吴晗是主委。我曾担任过不同的职务,在高校工作委员会的时间最长,最初华罗庚是主任,我是副主任,后来我变成了主任,曾同金若年同志一起到过北京市的几个大学,参加那里的民盟支部的座谈会或讨论会,大家互相鼓励,共同搞好教学和科研工作。在市委或者高校,同志们之间的关系都是非常令人满意的,非常融洽的,大家敞开心扉,为了一个共同目标,奋力前进,从来没有碰到过什么不愉快的局面。

现在回忆起来,当时市委的会似乎比较多,有多次散会晚了,就在市委餐厅里吃工作餐。晚上开会的情况也是有的,

季羡林"参加民盟将近五十年了",这是他生平第一次参加一个政治组织。图为民盟中央旧址。

有一次深夜散会，外面是特大暴雨，街上流水成河，"水位"不低。送我们的汽车走到阜成门外，水浸灭了火。我们几个人——我记得有周一良同志——坐在车上，进退不得。看车窗外的流水，虽然谈不上惊涛骇浪，其势也颇惊人。我们像是坐在船上，但决不是苏东坡夜游赤壁的一叶小舟，而更像是搁浅的一只遇难船。于时夜深人静，只有水声盈耳。一直等了很久，才幸遇一辆汽车，它把我们从灾难中救出。

这些琐碎的回忆，"当时只道是寻常"，现在却成了十分甜蜜的东西，有如海上三山，可望而不可即了。

1957年，一声"阳谋"，首当其冲的就是知识分子，而民盟又是一个知识分子的政党，受害最深，几个资深领导都陷入其中。从此以后，知识分子的春天结束了，知识分子美好的幻想破灭了。然而这仅仅是开端，以后一个运动接一个运动，对象无一不是知识分子。到了"十年浩劫"，达到了登峰造极的程度。杯弓蛇影，瓜蔓株连，造谣诬陷，无限上纲，实属空前，恐亦绝后。不少知识分子从此被打入阿鼻地狱矣。

此时我自己已是泥菩萨过江之势，民盟的情况不甚了了。连国家主席都能任意打倒，连全国政协都被宣布为黑组织，小小的民盟当然在劫难逃了。

十一届三中全会以后，拨乱反正，天日重明。知识分子又恢复了自己的尊严，民盟当然也恢复了自己应有的地位。我又有机会参加了民盟的一些活动。但是，我自己由于社会职务过多，国内外的活动过于频繁，已完全没有精力和时间，再像50年代前半期那样参加民盟的实际工作了。但是，我对民盟的感情是深厚的。只要民盟有重要活动要我参加，我一定遵召前往。印象最深的有两次：一次是有梁漱溟先生参加的一个座谈会，一次是与朱光潜先生有关的纪念会。其余的还有一些会，记不真切了。

我参加次数最多的是民盟的机关刊物《群言》的"雅聚"。参加的人不限于民盟盟员，但都是在文史界有影响的老头儿，时间大概每年一次，由主编陶大镛同志召集，每次必到的有钟敬文老先生等等，都是"文史漫笔"一栏的撰稿人。有几次是在民盟中央举行，有几次是在文采阁。每次都是菜肴精美，谈笑风生，畅谈个人感怀，纵论学坛新事，其乐融融，每次都给我留下了深刻的温馨的回忆。

谈到我们民盟当前的任务，我个人认为是加重了，而不是减轻了。我国当前最重要的前提就是安定团结，没有安定团结，任何事情也难以做成。但是，真正的安定团结，岂易言哉！特别是老知识分子，几十年来，磕磕碰碰，很有些人有一肚子愤懑并没有舒出。他们靠着中国知识分子特有的爱国热情，仍在努力工作，但心里是不痛快的。这能算是真正的安定团结吗？在这样的情况下，以高级知识分子为基础的民盟是大有可为的。民盟能帮助一些老知识分子恢复青春活力，为祖国站好最后一次岗。这对我们的社会主义建设事业会有很大的帮助，这是不言而喻的。民盟的同志们，努力向前吧！

1999 年 7 月 3 日

千禧感言

稚珊来信,要我写一篇关于世纪转换的文章。这样的要求,最近一个时期以来,我已经接到过不知多少次了,电台、报纸、杂志等等,都曾对我提出过这样的要求。但是,我都一一谢绝了。原因不是由于这样的文章难写,恰恰相反,这样的太容易写,只须写上几句大话和套话,再加上几句假话,不费吹灰之力,一篇文章就完成了。这样的文章,除了浪费纸张和人们的时间以外,一点效果也不会有。

但是,稚珊的要求我没加考虑就立即应允了。原因是,《群言》是一份比较敢讲一点真话的杂志,而我又与《群言》有多年的友谊。为《群言》写点什么,是我的光荣,也是我的义务。我也想通过我写的东西多少能够反映出像我这样平民老百姓的心声,对我们的领导机关会有益处的。我写的东西,不会有套话、大话,至于真话是否全都讲了出来,那倒不敢说。我只能保证,我讲的全是真话。

旧日每逢新年,总有贴新门联的习惯,门联辞藻美而丰富,最常用的是"一元复始,万象更新"。对仗工整,含义深刻。但是,汉语是一种模糊性很强的语言,我们使用这种语言的人,往往习以为常,不去推敲。即如上面这两句话,说的是具体情况呢,还仅仅是希望?我个人的语感是,这仅仅是希望。一元虽已复始,眼前万象还未必就能更新。我现在要说:世纪——甚至千纪——复始,万象更新,也绝不是说,2000年的第一天同1999年的最后一天，其间会有天大的变化。就以常识而论，那也是绝不可能的，这不过是表示我的愿望而已。21世纪的特点是一定出现的，不过决不会一蹴而就。

我对21世纪究竟有什么希望呢？

先从大的讲起。首先，我希望世界和平，民族团结。但是，我自己立即否定了这个希望，这是根本办不到的。眼前的世界大国，特别是那一个唯一的超级大国，一点也没有接受20世纪两次世界大战的惨痛教训，仍然自我感觉十分良好，颐指气使，横行霸道，以世界警察自居。我希望，我们中国人民不要为巧言花语所迷惑，奋发图强，加强团结，随时保留一点忧患意识，准备对付一切可能发生的外来的侵略，保卫我们的祖国。

其次是对我们国家的希望。改革开放确实给我们国家带来了翻天覆地的变化，经济繁荣，政局安定，人民生活有了提高。总起来看，确有一个安定团结的局面。但这仅仅是一面，也不是没有令人担忧的一面。我不懂经济；但是我从《参考消息》上看到一则外国评论中国经济的报道，其中讲到中国国有经济在某一些方面给中国带来了一些麻烦，详情我不清楚，不敢妄加评论。但是，《参考消息》敢于刊登，其中必有依据，我们的最高领导班子对这个问题是十分清楚的，也正在采取措施。我希望这个问题能够尽早地尽善尽美地得到解决。

从人类生存的前途来看，多少年来，我就提出了一个看法：西方自产业革命以后，恶性膨胀逐渐形成的对大自然诛求无餍的要求，也就是所谓"征服自然"的做法，现在已经产生了严重的后果。现在全世界各国政府都对环保问题异常重视。但是，却没有什么人追究造成这种现象的根源。我认为，这是一种缺少远见卓识的表现。我一向主张,中国的,同时也是东方的"天人合一"的思想,也就是人类要与大自然为友,不要为敌的思想,能济西方思想之穷。我这种想法,反对的人有,赞成的人也有。我则深信不疑。我希望,21世纪走到某一个阶段时,人类文化会在融合的基础上突出东方文化的作用,明辨而又笃行之。

还有一件让我忧心忡忡的事,这就是中国公民中某一些人素质不高,道德滑坡的现象。谁也无法否认,中华民族是一个伟大的民族。但是,在伟大的后面也确有不够伟大的地方,对此熟视无睹是有害无益的。例子用不着多举,我只举一个随地吐痰的坏习惯。这样做是一切文明国家所没有的,然而在中国却是司空见惯,屡禁不止。前不久,中国庆祝建国五十年的喜事,北京市政府和各界人士,费了九牛二虎之力,把北京打扮得花团锦簇,净无纤尘,谁看了谁爱。然而,曾几何时,国庆后不到一个月,许多地方又故态复萌,花坛和草地遭到破坏践踏,烟头随处乱丢,随地吐痰也不稀见。还有一些破坏公共设施的现象,连风光旖旎的燕园内也不例外。这种破坏对肇事者本人一点好处也没有,对群众则带了莫大的不方便。我真不了解,这些人是何居心。这样的人,如果只有几个,则世界任何文明国家都难以避免。可惜竟不是这样子,看来人数并不太少。这一批害群之马,实在配不上是伟大民族的一部分。救之方法何在?我觉得,过去主要靠说教,事实证明,用处不大。我认为,必须加以严惩。捉到你一次,罚得你长久不能翻身。只有这样才能奏效,新加坡就是一个例子。在此万象更新之际,我希望在21世纪某一个时候,这种现象能够绝迹,至少是能够减少。伟大的中华民族真正能显出伟大的本色,岂不猗欤休哉！

　　我在20世纪，有"世纪老人"之称。到了21世纪，绝不可能再成为"世纪老人"了。但是，我对21世纪却不知道有多少希望，凡是20世纪没有能够做到的事情，我都寄希望于21世纪。希望太多，只能举出上面说到的几个，以概其余。在世纪之初，本来是应该多说一些吉利话的。但是，我在上面已经声明过，我不说大话，不说假话。我认为，那样做，既对不起《群言》，也对不起全国人民。其实我说的话，不管听起来多么不顺耳，里面却有大吉大利的内涵。如果把那些弊端除掉，不就是大吉大利了吗？我真希望，大吉大利能降临我国；我真希望，国泰民安；我真希望，人民的素质越来越提高；我真希望，人民越过越幸福；我真希望，我国能成为一个名副其实的经济文化大国，巍然立于全世界民族之林中。

1999年11月1日

从小康谈起

稚珊命题作文，我应命试作。

我们现在举国上下正在努力建设小康社会。但是，什么叫"小康"？我还没有看到权威性的解释。现在，我不揣冒昧对这个词儿来做一番解释。

在发达国家的大城市，特别是首都中，居民约略可以分为三个阶层。第一是大款，收入极高，人数极少，享用奢侈，匪夷所思。第二是中间阶层，人数相当多，收入不甚丰而花费有余。他们想吃什么，就吃什么；想穿什么，就穿什么。来自五湖四海普天下的产品，他们都能得到。他们决不像大款那样，一次宴会开支万金；但是，日子过得颇为舒适，颇为惬意，他们是满足的。至于第三阶层，人数颇多，收入拮据，日子过得不能称心如意，还不能算是小康社会。

上面讲的第二阶层，我认为就算是"小康"。拿这个例子来同北京比较一下，北京中间阶层的人可以说是已经达到小康水平了。他们想要吃的，想要穿的，不管是来自天南，还是海北，而且还是一年四季的产品，他们都能够得到，难道这不就算是小康了吗？

但是，衡量小康的水平标准，不仅仅只有物质，而且还要有精神方面的东西，我们平常讲的人文素质就是指的精神方面的东西。一讲到人文素质，问题就复杂起来。我个人认为，有对全人类的要求，有对不同国家、不同民族的要求。前者的内容有：要正义不要邪恶；要和平不要战争；要友谊不要仇恨；要协商不要独断；要互助不要掠夺，如此等等，还可以列举许多。后者则复杂得多。国家不同，民族不同，文化和宗教的传统不同，人文素质的行为细则则必然不同。在这里需要的是相互理解，相互尊重。

如果拿世界上许多大都市已经进入小康境界的人们的人文素质的水平来同北京市（可能还有别的大城市）的我以为已经达到小康水平的人们的人文素质水平来比较一下的话，我就不禁英雄气短。有一些暴发的小康者，骄矜，浮躁，忘乎所以。就以市民的平均水平而论，也存在着不少问题。我将在上海《新民晚报·夜光杯》上连续发表四篇谈公德的文章来谈这个问题，希望能起点作用。我们中国在这方面要做的事情还有很多，这一点我们必须清醒。

我想在这里顺便谈一个问题。在现在这样消费高潮汹涌澎湃的时候，再谈节俭，是否已经过时，是否算是冥顽不灵？我认为不是这样，过去谈节俭是对个人，对自己的家庭而言。而我现在讲的节俭是对人类而言的，大自然提供给人类的生活日用资料，毕竟不是像江上之清风、山间之明月那样取之不尽，用之不竭的，一个国家用多了，别的国家就会用少，就必将影响世界上广大的人民群众共同进入真正的小康境界。

2003 年 1 月 11 日

一个预言的实现

大约在十几二十年前,我曾讲过一个预言:21世纪将是中国的世纪。

我没有研究过新兴科学预言学,我也不会算卦占卜,我不是季铁嘴、季半仙,但也并非全无根据。我根据的只是一点类似地缘政治学的世界历史地理常识。

我发现,在这个地球村中,每一个时代都有自己的政治经济文化中心,有的在东方,有的在西方,存在的时间长短不一,影响的程度也深浅不一。而这个中心不是一成不变的,而是有规律地变动着。拿最近几百年的世界史来看,就可以看出下面的规律:17、18世纪,它是在欧洲大陆法、德等国,19世纪在英国,20世纪在美国,21世纪按规律应该在中国。所以我说:21世纪将是中国人民的世纪。这决不是无知妄言,也不出于狭隘的爱国主义,而是规律使然。可在当时,颇有一些什么什么之士嗤之以鼻。我并不在乎,是嗤之以鼻,还是嗤之以屁股,那是他们的事,与我无干。

值得庆幸的事是,我在十几二十年前提出来的预言完全说对了。中华民族所固有的大气磅礴的创造力,被种种内在的和外在的力量堵塞了几百年;现在,一旦乘机迸发,有如翻江倒海,势不可挡。例子多得不胜枚举。我只举一个看似虽小而意义实大的例子:"中国制造"(made in China)的商品现在流传全世界,包括美国在内,这在以前无论如何也是难以想象的。

中国报刊以"中国和平崛起,世界拍案惊奇"等类的词句来表达这种感情。

中国人不喜欢"老王卖瓜,自卖自夸"。认为这是没有出息的事。我现在从外国请一位贵宾来,帮着夸上几句。英国前外交大臣杰弗里·豪曾说过几句话:"过去25年,中国发生了巨大变化,它不仅确立了自己是国际社会一个稳定且负责任的成员的地位,它的政治制度及人民的聪明才智和能量已经产生了举世瞩目的经济成就,绝大多数人的生存条件和日常生活大大改善。"这一位英国绅士肯说几句真话,值得我们钦佩。我引用他的话来抹掉自己的自卖自夸之嫌。

2004年2月13日

两个母亲

平常人都知道，我们有一个母亲，并且只有一个。这就是生我们的那个母亲。她对于我们的存在，有举足轻重的作用。因为，没有她，我们就来不到这个世界上。

这就是我所说的第一个母亲，这可称作生身之母。

但是，一个人，并不是一生下来就算完成了任务，后面还有一个或长或短的生命过程在等待着他。想要完成这个过程，需要有"利养"，说句大白话，就是需要吃东西。一说到吃，同外国人比起来，就有突出的特点。我们胆子大，选择精，五谷杂粮，各种蔬菜，牛羊犬豕，鱼鳖虾蟹，天上飞的，水中游的，地上跑的，地下藏的，只要进入我们的注意圈内，就难逃出我们那血盆大口。

所有这一些养人的东西，我们的生身之母，我们的第一个母亲，除了用钱买一点以外，是不能够生产的。生产这些东西的，是我们祖国大地。在这个意义上来说，祖国就成了我们的养身之母，我们的第二个母亲。

下面，是我试拟的小学教科书一篇课文：

我们都有两个母亲。

我们平常只知道，我们有一个母亲，就是生身之母。仔细考虑起来，应该说，我们都有两个母亲。除了生身之母外，还有一个养身之母，这就是我们的祖国。我们出生以后，由小渐长，所有的衣食住行之所需，都是祖国大地生长出来的东西。称祖国为养身之母，是非常恰当的。

2006年1月3日